我《われ》餓《が》狼《ろう》と化《か》す

東郷 隆

実業之日本社

目次

装画／深井　国
装幀／安彦勝博

我《われ》餓《が》狼《ろう》と化《か》す

雪中《せっちゅう》の死

1

信州の山々が美しく見える冬の日であった。

空は青々と澄み渡り、風は頰《ほお》を切るように冷たい。

その日、上田藩五万三千石の城下は、昼頃から武士の姿が急に増えた。皆、緊張の面持ちで往来を行き来し、早馬も何頭か城門を潜《くぐ》っていった。

夕刻になって町家《まちや》に布令《ふれ》が出た。城に至る道の通行が一刻ほど停められ、町民は路上に片寄って「行列に礼をせよ」という。

何事ならん、と思いつつも人々は手に手に提灯《ちょうちん》を持って軒先にかたまった。

五ツ刻《どき》（午後八時頃）になって、その行列というのがやって来た。

露払いは町手代の小頭《こがしら》で、後に早駕籠《かご》が五挺《ちょう》続いている。舁《か》き手、引き手が、えっほ、えっほ、と低く発する掛け声に揺れるその駕籠を見れば、宿用《しゅくよう》の存外に粗末なもので覆いも無く、中の者は丸見えであった。

全員、陣羽織に筒袖《つつそで》、袴《はかま》という物々しい格好をしている。その内の一人は髪を切り下げ、紫色の鉢巻、大太刀と見紛《みまが》うばかりの長い刀を抱き、むっつりと前を見つめていた。年の頃は三十ほど。まるで役者のように良い男であった。

早駕籠はそのまま、城下の宮下兵右衛門《へいえもん》方へ入った。町の問屋や町年寄が出迎えるところへ降り立った一行は、長々と挨拶《あいさつ》しようとする彼らに、

「御苦労」

と短く言ったきり、即座に部屋へ入った。

その後すぐに来客が増えた。上田の町奉行、隣の中之条《なかのじょう》陣屋の代官次席、同じく隣藩の飯山《いいやま》藩本多家家中の者が宮下家の門を潜った。

さらに驚くべきことには、城より料理長持《ながもち》が幾棹《いくさお》も届けられた。中味は、千曲《ちくま》川でとれた冬鰻《うなぎ》、鶏の吸物、つく芋《いも》や玉子焼といった豪華な品々で、

「一体、どこのお偉い様だろうか」

と人々は噂《うわさ》し合ったが、その来訪目的を聞くと、さらに仰天した。五人は、

「京の天朝様の御使いとして、この上田五万三千石を引き取りに来た」

というのである。

「すると、お城の殿様は、御浪人になってしまうのけえ」

「なんで、そんなことになるだいね」

「そら、先だって京で天朝様と将軍様が戦ったというだろう。どうやら、将軍様の方が本当に負けっちまったようだ」

宮下兵右衛門方の使用人らは、そうささやき交わし、座敷で寛《くつろ》ぐ陣羽織姿の男らを盗み見した。

ひと月ばかり前、まだ正月の松がとれぬ頃に中仙道《なかせんどう》や脇《わき》の往還を、江戸の武士やその従者たちが続々と下っていった。多くは旅姿であったが、中には武具の切れ端を身にまとったままの者もあり、負傷している者も見受けられた。

「将軍の側が敗れた」

と、人々は薄々感じていたが、それを声高《こわだか》に語ることは許されなかった。なぜなら、上田藩は徳川の親藩だったからである。

この藩は、「藤井《ふじい》松平」と称し、前年の慶応三年十二月二十五日に江戸三田《みた》の薩摩《さつま》藩邸を焼討ちして、鳥羽《とば》・伏見《ふしみ》開戦の切っかけを作った羽州上ノ山《かみのやま》三万石松平家の親戚《しんせき》筋に当っていた。

当主松平伊賀守忠礼《ただなり》は、京での戦いが完敗と報じられた一月十六日、重役の名をもって藩士一同に対し、

「当家は藤井松平の由緒を持つ徳川家《とくせん》の一支流である。家老より足軽の端々に至るまでこの危機において上下一致。徳川家と存亡を共にすべし」

と命じていた。

そこに京の朝廷の使者が僅《わず》か五人でやって来たのだ。これはひと波乱《はらん》あるだろう、と訳知りの者は戦慄《せんりつ》した。

が、その夜は何事もない。上田の町奉行も中之条や飯山の侍も型通りの挨拶をしたらしく、早々に退出した。

五人の使者は後に「偽官軍」として処分を受けた、悲劇の赤報隊《せきほうたい》に所属していた。いわゆる草奔《そうもう》の士で、大木四郎、西村謹吾《きんご》、竹内健介、桜井常五郎、神道三郎《しんどう》とそれぞれ名乗ったが、これ全て志士名、つまり偽名だった。この中で、西村と大木は赤報隊監察使番《つかいばん》。竹内は薩摩人で、赤報隊の隊長相楽総三《さがらそうぞう》の意気に感じ、京で入隊した。桜井と神道は信州佐久《さく》の事情に詳しいため、特に嚮導《きょうどう》としてこの任についている。

彼らは幕府の中之条陣屋元締（代官次席）河野曽十郎《かわのそじゅうろう》に対し、

「我らは官軍先鋒《せんぽう》嚮導一番組の者である」

と語った。赤報隊と称さなかったのは、こちらの方が押しがきく名称と思ったからか、それともそう名乗るよう命じられていたためか。彼らが河野に手渡した布告には、たしかに嚮導隊執筆の署名があった。

「以下の布告を陣屋の者に示し、同文の写しを作成して、御影《みかげ》、中野の両陣屋にも触れよ」

と西村謹吾が命じた。

御影という陣屋も幕府の代官所である。現在の地名で言うと長野県の小諸市《こもろ》御影にあたり、代官は松木直一郎。この男が正月に江戸へ発《た》ったその不在の折りに、江戸新徴組《しんちょうぐみ》の者と名乗る不審の者三十名ばかりが押しかけ、

「急速に租税取り立てる。代官所保管の金穀《きんこく》を我らに引き渡せ」

と騒いだ。近隣の百姓らが武装して彼らの内数人を引っ捕えたが、こういう不穏な出来事は信州の各地で起きている。

河野は一礼して布告文を眼にし、僅かにたじろいだ。内容を要約すると、

「源《みなもとの》（徳川）慶喜《よしのぶ》朝敵となる。官位剝奪《はくだつ》、領地も没収となったので、汝《なんじ》ら代官差配地の民は以後、天朝の御領民である。厚き御仁政をもって今年分の年貢《ねんぐ》は半納と成し、去年の取り立て未納分は全て天朝の御手元へ納めるものとする。一粒たりとも徳川家に渡すことあたわず。もし慶喜の命であると称し、代官所の金穀引き渡しを迫る者あらば、ただちに捕縛するか討取れ。朝廷より恩賞が与えられるであろう」

という恐るべきものであった。

「これを触れよ、と」

河野は上目使いに相手を見た。西村は傲然《ごうぜん》と顎《あご》を上げ、

「左様、我らは明日、中之条へ入る。汝は案内《あない》役として我らの駕籠を先導せよ」

と高飛車に言った。

「心得ました」

河野は内心苦々しく感じたが、無表情に答えて引き下がった。

翌日も冬晴れであった。

河野は飛脚を立てて中之条陣屋から迎えの人数を呼び、五人の使者は彼らの到着を待って夕刻、駕籠の人となった。上田城下の町民は一応安堵《あんど》し、自ら進んで見送りをした。

中之条でも何事もなかった。陣屋の者は天朝に刃向う心の無いことを大人しく誓約し、五人を宿舎に泊めた。

その次の日、使者は二手に分かれた。西村謹吾と竹内健介は松代《まつしろ》十万石真田《さなだ》信濃守《しなののかみ》のもとへ向い、大木四郎、桜井常五郎、神道三郎は小諸一万五千石牧野遠江守《まきのとおとうみのかみ》のもとへ出かけた。これも天朝側へ従う誓約をとるためである。

2

五人の使者が去って程無く、赤報隊の支隊である大砲組と遊撃隊が上田城下に入ってきた。人数は極めて少ない。両隊合わせて二十二名。大砲と言っても木枠に竹の箍《たが》をはめた木砲と、砲身の短い臼砲《きゅうほう》が数門といった貧弱な装備である。

彼らは城下の宿屋「松屋」に泊り、早朝そこを発って軽井沢に進んだ。

ここは名にしおう浅間三宿のひとつ、飯盛女《めしもりおんな》で知られた宿場である。三宿とは、他に沓掛《くつかけ》宿、追分《おいわけ》宿を数え、当時その殷賑《いんしん》振りは目を見張るばかりであった。

しかし、軽井沢宿に入った一同は多忙である。まず、宿内の佐藤織衛《おりえ》方へ小荷駄を降ろし、隊を幾つかに分けた。

多くは周辺の偵察隊である。目と鼻の先に控える碓氷峠《うすいとうげ》。その向うの坂本宿、横川《よこかわ》の峠、さらには安中《あんなか》の板倉《いたくら》家三万石の動向をも探り出して本隊の進撃を容易ならしめる、というのが主な目的であった。

特に彼らが注意を注いだのは、箱根と並ぶ天下の嶮《けん》、碓氷峠の確保である。ここを押さえれば中仙道は分断され、江戸と北越諸藩との連絡も断つことが可能であった。

峠の偵察の他、松代の真田家へ向った西村、竹内両名の支援に出発する者、小諸の牧野家へ行く者、そして本隊の待機する下諏訪《しもすわ》へ連絡に向う者などで、一時宿は喧噪《けんそう》の中にあったが、やがて静まった。

これが慶応四年二月八日のことである。


小諸へ「勤王」の誓約を取りに出かけた大木、桜井、神道の三人は九日になって牧野家の重役たちに面会した。

この藩は一万五千石の小さな所帯だが、家を差配する家老二人の折り合いが極めて悪い。

江戸詰めの家老職を勤めた加藤六郎兵衛《ろくろうびょうえ》と、国家老の牧野八郎右衛門は長年反目し合い、何事につけても語る言葉が裏と表になっていた。

嚮導隊の大木四郎が膝《ひざ》を詰め寄せて、

「今や天朝の御世《みよ》と決まったこの時に、貴藩の態度は鮮明ならず。勤王、佐幕いずれに味方いたすか、この場で承《うけたまわ》ろう」

と畳を叩《たた》くと、両名は流石《さすが》に幕府側と答えられず、

「当家は勤王でござる」

と言った。大木は得たり、とたたみ込む。

「されば、小諸一万五千石の実効を拝見いたしたい」

勤王である証拠を自分らの前に見せよ、と迫った。

「何分《なにぶん》、当主（藩主の牧野遠江守康済《やすまさ》）は病いの床にあり。家中評定《ひょうじょう》をいたすゆえ、暫時《ざんじ》御待ち願いたい」

加藤、牧野の両名はあわてて重臣を招集し、小諸城中で評定を開いた。

「実効とは、何を為せばよいのか」

と、席上問う者があったが、この場合はひとつに決まっている。金穀、武具、馬匹《ばひつ》などを差し出せば当座の凌《しの》ぎにはなる。天朝側の先鋒（即ち赤報隊）が各地で金穀を徴発しながら進んで来ることは、薄々知られていた。

なにしろ官軍の東山道鎮撫総督《とうさんどうちんぶそうとく》ですら正月二十一日に京を出たものの近江《おうみ》の大津まで来て軍資金が尽き、空しく滞在している。赤報隊は自力で軍費を賄《まかな》いながら前進せざるを得ず、これが後に、

「農商を劫《おびやか》して金穀を貪《むさぼ》る偽官軍」

という汚名を被《こうむ》る一因となった。

加藤六郎兵衛は江戸帰りらしく、徳川家に内心同情的で慎重論を口にした。

「金穀を差し出せば、それで済むというものではない。先鋒の軍にも参加を求められるであろう。この時期、前将軍家《さきのしょうぐんけ》に弓引くことは心苦しいものがある。ここは主力の総督府御到着を待ってから旗幟《きし》を鮮明にしても良いのではないか」

これに対し国家老の牧野八郎右衛門は、

「この際、道はひとつしか無い。天朝への帰順奉命である」
と語気を強めて言った。
「昨今、天朝側に付いた西国各藩から、前将軍御助名歎願《たんがん》もあり、官軍の戦備《いくさぞな》えも未《いま》だ弱体である。実際に前将軍の御討伐などという事態は起きまい。官軍の先鋒に金穀を今渡すことは無駄なようにも見えるが、率先して献納したという事実は残り、後々《のちのち》当藩の立ち場は良くなるだろう」

献納は他日の用意である、と主張した。加藤、牧野はこの後、数刻にわたって激論を交わしたが、やがて牧野の説が他の重臣らを動かして金穀の差し出しが決まった。

武具類の献納はせず、文字通り米と軍資金のみである。金五百両と、米二百俵。内百俵は白米、百俵は玄米であった。

大木らは翌日の二月十日、牧野遠江守家来、代官須藤右門太《すどううもんた》に預り証を出させて、米俵は後で受け取ると言い、五百両のみ受領した。この際、献納先が「岩倉内府卿軍監《ないふきょうぐんかん》衆中」とあるのを見て、
「岩倉卿（岩倉具視《ともみ》の子具定《ともさだ》）は、内府にあらず。東山道鎮撫総督府執事中と書くのが正しい」
と指摘し、後続の軍が小諸到着の際は以下の書付を示せと添え状を残している。

当城主牧野遠江守ヨリ勤王ノ実効トシテ金五百両米二百俵献上奉リ候。尤《もっとも》当城ノ事ハ当時ニ意義外《ほか》無キ様ニ相見候間《あいみえそうろうあいだ》、即《すなわち》右之内金ノ儀ハ軍用トシテ私共受納仕《つかまつり》、穀ハ兵糧トシテ残置

キ候、右之段申上度《もうしあげたく》、如是候《かくのごとし》以上

署名は官軍先鋒隊軍監、神道三郎、大木四郎、桜井常五郎。この文面で見るかぎり赤報隊の金穀収集は堂々としており、届け書きも正確で、金品を強要したり「官軍の名を騙《かた》って貪る」などという態度は微塵《みじん》も感じられない。

三人が駕籠を連ねて小諸城下を発った頃、軽井沢宿の赤報隊支隊に僅かながら人数が増えた。金原《きんばら》忠蔵という監察役が、碓氷峠占拠の準備にやって来たのである。

歳《よわい》三十ばかりの、肩巾《かたはば》が広い偉丈夫で、肌は浅黒く眉《まゆ》が太い。金原というのはやはり偽名で、本名は竹内廉太郎《れんたろう》。下総葛飾郡《しもうさかつしかごおり》小金町の旧家「笹屋」竹内家の息子である。

弟が一人いた。哲次郎と言い、天狗《てんぐ》党の筑波《つくば》挙兵に加わって下総大船津で敵に囲まれ、青沼で自殺した。

この弟を廉太郎は陰に日なたに援助したが、それを代官所に察知され、入牢した。出獄後、廉太郎は竹内姓のままで、当時は薩摩御用盗として江戸に暗躍する相楽総三の同志となり、そのまま赤報隊に参加した。

志士としては顔の広い方で、後の明治経済人渋沢栄一や、神田お玉ヶ池千葉道場の塾頭であった真田範之助《はるのすけ》とも交流があったという。

この竹内、いや金原忠蔵が、宿に着くなり主人佐藤織衛に、言った。

「宿に余った着物があれば二人分揃《そろ》えて貰《もら》いたい。いや、侍の衣装《いしょう》ではなく町人の格好が良いのだ」

　これも身を偽《いつわ》っての敵陣偵察だろうと読んで用意してやると、金原は従者と二人くるくると着替えて、たちまち小粋《こいき》な旅人姿となった。尻端折《しりっぱしょ》りし、

「どうだ、似合うか」

　と袖口を持ちあげて立つと、主人もこれには呆《あき》れ、

「はあ、よく……」

　お似合いで、の言葉は飲み込んでしまった。帯の締め方から髷《まげ》の崩し具合まで、非のうちどころがない。これも武士ではなく、下総葛飾在の豪農出身ゆえであろう。

　金原は従者の勘一郎《かんいちろう》という者と二人、揃いの古笠を被《かぶ》って東に向った。

「とりあえず碓氷峠の上信《じょうしん》国境いを越え、立場《たてば》のあたりまで物見してみよう」

　浅間の煙を眺めながら、彼は従者に語った。山道は四日前に降った雪で白く固まり、木々も丸裸の様相である。しかし、中仙道の要衝《ようしょう》とて人の行き来は思ったより多く、山中の意外な場所に茶店や人馬の溜《たま》り場があった。

　唐沢《からさわ》、聖沢《ひじりざわ》を経て、かもん坂の急な上り道をのぼりしばらく行くと、突然人家の連なった場所に出た。勘一郎は驚いたが、中仙道を何度も旅したことのある金原は、

「どうだ、ちょっとした郷宿《ごうしゅく》ぐらいはあるだろう。これでも数年前、俺が通った時よりは軒数が少なくなっている」

　と説明した。

「上州と信州の境い目が、ちょうどこの峠の、そら、あそこに見える熊野権現社《ごんげんしゃ》の真ン中を通っている。町は門前町というわけだ」

碓氷峠の熊野権現の神官は信州に所属する者が十八家、上州領に属する者が十家あり、それぞれが御師《おし》として立場茶屋を営んでいる。

「山中ながら町の名がある。杓子町《しゃくし》などと旅の者は呼ぶのだ」

熊野権現社では、この頃、疱瘡《ほうそう》除《よ》けのお守りとして杓子を売っていた。

「神官の中では、阪西家、水沢家、曽根家といったところが有力らしい」

金原はついに、小声で地元の歌までうたい出した。

〽碓氷峠の水沢さんはェー、御幣《おんべ》振り振り　杓子売るョー
通りすがりの旅の行商らしい男が、彼の歌に小さく笑いながらすれ違った。

杓子には別の意味合いもある。旅客を相手にする隠し飯盛女のことを指し、特に美形の者は「塗りの杓子」などと呼ぶ。

「すると、ここでも女を抱かせるので?」

勘一郎が尋ねると、金原は鼻に皺《しわ》を寄せた。

「さあ、な。茶立て女や飯盛が十人以上はいるというが、よくは知らん」

金原は門前町を行ったり来たりして、御師の屋敷を覗《のぞ》き込み、外から目測で間取りを測ったりした。これにははっきりとした目的がある。来たるべき碓氷占拠の際に、峠へ展開させる兵の宿所、兵糧の備蓄所などをあらかじめ見極めておく心積りであったのだ。

その後、上州側に出た二人は八坂《はっさき》の日本武尊《やまとたけるのみこと》の祠《ほこら》や碓氷の楽書と呼ばれる歌碑などを見て夕刻、軽井沢宿に戻った。

3

嚮導隊（赤報隊）が碓氷峠に攻め上る準備を着々と進めている間、東山道鎮撫総督は、近江から信州にかけての宿々に布告を出した。

「近日、滋野井殿、綾小路殿家来抔《など》と唱え、市在に徘徊《はいかい》いたし米金押借り、人馬賃銭不払者も少なからず候。全く無頼賊徒の所業……」

とあって、これは遠まわしに赤報隊を「賊」とする文面であった。さらに、彼らが小諸から去った同じ日には同じ総督府執事名で、

「右の者共、無頼の徒を相い語らい、官軍の名を偽り、嚮導隊抔と唱え、虚喝を以《もっ》て農商を」劫《おびやか》しているので、取り押さえよ。もし手向い致し候ものは討取るとも苦しからず、と名差しで彼らの捕縛を命じる回状を松代藩以下の諸藩にまわした。

総督府の赤報隊に対する非難は、今日言われているように、官軍占領地での年貢半減を相楽らが公言した、その一点に原因があったのだろう。

ただでさえ懐具合の苦しい新政府である。租税減免などを軽々しく約束してまわられては、早晩政事《まつりごと》が立ち行かなくなることは目に見えていた。

隊長相楽は、これより先の二月八日、東山道総督からの出頭命令を受け、美濃大垣《みのおおがき》に向けて出発していた。

京にいた赤報隊の同志、監察役の竹貫三郎《たけぬきさぶろう》（本名・菊池斎《いつき》）という者が、隊の主力が駐屯する下諏訪へ走り、

「我ら、偽官軍と称されている。信州諸藩は我らを討取るために動き出すぞ」

と報じた。隊士は驚き、かつ怒り、即座に、

「隊がばらばらでは危い。諸方に出している兵を引き上げさせ、守りを固めるにしかず」

と衆議一決した。

問題は、下諏訪から和田峠を越えた向う。信州佐久平《さくだいら》方面に進んでいる先鋒の動向だった。

「一部は軽井沢宿に入った。今頃は小人数で碓氷峠を占拠している頃だろう」

と言う者がいる。

「誰か人をやって呼び返すべきだろう」

と言う者もいる。そこで監察使番の丸山梅夫が志願した。

丸山は、本名丸山徳五郎。信州上田藩領房山《ぼうやま》の庄屋の倅《せがれ》だから地元の道筋に慣れている。

彼は急いで出発した。間の悪いことに、この日は朝から雪が降り始めていた。

和田峠を越える頃には、一歩踏み出すだけでも難儀する大雪となって、丸山は歩く雪ダルマと化した。

笠取《かさとり》という坂道まで来て、あと一息で佐久平と足を止めた時、不意に脇道から数人の侍が現わ

れた。

「嚮導隊士丸山梅夫。いやさ、房山の百姓徳五郎、どこへ参るか」

待ち伏せしていたのは、上田藩士であった。

丸山は抵抗も空《むな》しく雪上に押し倒され、そのまま捕縛された。上田藩では、地元出身者の丸山を下諏訪到着の頃から、隙《すき》有らば捕えてやろうと目をつけていたのである。

「神妙にせよ。偽官軍の余党はこれ全て取り押さえよ、と己れらのお主《しゅう》である総督府から回状がまわっておるのだ」

上田藩士は、雪の上を引きずるようにして丸山を連行した。

これによって、碓氷峠方面の嚮導隊支隊は以後数日、孤立したまま行動することになる。


丸山捕縛の二日前。まだ雪の降らぬ二月十五日に、嚮導隊先鋒は早々と「進軍」を開始していた。

前日、神道三郎が碓井峠熊野権現社の神官らを言葉巧みに懐柔し、早朝から峠に登って来た同志たちの宿割りを済ましている。

碓氷峠確保の人数は、記録によると七十名。小銃二十挺、槍《やり》六本、馬匹三頭、とある。

本部要員は、大木四郎、西村謹吾、竹内健介以下十余人。神道三郎は探偵（偵察）方。桜井常五郎は遊撃隊長として十四人を率い、監察役で諸事物慣れた金原忠蔵が十余人を与えられて大砲組の長《おさ》となった。ただし、彼らはその重装備を全て下諏訪の本隊に置いて来ているため、この時は小銃さえ所持していなかった。

「官軍、碓氷峠に至る」

の報は、瞬《またた》く間に上州一円に広まった。上野《こうずけ》、下野《しもつけ》の諸藩には未《いま》だ彼らが「偽官軍」であるとは伝わっていない。

真っ先に動揺したのは、上野国小幡《おばた》藩二万石である。ここは名門の織田家所領であったが、東北の天童《てんどう》に織田家が転封した後は、松平（奥平）氏が入っている。藩主松平忠恕《ただゆき》は、急ぎ家臣に勤王誓約書を持たせて峠に走らせた。これを皮切りに同国の吉井藩一万石松平家、七日市《なぬかいち》藩一万石前田家も誓約書を送ってきた。

「順調だな」

と大木は喜んだが、金原はそう思わない。

「どれも他国の様子を窺《うかが》ってびくびくする小藩ばかりだ。もっと大藩の奴《やつ》が来なければ、だめだ」

と、指折り数えた。

「上野で実力のある藩は、前橋の松平、高崎の大河内《おおこうち》、安中の板倉、沼田《ぬまた》の土岐《とき》、館林《たてばやし》の秋元といったあたりだ。特に注意すべきは、安中藩三万石と高崎藩八万二千石だろうな」

安中藩は中仙道随一の要害、横川関所の勤番を務めている。また、高崎藩は四年前、西上を図った水戸天狗党と下仁田《しもにた》で戦った。金原から見れば憎むべき反勤王の藩であった。

すると、その午後、件《くだん》の高崎藩用人が峠にやって来た。金原は応接掛になっている中山造酒《みきの》ノ助《すけ》(仲)という者を招いた。

「高崎の奴原《やつばら》、我らの内情をただ探らんとして登って来たようだ。散々に脅《おど》しつけてやれ」

中山は碓氷峠のすぐ下、坂本宿の出身である。偶然にもこの男は筑波天狗党の挙兵にも参加していた。病によって帰郷し、辛くも助かった後で赤報隊に入っている。

「恨み重なる高崎の者、存分に脅かしてやりましょう」

手に唾《つば》して応接に出た。

高崎藩用人は深井某《なにがし》と称し、色の黒い痩《や》せ形の中年男だった。中山は官軍先鋒本営の慣《なら》いだと言って、まず深井の両刀を取り上げ、

「何用でござる」

小馬鹿《こばか》にしたような態度で尋ねた。深井は、ただ様子見であるとも答えられず、藩主誓約の件をもごもごと口にしたが、すかさず中山が怒鳴りつけた。

「高崎八万余石には勤王の精神無く、周辺の動向を窺って趨勢《すうせい》に随《したが》わんとするところが見える」

その後の中山の台詞《せりふ》はすさまじかった。

「諸事卑劣なり。この上は藩主自ら来《きた》れ。然《しか》らずんば、汝の藩に限り当隊に於《お》いては取り計らわず」

代人による勤王誓約書は受理しない、というのである。深井はこの権柄《けんぺい》ずくな中山の言動に立腹し、蒼白《そうはく》となったが、手も足も出ない。

「急ぎ立ち戻り、評定つかまつる」

と平伏した。

「勤王実効を示されるにおいては、軍資金の献納額は他藩より多額になされるが良ろしかろう」

中山は押し被せるように言った。

「釘を刺され、這《ほ》う這《ほ》うの態で（高崎に）去った」

と、長谷川伸《はせがわしん》の『相楽総三とその同志（下）』には、深井某のあわてぶりが描かれている。

「どうでした」

後で中山が問うと、金原はほたほたと腹帯のあたりを叩いて、

「まあ、あんなところだろうなあ」

笑ったという。

「だが、これからもああいう手合いが次々に峠へ登ってくるだろう。我らの小勢を見破られる恐れがある」

金原はすぐに人をやって巨大な杉板を用意させた。人の丈ほどもあるそれへ、墨痕淋漓《ぼっこんりんり》と「官軍嚮導隊見張所」と書き、熊野権現社の門前に掲げた。さらには、兵員の宿所ごとに数少ない武具や小銃を並べ、峠の杓子町二ヶ所の出入口には武装した兵を立てる。夜間は篝火《かがりび》を盛大に焚《た》いて威勢を示すよう命じた。

「軍学の実践《じっせん》とはこれだな。金原氏《うじ》、どこで覚えられた」

神道三郎が感心すると、金原は苦笑した。

「俺は、江戸にいた頃は暇にあかせて寄席に通っていた。こういうものは軍談の実践だ」

事も無げに答えた。

金原たちも、こうした虚仮威《こけおど》しばかりやっていたわけではない。そうとは知らず、峠を通過しようとする旅人の中から屈強な者を見つけて隊に引き入れ、人数を増やした。

また、偶然、熊野権現社を訪ねて来た京の神祇伯《じんぎはく》（諸国官社の総管《そうかん》）白川資訓《すけのり》の子で千代丸という若者を盟主に据え、「神祇隊」という新隊も編成して、その隊長を遊撃隊の桜井常五郎が拝命した。

4

彼らの碓氷峠占拠は、慶応四年二月の十五、十六、十七の三日間で終った。

十七日の午後、本部要員ながら下諏訪にいた西村謹吾が、雪道を必死に走破して峠に出た。嚮導隊先鋒本部にたどり着いて、

「我ら偽官軍の汚名を蒙《こうむ》る。誤解を受けぬため、下諏訪にて謹慎と評議が定まった」

と伝えた。せっかく占拠がうまくいっている今、ここを放棄するのはいかにも惜しいと反対する者があったが、西村は強引に説き伏せて下山の用意をさせた。

見ると金原の姿が無い。

「どこへ行った？」

隊士の一人に問うた。

「それが……」

信州側の中之条陣屋に不穏の気配がある、との知らせが届いた。兵を集めて嚮導隊を襲う計画があるらしい。

「誰がそれを伝えてきたのか？」

「小諸領の百姓です」

そこで金原が鎮撫のため兵十一名を率いて下山したという。西村の到着と、ほんの入れ違いであった。

「僅か十一名で？　中之条は東信一の大陣屋ではないか。そこが蜂起《ほうき》とあらば兵も百は超えるだろう。なんと向う見ずな」

しかし、呼び戻すにも手遅れである。信州側に下山すれば合流も可能だろう、と西村はこの件を考慮の外においた。

中之条不穏云々《うんぬん》の噂は、実は小諸藩が流した謀略であった。

二月十日附の総督府回状が、触れ頭の松代藩から小諸にまわされて来たのは十六日のことである。

「だから言わぬ事ではない。丸々五百両の軍資金を偽官軍に奪われた。この責任は負うて貰う」

と、家老加藤六郎兵衛は、帰順奉命派の政敵牧野八郎右衛門を攻撃した。牧野がこれに窮《きゅう》していると、城に御影陣屋の元締綿貫庄之進《わたぬきしょうのしん》という者が訪ねてきた。

「我らも無頼の偽官軍に、二百八十両もの軍資金献納を強制されてござる。恥を雪《すす》ぐため、これを討つべしと陣屋一同の意言。貴藩におかせられては如何《いかが》でござろうや」

血走った眼で牧野に問うではないか。

「当方は……」

牧野は相楽総三の人となりを僅かながら心得ている。とても無頼漢と言えぬ印象を受けたものだが、現実に東山道総督府の回状があり、藩内での危い己れの立場も考慮せねばならない。

「……討伐に異存はござらぬ。されど、相手は無頼とは申せ銃器刀槍を多く備えてござる。他領に逃げ込まれて追跡が止まれば、これまた不具合」

牧野は、周辺諸藩の連合を説いた。

「上州側に逃れた時の事を考えて安中藩、主戦場を想定して上田藩、岩村田《いわむらだ》藩、竜岡《たつおか》藩を討伐に誘うのが良策でござろう」

綿貫は大いにうなずいた。

「されば、我ら代官所の者は同じ陣屋の中之条と中野へ兵の加勢を求めようと存ずる」

「当方は武士、足軽の百余を呼集いたす。陣屋では何人程御用意なされる御積りか？」

「二百人ばかり」

綿貫は、胸を張った。ただし、こちらは正規の武士が十人もいない。残りは天領の百姓家から徴集した農兵である。

（こころもとない）

牧野は思った。が、諸藩が兵を出してくれたなら何とかなるだろう、と各地に使者を走らせた。

小諸藩士の中にも策士がいる。

「碓氷峠の賊徒を分散させ、各個に撃破すれば寄手の損害も軽微になりましょう」

と牧野に進言する者があった。

「そんなうまい手があるのか」

「風説を流します」

天領の陣屋で不穏な動きがある、と噂を立てる。

「御影陣屋は我らの味方でございますから、ここは何の関わりもない中之条陣屋の名を出すのがよろしいかと存じます。峠の賊徒どもは、これを討とうと兵を割《さ》きましょう。峠を下った者を包囲鏖殺《おうさつ》すれば、峠の残兵も下って来る。隘路《あいろ》に待ち伏せして全て討取る。この策如何《いかに》？」

「まるで三国志、荊州《けいしゅう》争奪の段だが」

牧野は渋々これを許した。

碓氷峠の金原忠蔵は、その簡単な策に引っかかった。

峠を下った金原と十一名の兵は、雪道を軽井沢宿、沓掛宿と歩き十七日の夜に追分宿へ入った。浅間三宿の中で一番飯盛女の数も多く、旅籠《はたご》が密集している。宿場の記録（『軽井澤三宿と食売女』岩井傳重）には、当時のことを、こう書いている
「この日昼の中《うち》は別に何事もなかったが夜六時頃、大将金原忠蔵が早駕籠で問屋場に来て、大黒屋へ案内いたす様にと厳しく申し付けられたので、宿役人共は恐れ入って直《ただち》に馬指《うまさ》しの九右ェ門

に案内させた。その後引続き部下十名が到着して同じく大黒屋方に泊り込んだ」

追分宿は旅籠の規模によって大が八軒、中が十三軒、小が二十四軒とそれぞれ組合を作り客を引き合ったが、組合うちの潰《つぶ》し合いもあり、店同士の仲は悪かった。

最大の旅籠は「油屋」といった。この宿は明治の初めに岩村田宿へ移転して廓《くるわ》となったが、その頃は脇御本陣《わきごほんじん》の大看板を掲げ、手伝いや飯盛女は非合法の抱えも合わせると七十人という大所帯を誇っていた。当主は代々助右衛門を称し、御影陣屋と小諸藩のために働いている。

金原が入った「大黒屋」は塀を接して「油屋」の左隣である。ここは抱え女五十名と僅かに小さいが、主人金丸《かなまる》新太郎に学問があった。息子に平田学派の国学を学ばせ、自らも勤王を唱えて嚮導隊士に協力を惜しまなかった。

金原はここで用意を整えた後、未明に中之条陣屋に出撃する心積りでいる。

「賊徒、追分に入る」

との知らせが小諸に伝わると、藩兵百名は集合した。御影陣屋の農兵二百とは、追分近くの三ツ谷なる村で合流することになっている。

出撃は十七日の深夜と決まり、周辺諸藩の援軍を待ったが、何の音沙汰《おとさた》もない。藩抱えの伊賀者を四方に放って確かめると岩村田藩などは、

「ただいま仕度いたしおり候」

と言うばかりで助勢を出す気配すらないという。

「臆《おく》したか。腑甲斐《ふがい》無い奴らめ」

牧野八郎右衛門は、小諸と御影の両兵のみで決行する、と決めた。

「先般《せんぱん》当地に至った嚮導隊なる者どもは偽官兵である。領民を騙らい、三宿にて酒色に耽《ふけ》り、諸所に悪行を為す。かくのごときを放置するは庶民難渋の極み。我が藩においてはこれを撃破することにした。上田、岩村田、竜岡の諸藩も追い追い加勢を出すとの事。まずは、当方のみにて賊の先陣を討つ」

と訓示した。一同はただちに三ツ谷村へ進み、御影の農兵と合流した。

「賊は大黒屋にいる。我らは油屋の手引きでこれを包囲する」

三百に膨《ふく》れた人員を二手に分けた。先陣は百余。隊長は大橋某（名の方はついに不明）。銃兵十人に槍持ちの農兵と侍の抜刀隊という内容である。

「百といっても奴らの約十倍。敗けるはずはない。一気に押し潰せ」

雪を踏み、鼻息も荒く追分宿に向った。

当時は日の出をもって翌日とする慣わしであったから、二月十七日の夜更けと書くべきだろうか。

九ツ半（午前一時過ぎ）。百余の襲撃隊は大黒屋を囲んだ。とは言っても、中仙道に面した表口に兵の多くを置き、南側の裏手にはさほどの人数も配してはいない。

作戦も雑なものだ。銃兵が屋内に一斉射撃をする。敵が驚いて飛び出すところをさらに射撃。逃げる者を槍で刺し殺す。生き残った者は抜刀隊が斬る、という段取りだ。

銃兵も槍兵も御影の農兵の担当だから、小諸の藩兵はさほどに汚れ仕事をせずとも済む。

(小諸人は小狡《こずる》い。俺たちだけ働かせるか)

農兵どもは嫌な気分になったが、言われた通り大黒屋の前で戦列を組んだ。

この騒ぎを、折りからの寒さで厠《かわや》に立った大黒屋の者が聞きつけた。格子を細く開いて路上を覗くと、雪の上に黒々と武装者が群がっている。

急ぎ金原の部屋に注進すると、彼はすでに起き出し、配下の者も衣服を整えていた。

「御存知でございましたか」

主人新太郎が驚くと、金原は佩刀《はいとう》の目釘《めくぎ》に徳利の酒を吹きつけた。

「最前より人の足音がうるさかった。敵は不器用者ばかりと見える」

傍《かたわ》らの兵に向って命じた。

「火縄の臭いもひどい。まず、屋内を掃射する積りだろう。銃の数をかぞえて来たまえ」

さらに、新太郎や宿の飯盛女らを集めて、危険を逃れる策を教えた。

「外に出ると真っ先に殺される。覗いてもいかん。身を低くして出入口から遠いところにいろ。恐いのは鉄砲玉だけだ。杉戸、障子《しょうじ》などの薄い物の後ろには隠れるな。火の始末も充分にしておけ」

細々《こまごま》と親切に言い、配下の者を一ヶ所に集めた。

「偵察の結果、火縄の灯が十ばかり見えたという。恐れるには足りない。我らは固まって行動し、粛々《しゅくしゅく》と後退する。万が一、手傷を負った時は赤報隊の名に恥じぬ堂々とした死を遂げよ」

と、皆を見まわして訓示した。配下の中には数日前に信州で入隊した者も居り、大黒屋新太郎の周旋で新たに参加した浪士もいる。

「合戦の心得がある者が、まず先頭に立つ。俺は殿軍《しんがり》を引き受けよう。初陣の者は、耳を澄まして脱出の命を待て」

金原は自信有り気に下腹を叩いた。

5

大黒屋の構造というのは今日、記録に残っている。

この旅籠は文化年間に問屋を務めたことがあり、表縁側の内側に三間四方の板敷が造られていた。客はそこまで土足で上がる。また表から裏庭まで幅一間の通路が通っている。天井《てんじょう》も高く、大黒屋では上客を駕籠や馬に乗せたままここを通し、奥の離れに入れたという。中仙道に面した部分には格子付きの座敷があり、飯盛女が着飾って旅客を引く張り見世《はみせ》になっている。片側の板敷を上がれば二十畳以上の広間で、中央に炉《ろ》が切られ、巨大な自在鈎《じざいかぎ》に鉄瓶《てつびん》が掛かっている。台所の真上は天井が無く吹き抜けで、建築用語で言う「火袋式行燈造り《ひぶくろしきあんどん》」。この他に特徴としては、客専用の湯殿が三つも造られていた。

寄手の指揮官大橋某は、銃兵を五人ずつ雪の路上に折り敷かせた。

格子裏の座敷と大戸《おおど》の向うにある板敷に目標を定めて、

「放《はな》て」

と笞《むち》を振った。

轟音とともに格子が砕け、大戸に幾つも穴が開く。

あちこちで悲鳴があがったが、それは全て大黒屋の向い両隣で見物していたやじ馬の発する声だった。

(鉄砲に動じぬか)

大橋は弾填《たまご》めの終った次の五人に発砲を命じた。白煙があがり、木片が飛び散ったが、内部はひっそりと静まり返っている。

「おかしい」

大橋はしばし考え、あっ、と声をあげた。

「奴ら、裏手が手薄と知って逃れたか!」

裏だ、半数は裏口へ、と叫ぶと油屋と大黒屋の脇道に走った。これで、せっかくの三段備えが崩れた。

外の気配を窺っていた金原は、伏せていた隊士に向って叫ぶ。

「今だ。走れ」

太刀を抜き放ち、一丸となって表口から外に飛び出した。

寄手の銃兵も槍持ちも、頭数《あたまかず》を揃えただけの農兵である。

「で、出て来やがった」

抜刀して鼻先を駆ける敵に腰を抜かし、為す術《すべ》を知らない。

呆然《ぼうぜん》と立ち尽すところに、裏手から戻って来た大橋が、

「何をしている。銃手、放て、放たぬか」

わめき立てた。我に返った数人の銃兵が弾を塡め、狙いを定める頃には、十数人の敵は四十間以上も先を走っている。夜間で、雪もちらついているからまるで当らない。

流石にこれを恥と思った小諸藩士は、抜刀して後を追った。

殿軍の金原は、踵《きびす》を返して駆け戻る。

「やるかぁ」

一喝すると、藩士らは刀を担《かつ》いで逃げた。

十数名の隊士は追分宿の昇進川から東に向い、碓氷峠に戻る積りであった。一里塚を越え、かり宿村の辺まで来ると、金原が追いついて来た。

「奴らは、追って来る気配だ」

耳を澄ませば、何やらやけくそな怒号喚声が響いてくる。

「闇夜の鉄砲という。固まって歩けば誰かが当ってしまう。間を開けて歩け」

金原は命じた。

雪はだんだんと激しくなり、風に乗って聞こえる敵の声もはっきりし始めた。

「賊ども、止まれ」

と言うのは武士だろう。

「おめえら、まとめて撃ち殺したるだに」

とわめくのは農兵に違いない。銃声が聞こえ、闇を切り裂くように鋭い弾音が頭上を走る。一行の中から悲鳴があがった。

「声をあげるな」

金原は低く制した。敵は声を頼りに放ってくるだろう。

追跡する敵の足は意外に速く、すぐ近くで銃声がした。

ついに、最初の犠牲者が出る。大黒屋で同志の誓いを結んだばかりの信州人西尾鉄太郎が、腰を押さえてうずくまった。続いて隊士の熊谷和吉が胸に命中弾を受けて倒れる。

金原は雪の中を手さぐりで熊谷に近付き、

「何か言い残すことは?」

と問うと、彼は無言でこと切れた。さらに数町行くうち関口猶伴《ゆうはん》という隊士が倒れた。

これが初め金原たちの抜刀に怯《おび》えた農兵とは思えぬ程の、正確な狙いである。

(やはり、追う者と追われる者の士気の差だ)

金原は唇を噛《か》んだ。颪は足元で渦を巻き、降雪はさらにひどくなっていく。

(ここはどの辺だろう)

目の前に雪明りでぼんやりと丸いものが見えた。雪を被っているが、どうやら大きな浅間の焼け石らしい。

(見覚えがある。あと少しで沓掛宿だ)

その時、下腹に強い衝撃がきた。

あっ、と短く叫んで金原は倒れた。銃声が少し遅れて一行の耳元に届く。

従兵の勘一郎が急いで駆け寄り、金原を抱え起こした。

金原が銃創を受けたのは、八ツ半（午前三時頃）のことであった。

雪の激しさに、味方の多くは行方不明で、ただ勘一郎を含む四人の隊士が金原に手を貸して歩き続けた。不幸中の幸いは、雪のおかげで農兵たちが追跡を諦《あきら》めたことだ。

四人は、とある無人の小屋を見つけ、とりあえず金原を担ぎ込んだ。腹帯を裂いて仮包帯したが、傷はかなり深い。

一方、この時、下諏訪に向うべく碓氷峠を下った嚮導隊先鋒の本隊は、雪をついて軽井沢宿に入っていた。

身体を温め床に入ろうとすると、宿の者が怯えている。事情を問うと、

「追分のあたりで、しきりに鉄砲の音が聞こえます。これは合戦でしょうか」

と語る。皆の頭にまず浮かんだのは先発した金原以下十数名の事だった。

「助けに行け」

すぐに宿で飯を炊《た》かせ、隊伍を組ませた。大木四郎と西村謹吾は先に立って軽井沢を出る。そのうち東の空が白み始め、沓掛宿を越える頃には夜が明けた。

が、吹く風は止む気配がない。その雪の中を金原隊の小林六郎という若者が、血まみれになって歩いてくるのに行き合った。

「かくかくしかじかで、不意を襲われました。敵は袖の識別から見て小諸藩の者と思われます。味方は散り散り」

と言うなり、彼は気絶した。

大木たちがさらに進むと、あちこちに味方の死骸《しがい》がある。念のため偵察を出すと、

「あちらの小屋で金原氏が」

と報告した。急いで行ってみれば、蒼白の金原が横たわっていた。

『相楽総三とその同志（下）』信州追分の戦争の項には、金原の最期《さいご》の言葉としてこう語ったとある。

「重傷で生命を保つことが到底できない。願わくば大木四郎君の介錯《かいしゃく》を乞《こ》いたい。残念なのは王政復古の大業の結果を、この眼で見ることなくして死することである。しかしながら自分が今日まで、死生の間を幾たびか出入りしたことは、すべて私事《わたくしごと》ではなかった。すべて日本国をおもう赤心からだった。三十一年の生涯、短しと雖《いえど》も、無為にして老いたるに優る。そのことは実に会心の至りである」

それから自分の刀を示し、生家へ届け、合わせて己れの最期を伝えてくれるよう頼んだ。皆が確かに引き受けた旨《むね》返事をすると、金原は小屋の中に座り直した。

「御苦労ながら、頼みます」

首を差しのべる。大木は半泣きの表情で刀を振り上げ、介錯した。

首は四人の隊士が金原の袖を裂いて作法通りに包み、軽井沢方向に運んで行った。

二日ばかり経った早朝。碓氷峠の熊野権現社神官の曽根出羽《そねでわ》が、屋敷の門前に物音がするので覗いてみると、四人の男が雪中に何かを埋めている。すでに追分での戦闘を伝え聞いていた曽根は、おおよその事を察して黙認し、後に掘り出せば見知った金原の首であった。

曽根は後々討手の者に首を奪われてはならぬと峠の国境い、上州と信州の境界線上に改葬した。そこはいずれの権力も手が出せぬ不入地《ふにゅうち》だったのである。

金原の首が葬《ほうむ》られて半月後、相楽総三も偽官軍として処刑され赤報隊は壊滅した。賊の汚名は昭和の初めになって雪がれたというが、今なお長野県内で発行される古老噺《ばなし》や市町村史には、「偽官軍が飯盛女相手に三宿で日夜宴遊し」などとおもしろおかしく描かれることが多い。一度作り上げられた「史実」は、なかなかに修正が難しいという良い例だろう。

金原の首を埋めた土地は長く「金原藪《きんぱらやぶ》」と称されていたが、子孫はこれを知らなかった。しかし、昭和十八年九月六日、金原忠蔵こと竹内廉太郎の孫に当る東京の医師竹内義太郎が同地の知人から由来を聞き、ようやく七十有余年振りに慰霊祭を行った。

この子孫の医師の事は、筆者も近代インド史を調べていて偶然知った。竹内義太郎は、祖先の恥を雪いだ後、インド独立派、チャンドラ・ボースの組織するインド国民軍に日本側の軍医として参加することになったが、慰霊祭を終えた同じ年の十一月二十六日に至り、病死している。

この人もまた、義に生きんとして、その途中に倒れた祖父と同じ運命を担《にな》った。

勇《いさみ》の首

1

中仙道《なかせんどう》板橋宿は、娼家《しょうか》の多いところだ。俗に江戸四宿《ししゅく》のひとつと言う。

『守貞漫稿《もりさだまんこう》』にも、

「品川を第一とし、内藤新宿を第二とし、千住《せんじゅ》を三、板橋四とす」

とある。ただし、

「是妓品《これぎひん》を云也《いうなり》」

と続くから、四宿の中では最も品下る女ばかり居たらしい。隣の蕨《わらび》宿までは二里八町、練馬へは一里、川越城下へ八里。藁葺《わらぶ》き、板葺きの旅籠《はたご》が軒を連ねる、田舎くさい宿場である。

慶応四年の四月二十五日、江戸森川宿から巣鴨《すがも》を抜けてこの板橋宿に急ぐ人影があった。

まだ若い。髷《まげ》は大《おお》たぶさで、紺蛇縞《へびじま》の着物を尻っ端《ぱしょ》折り。茶の脚絆《きゃはん》に武者草鞋《わらじ》。腰には身幅の広い道中脇差《わきざし》を一本差している。

「あついなあ」

と彼はつぶやいた。路上はぬかるみ、生ぬるい風が吹いている。すこしでも歩幅を広げると、草鞋から着物の裾に泥跳ねが上がった。

途中、若者は滝野川近くの茶店で一休みした。さしてうまくもない胡麻《ごま》まぶしの串《くし》団子を齧《かじ》り、出がらしのような茶を啜《すす》っていると、葦簾《よしず》掛けの向うから声がする。

「なんだなあ、板橋も遊び辛《づら》くなったぜ」

「誰でえ。こういう時こそ、田舎の飯盛《めしも》りを抱くのがおつだなんぞと言い出したのはよう」

「まあ、そう言うない。今日はツケが悪りいや。西から下ってきた黒羅紗《くろらしゃ》が女郎屋の前に、ずらりと居並んでやがる」

江戸の下卑《げび》た遊び人が三人、向う脛《ずね》を掻《か》きむしりながら、たわいもない会話を始めた。

「物好きな人たちだぁよぅ」

と、茶を運んできた店の老婆が、話に加わった。

「天朝《てんちょう》様の御軍勢が、下野《しもつけ》やら上野《こうずけ》のお城を攻めるべえと、ダンブクロを押し出してるだ。その御本陣が板橋宿に出来たんだと。片町《かたちょう》や竹町《たけちょう》辺でそういう話は聞かなかったのけぇ」

「ちっとは聞いたが、まさかその黒羅紗のダンブクロが女郎の買占めまでしてやがるとは、円通《えんつう》寺《じ》(聞こえないの意味)だったぜ」

遊び人は、自分の脛をぴしゃりと叩《たた》いた。

「こうなりゃあ、早駆けに森川宿へ戻って、追分《おいわけ》あたりの岡場所へしけ込もう」

「それがいい。しばらくは板橋も鬼門だ。ダンブクロども気が立ってやがった」

三人目が、茶碗《ちゃわん》に残った茶をぐいと飲んだ。

「なにしろ、今日は旗本が斬《き》られるって話だからなあ」

と言った。聞き耳を立てていた若者は、思わず茶碗を取り落としそうになった。

(ああ、叔父上《おじ》がやられる)

帯に挟んだ早道《はやみち》から小銭を抜いて床几《しょうぎ》に叩きつけると、大急ぎで一里塚の方に歩き出した。


若者の名は勇五郎と言った。世に名高い新選組局長近藤勇昌宜《まさよし》の甥《おい》に当る。勇五郎の父宮川音五郎は勇の実の兄であり、勇五郎も後に勇の一粒種瓊子《たまこ》の婿《むこ》となって、近藤の姓を名乗ることになるが、その頃は未だ十八歳。瓊子は七歳であった。

官軍の江戸進駐で、牛込《うしごめ》二十騎町の屋敷は危いからと、郊外中野村本郷に勇の妻ツネと瓊子と三人で潜んでいると、四月の六日になって一人の侍が訪ねて来た。

用心深くツネたちを奥に隠して勇五郎一人が出てみれば、牛込の試衛館道場で勇の手ほどきを受けたこともある町方与力《よりき》、福田平馬《へいま》なる者だった。

「御郷里の宮川家より、何か御聞き及びではないか」

と開口一番、声を密《ひそ》めた。

「いいえ、何も」

と勇五郎が答えると福田は短く嘆息《たんそく》し、

「どうやら先生は、西軍(官軍)に捕えられたようだ」

と言った。

「二日前、下総流山《しもうさながれやま》で薩摩《さつま》っぽの罠《わな》にかかり、初め越谷宿、次が板橋で、今はそこの問屋場《といやば》預けの身という」

この事は流山から逃亡した同志や、救援を求めて江戸に走った土方歳三《ひじかたとしぞう》の口から人伝《ひとづ》てに町奉行所まで漏れた。元隊士の中島登《のぼり》などは町人に化けて、板橋宿まで勇護送の駕籠《かご》を追って行ったという。

「まことに先生の身は危い」

と報告だけすると、福田は急いで帰って行った。

彼と入れ違いに、武州多摩郡上石原村の宮川家からも使いが来て、板橋の一件を伝えた。

その晩、ツネは勇の安否を調べるよう、勇五郎に命じた。

若いながらよく気がまわり、勇も娘の婿にと特に望んだほどの男である。すぐに町人姿へ変じて内藤新宿から巣鴨地蔵道へ出た。

「私はすぐに板橋へ行って見ましたが、何しろ刀一本ささず、隠れるようにして行くので、恐い恐いと思っている為《ため》か、まるで問屋場の様子など解《わか》らない」（子母澤寛《しもざわかん》・『近藤勇五郎翁思い出話』）

と後年、彼は語っている。

宿場町を嗅《か》ぎまわっていると、巡察の官軍兵士から誰何《すいか》され、あわてて逃げる一幕もあった。

しかし、勇五郎はあきらめない。そしてこの四月二十五日は、数えて四度目の板橋探索であった。

その時は、もう問屋場などという目立つ場所に勇は居ない。

その身柄は二十三日まで板橋宿脇本陣の豊田市右衛門宅にあり、二十四日の朝、滝野川三軒屋の某家に移されていた。官軍もこの男が同志の手に奪い返されることを恐れ、転々と移動させていたのである。

勇五郎は、何も知らずに勇が籠《こ》められた家の近くを通り、板橋宿へ入った。

仲宿と呼ばれた宿場の真ン中あたりに来ると、なるほど洋装《だんぶくろ》の官軍兵士や小荷駄を運ぶ駄馬の往来が激しい。

「東山道総督府本営」

という真新しい看板を掲げた本陣の脇を目を伏せて通り過ぎ、上宿に向った。名高い「板橋」を渡りかけ、ふと足元に何か感じた。

小石が、ころりと草鞋の爪先《つまさき》に当る。飛んで来た先を見ると、橋の袂《たもと》の柳の根方であった。人が座り込んでいる。

見た目、乞食《こじき》のようでもあり、歩き疲れた旅の者にも見える。

(いたずらをするか)

と石を投げ返しかけた。すると、菰《こも》を身に巻きつけ、頬被《ほおかぶ》りした薄汚いその男は、白い歯を剝《む》いて笑った。

(あ)

見覚えがある。武州日野《ひの》宿の佐藤新太郎という、同い歳の男だった。

勇五郎はあたりを見まわし、ゆっくりと柳の根方に近付いた。小銭を出して、なるべく大仰《おおぎょう》な素振りで前に置かれた木の椀《わん》へ投げ込み、

「おめえ、にわか乞胸《ごうむね》かよ」

と自分の肩を揺すった。新太郎は身をかがめ、

「えへへ、これからお伊勢様に行くべえかと思ったが、こう腹がへっちゃあ歩けめえで」

おありがとうござい、とこれまた大声で答える。

そこで勇五郎はしゃがみ込み、ようやく小声で話しかけた。

「おめえも(勇の)探し手かい」

新太郎は椀の中に入った文久銭を、懐に入れた。

「応《おう》、名主様から申しつけられてな」

数ヶ月前、江戸にあった勇や同志土方歳三が、官軍に先んじて甲府城を奪取しようと企んだ時、彼らを援護すべく日野宿名主、佐藤彦五郎は「春日隊《かすがたい》」という若者の組織を作った。新太郎は気はしがきく、というのでその中では偵察方《ていさつかた》となり、笹子《ささご》峠の難路を越えた。この若者は、彦五郎の遠縁にも当り、勇五郎と同じ天然理心流《てんねんりしん》の門人である。

「勇五郎さん、おめえ、その脇差は目立ち過ぎやしねえか」

新太郎は、視線の先で鉄《くろがねごしらえ》拵の鞘《さや》を指摘した。

「なあに、かまわねえ。人に問われたら街道筋が物騒だからと言うべえよ。それよか、新太郎、

おめえこそ、よく乞食の縄張りをせしめたなあ」

と言うと、新太郎はまたしても、えへへ、と笑った。

「先《せん》にいたのは母子《ははご》の乞食だったが、縄張り持ちの乞食頭に銭をやって、肩代りしてもらった。それよか、よう。近藤先生は、問屋場にゃいねえぜ。今朝方、わかった」

「どうして知った?」

「問屋場から空の山駕籠がふたつ出た。ひとつが、あそこにある宿場の番太小屋に入り、もうひとつが平尾の一里塚へ向った」

山駕籠は、処刑者を運ぶ時に用いることが多い。

「いくら西軍でも、近藤先生を自身番に置き詰めにゃしめえ。すると一里塚の方が怪しい」

新太郎は破れた着物の袂から、筍皮《たけのこがわ》に包んだ餅《もち》のようなものを取り出して勧める。が、いかにも薄汚れた感じで、勇五郎は手が出ない。

「いらねえよ」

「そうかい、せっかくお菰《こも》(乞食)の女がこさえてくれたのに」

新太郎はうまそうに、がつがつとむしゃぶりついた。これが天然理心流目録の腕前とは、とても思えぬ。

「俺らぁ、行くぜ。その一里塚近くを探ってみる」

勇五郎は立ち上がった。このまま駆け出して行きたい気分だったが、宿場の目がある。

歩き出して後ろを振り向くと、佐藤新太郎が菰をまるめて、うっそりとついて来た。

2

宿場町の者は、耳聡《みみざと》い。

「天朝様のダンブクロ隊が、これから斬首をするそうだ」

と中仙道沿いを走りまわって叫ぶガキどものおかげで、行きには何ということもなかった道筋が祭りのように賑《にぎ》わっていた。

勇五郎は気が急《せ》いて、雲を踏むような足どりとなった。処刑見物と思われる一団の後について行くと、滝野川の方に人が群がっていた。馬捨て場という、林の出口にある草っ原に穴が掘ってある。処刑場によくある細竹の竹矢来《たけやらい》など一切無く、近くには路傍で倒れた哀れな牛馬のために、馬頭《ばとう》観音の石像が一基建っているばかりだった。

首の座は、作法通り穴の両側に土を盛り、一方に真新しい筵《むしろ》を広げてあった。

(はたしてここより、叔父上を助け出せるものだろうか)

勇五郎は、一尺九寸の脇差に、そっと手を添えてみた。勇が京にあった時、上石原の実家に贈ったもので、中身は無銘ながら関鍛冶《せきかじ》の優品である。

気がつくと、乞食姿の新太郎が、見物人の中にいる。あまりの悪臭に、まわりの男女が鼻をつまんで逃げ、彼のまわりだけ丸く輪が出来上がった。

その彼が、盛んに目で合図を送ってくる。見ると、山駕籠が一挺やって来た。宿場目明《めあか》しらしい黒股引《ももひき》の男が三人、まわりを囲んでいる。

人垣が崩れ、皆は山駕籠の方に走って行った。棒先の払いをしている男が、長い坊主十手《ぼうずじって》を振りまわして野次馬を追い払った。

(叔父上か?)

と見たが、どうも違うようである。遠くに立つ新太郎が、傍《かたわ》らの捨て旗を指差していた。細々《こまごま》と書かれた罪状記を読めば、どうもこの男は江戸の掏摸《すり》らしい。

掏摸と言っても、巾着《きんちゃく》を切り取るような生やさしいものではなく、街道筋に出没して旅の者を殺害し、近隣の婦女子を集団で強姦《ごうかん》してまわる、という一種の盗賊である。

草っ原に着くと山駕籠から引きずり出された掏摸は、筵の上に押し倒された。

顔面は蒼白《そうはく》で、唇は土気色《つちけ》になっている。まだ二十代の半《なか》ばといったところ。月代《さかやき》は黴《かび》が生えたように汚れ、頬から顎《あご》にかけては無精髭《ぶしょうひげ》で真っ黒だった。

これを皆で寄ってたかって縄付きのまま、首の座に座らせた。それこそ土壇場《どたんば》というものであろう。掏摸は額《ひたい》に半紙を挟んだ藁《わら》の紐《ひも》を掛けられた。が、何度も嫌々《いやいや》と首を振るために、紐が千切れ目隠し無しの処刑と決まった。

掏摸の背後から手桶《ておけ》を下げた町人風の者と、刺子《さしこ》の筒袖《つつそで》、鼠《ねずみ》色の稽古袴《けいこばかま》を着た浪人風の者が現われた。

(あれが首打人《くびうち》だな)

勇五郎は、浪人の腰にある黒鞘の刀に目をやった。板橋あたりの宿場となると、江戸からわざわざ斬り役を送るより、在方にいる心得の者に金をやって首打させる方が諸々便利なのだろう。

浪人体《てい》の者は、掏摸の後方で袴の股立ちを膝頭《ひざがしら》が露出するまで高々と取った。その場で抜刀《ばっとう》し、手桶の水を刀身に一筋かけさせる。

(これは長い)

嘉永《かえい》から安政の頃にかけて流行《はや》った復古調の長刀《ちょうとう》で、三尺近くある。黒船の来航に備えると称して、当時は若者らが争って身に帯びたが、抜刀に不便なため、やがて廃《すた》れた。

首打人は左手を鯉口《こいぐち》に添え、その廃れ刀を担《かつ》ぐようにして進み出た。

掏摸の左肩数歩手前で立ち止まると、押さえつけていた男たちが後に退く。普通、こうした斬首の場合、後方と左右から手伝い人が押さえるものだが、ここらではそんな決まりも無いらしい。

首打人は声もかけずに刀を振り上げる。勇五郎の立っているところにも、鍔《つば》の鳴る音が微《かす》かに聞こえた。すると、

「待ってくれ」

と掏摸が叫んだ。何か言い残すことでもあるのだろうか、と見物人は息をこらす。

が、何事もない。

首打人は改めて足を踏ん張り、刀を振り上げた。ところが、また、

「待ってくれ」

と掏摸は声をあげた。

今度こそ何かあるかと黙って引く。が、こ奴《やつ》は一言も発しない。

こんな事が、なんと七回も繰り返された。見物人もだんだん苛立《いらだ》ってくる。しかし、一番腹を立てたのは、翻弄《ほんろう》され続けた首打人であろう。

一歩下がって、気合いもかけず一息に振り降ろした。この時、

「待ってくれ」

と掏摸はまた言って、土壇の先に身を伸ばした。そこに太刀先が入ったからたまらない。背中にずぶりと物打ちの辺が食い込んだ。

「わっ」

と掏摸は大声で泣きわめいた。

「待ってくれ、待ってくれえ」

鮮血を撒《ま》きちらしながら立ち上がろうとする。走り出されては大変だ。首打人も焦って刀の柄《つか》に力を込め、再度振り降ろした。

だが、これも首を外して右肩に入った。庖丁《ほうちょう》で菜っ葉の茎でも断つような、ざくりという軽い音がして、肩先から血が噴出する。それほどの深手でも、掏摸は叫ぶことを止めない。

「待ってくれ、殺さねえでくれえ」

左右に首を動かすから、首打人も五太刀、六太刀、と首のまわりに刃を食い込ませた。

ついに掏摸は動かなくなったが、刀も人脂《じんし》で斬れ味が鈍っている。首の肉がめくれ上がり、白くなったあたりに刃こぼれした太刀先を当てた。鋸《のこぎり》で木片をひくように何度も前後に動かして、ようやく穴の中に生首を蹴《け》り落とす。

あまりの凄惨《せいさん》さに、見物人も押し黙ってしまった。刑場の傭《やと》いらしい男たちが、鍬《くわ》を手にして走り寄り、穴を埋め始めた。

生ぬるい風に乗って、勇五郎の立っている場所まで鉄錆《てつさび》じみた血の臭《にお》いが漂ってくる。

(これは大変なことだ)

後に天然理心流五代目を継ぐ勇五郎だが、この時は未だ人を斬ったこともない。急に吐気を催して、櫟林《くぬぎばやし》の方に歩いて行き、数度吐いた。途中の街道で口にした胡麻団子と思われる固まりが足元に散った。

悪臭がして、新太郎が近付いて来た。

「不覚者《ふかくもの》、武士だろうが」

と嫌味を言った。

「俺たちゃ、武士か?」

と言い返そうとして、止めた。宮川家は自宅に道場をこしらえる程の武芸の家ではあるが、身分上は遠く伊豆韮山《にらやま》にある代官江川太郎左衛門支配下の百姓である。新太郎の家も、日野の在の百姓で、ただ先代に八王子千人同心の株を買った者がいる、といった程度だ。

「こりゃあ、俺たちが討入ったぐらいじゃあ、どうにも先生を助けるなんぞ出来ねえ。俺らぁ、決めたぜ」

新太郎は武州の百姓言葉で、突っかけるように言った。

「せめて先生が武士らしくきれいに御最期《さいご》を飾って下さるよう、端から静かに見守るが分別じゃねえかってな」

無言でいる勇五郎の肩を、新太郎は小突いた。

「おめえだって、近藤先生の首があんな鋸疵《のこぎりきず》になるのを見ちゃあいられねえだろう」

「馬鹿っ、義父《ちち》は」

と勇五郎は怒鳴りかけ、あわてて口を押さえた。胃液の嫌な臭いがする。彼は近藤家の婿に半ば収まっており、勇をそう呼んでもさしつかえない立場にあった。

「公方《くぼう》様より若年寄格を賜《たまわ》った人だ。御大名扱いだぞ。あんな斬られ方はするもんかっ」

そこへ、林の向うから声が轟《とどろ》いた。

「おーい、来たぞう。旗本の駕籠だあ」

ばらばらと足音も聞こえた。二人は顔を見合わせ、林の道を駆け出した。


近藤勇が処刑される直前、同じ場所で掏摸が斬られたという話は、子母澤寛の聞き書きにも出てくるが、なぜか他の資料では削られ、勇の連行される部分から記されている。掏摸の斬られ様があまりにも残酷な描写になっているからだろう。『新選組物語』にも、

「実に悲惨なものであったという事を筆者（子母澤寛）は、やはりこの近藤斬首の有様を目撃した東京府下高田姿見《しもたかだすがたみ》ず橋、太田道灌《おおたどうかん》山吹の里、加藤文次郎翁の話」

として聞いた、とある。

勇五郎たちが街道筋に出てみると、また山駕籠が一挺こちらにやってくるのが見えた。

時刻はちょうど九ツ刻（正午）頃であった。

「あれだな」

「うん、間違いねえ」

山駕籠の前には黒服をまとった騎馬の上士が一人。前後には洋銃を担いだ兵士三十名ばかりが付き従っていた。

街道の土手下から近付き、人垣の隙間《すきま》から行列を覗《のぞ》いた。山駕籠は床を竹で編み、網代《あじろ》の屋根を被せただけの粗末なものだ。四方吹き晒《さら》しだから中もよく見える。

（あ、居た）

京の攘夷《じょうい》浪士たちから「下駄《げた》」と呼ばれた、あの特徴ある顔が有った。厳《いか》つい顎へ鬚《ひげ》が僅《わず》かにのび、顔色は幾分蒼《あお》いが思ったより元気そうである。

衣服は江戸で彼が愛用していた亀綾《かめあや》の袷《あわせ》に黒紋付の羽織。胸の辺には左右差し合わせに縄がけられていた。

勇五郎は、もうそれだけで涙ぐんでしまった。見物人の群は山駕籠と鉄砲の列を囲むようにして櫟の林に入って行く。小走りで後について行きながら見まわすと、新太郎がいない。

先程、掏摸の処刑が行なわれた場所から少し離れた平地に、草を僅かばかり刈り取ったところがあり新しい筵が用意されている。

山駕籠が降ろされ、勇の縄が外された。同時に、鉄砲を抱えた兵士らの半数が見物人を十間（約十八メートル）ばかり遠ざけた。

勇は筵の上に立った。どういうわけか素足で、踵《かかと》の白さばかりがやけに目立った。帯の辺に手を添え、悠然と東南の空を見ているのは、江戸の妻子を思ってのことだろう。それから急に、傍らの検視役らしい侍に何か話しかけた。侍が何か命じると、髪結いの道具箱を下げた人足風の男が林の中から駆け出して来た。勇五郎は、こう証言している。

「其《その》首穴の前のところで、父（勇）は月代からひげを剃《そ》らせました。駕籠の中でひげを剃った話は、よく伝えられていますが、あれは本当です。ただし」

演劇や小説にあるように、首打役の人間から小柄《こづか》を借りてじょりじょりやった、などという話は嘘《うそ》である。ちゃんとした髪結い床の者を呼んで身支度を整えた、という。

髪結いが離れると、勇は周囲に一礼し、

「なかなが御厄介に相成《あいな》った」

と言った。その声はかなり大きく、勇五郎の立っているところまで良く聞こえた。

検視役が合図し、首打の者が歩み出た。二人いる。一人は、

「丈《たけ》のすらりとした眼の大きい人で、見たところ四十一、二歳といったところ。もう一人は先《ま》ず二十《はたち》を二つ、三つも出たかと思われる位《くらい》の若い武士でした」

勇五郎は、老年になってもその時の記憶ははっきりしていた。

「若い人の方は、こう、白地に見事な墨絵で何か描いた陣羽織を着ておりました。この人も抜刀していましたが、若《も》し、初太刀を斬り損じた時は、即座にこの人が次の太刀を入れてくる風であったのでしょう」

と子母澤寛に説明した。人間、文字通り土壇場に至っては、どういう不覚をとるかわからない。首打の二番手まで用意するというのは、官軍も勇に対してはそれなりに気をつかっていたのだろう。別の資料では、勇五郎は一番手の首打人を、

「少し痩《や》せぎしな四十一、二歳ぐらいの人」

と表現している。これは岡田藩士横倉喜惣次《よこくらきそうじ》。同藩の武術指南役であった、と記録されている。岡田藩というのは聞き慣れぬが、美濃国揖斐《いび》五千八十石（岐阜県揖斐川町）の代官岡田将監《おかだしょうげん》の配下である。正しくは岡田家と書くべきだろう。同家は勤皇の兵として一小隊を官軍に差し出し、これが四月の初め板橋宿から下総に進軍した。流山の戦闘にも一応の戦功がある。勇の斬首に薩摩兵が反対している情況下では、この家の者を処刑に用いるのが諸事宜しい、と東山道総督府は判断したらしい。

その横倉が佩刀《はいとう》の峰《みね》へ柄杓《ひしゃく》の水をかけさせ、勇の背後で足を踏ん張った。この時、勇は驚くべき行動をとった。首を僅かに傾け、髻《もとどり》を自分で前の方に持ち上げて後方から斬りやすいように直したのである。

「丈の高い方の人（横倉）は『やッ』というと、一太刀で斬りましたが、誠に見事な腕前で、六十何年経った今でも尚《な》お感心致しております」

老いた後の勇五郎は、振り降ろされる刀の輝きまでも覚えていた。

勇の首は皮一枚残さず土壇の下に落ちる。血はさして飛び散ることも無く、どくどくと穴の中に流れ込んだ。

人垣の間から、呻《うめ》くような声が一斉にあがった。最前、酷《むご》過ぎる斬首を見てしまった人々の眼には、勇の死が見事なものと感じられたのである。

刑場の傭いが首を拾い上げ、新しい手桶の水を首の斬り口にかけて血を洗い流した。

ここまで見た勇五郎は、くるりと踵《きびす》を返すや一目散に駆け出した。

(死んだ、叔父上が死んだ)

人垣をかきわけて、草っ原から街道筋に飛び出し、そのまま多摩上石原村の実家に向った。

この年、慶応四年は一月から長雨続きで、三日と晴れの続いたことがない。間道に入るとまるで泥沼のようで、夢中で走る勇五郎は頭から爪先まで、たちまちドロドロになった。

3

板橋から今の調布市上石原までは、五里と十町。

勇五郎は、泥人形のようになって駆け通した。実家の宮川家にたどり着いたのは六ツ半(午後七時頃)である。田舎のこととて、家の者はすでにこの時間、床についていた。

百姓家狙《ねら》いの強盗が増えている頃だ。宮川家では固く雨戸を閉ざしていた。勇五郎はその戸板を荒々しく拳《こぶし》で打ち、

「大変だ、大変だ」

と叫んだ。

彼の実父の音五郎が、脇差を手に顔を出し、

「お、勇五よ。おめえ中野村にいるはずじゃなかったのか？」

と言った。勇五郎は土間に転がり込むと、泥だらけのまま仁王立《におうだ》ちし、

「近藤の叔父上は、今日の昼過ぎに、これだ」

自分の首に手を当てた。何事、と起き出して来た他の者も、話を聞くと声をあげて泣き出した。

音五郎は武芸の心得があるだけに落ち着いている。中野にいる勇の妻ツネや、天然理心流小日《こび》向《なた》道場の世話役、田安家家来寺尾安次郎方、先にも書いた町奉行所与力福田平馬などに家の使用人を走らせた。

「勇五は井戸端に行って、泥を落として来う。それから誰か紋付を出せ」

音五郎は皆にそう命じると、自分は仏壇へ御燈《おとう》を灯《とも》し、線香をあげた。

次の日、宮川家の者はまんじりともせずに過ごした。村の者で勇と懇意の人々は裏口からそっと訪ねて来て、仏壇に手を合わせた。

勇五郎は疲れから床を延《の》べてもらったが、目を閉じると刑場の光景があれこれ思い浮かび、容易に眠ることができなかった。

翌々日の二十七日。田安家の寺尾がやって来た。

「ともかく、先生の御身体《からだ》をあんなところに埋め放しにして置くわけにはいかぬ」

と、寺尾は言った。

「何とかして、こちらの菩提寺《ぼだいじ》に御納めせねば、我ら門弟としても義理が立たぬ」

「そのようなことが、かないましょうか？」

音五郎は膝をにじらせた。

「首は、まず無理であろうが」

寺尾は説明した。晒《さら》し台から首を盗めば、その同類として処罰される。しかし、胴は御取捨てというのが慣いだ。

「時に町人の身体は『お仕置殻《しおきがら》』と申し、刀の試《ため》しに用いる。しかし、士分の死骸《しがい》であれば左様な真似もせず、ただ埋め放ちであろう。こういうことは金で解決できるはずだ」

「左様で」

「ひとつ拙者が動いてみよう。伝手《つて》が無いことも無い」

寺尾は諸事面倒見の良い男として知られていた。彼が大急ぎで江戸へ戻って行くと、音五郎は遺体引き取りの人数を揃《そろ》えた。

一人は音五郎本人である。次に勇五郎。親族の宮川弥吉という者を混えて三人。そこに勇の胴を運ぶ村の駕籠舁《か》き四人を加えた都合七人で、昼過ぎに上石原を出発した。

途中、知人の家から駕籠の中にちょうど収まる程の櫃《ひつ》をひとつ持ち出した。これも寺尾の入れ知恵である。棺桶を用意すれば、中身が死骸と一目で悟られてしまう。箱状のものを菰で包み、荷物のように見せていけば怪しまれぬだろう、という企みだった。

寺尾が手配した板橋宿の旅籠に泊った次の朝、その寺尾が何気無い風を装ってやって来た。

「万事うまく事が運んだ」

「それは良うございました。ありがとうございます」

音五郎は畳に手をついた。寺尾はこれを制して、

「門人なれば当然のことである。さりながら、最後に刑場の者との交渉があり、掘り出しの労苦がある。まだ気は抜けぬぞ」

その晩、五ツ刻（午後八時頃）に向うへ着けるよう用意しておくように、と言い置いて寺尾は別室に消えた。

夕食が済むと、一同身仕度を整えて旅籠の土間に集合した。仲宿の遍照寺で打ち出す鐘を合図に、ゆらりと歩み出る。

勇五郎は一人だけ提灯《ちょうちん》を下げて、駕籠の前を行く。誰も彼も押し黙ったままで、ただ足音だけがひたひたと鳴っている。

「何だか、言うに言われぬ気味悪さで」

と勇五郎の思い出話にあるが、それはそうだろう。

夜に入って雲は厚くなり、今すぐザッと来てもおかしくない空模様だ。提灯ひとつでは足元もおぼつかない。宿外れの棒鼻《ぼうばな》を越えると人の往来もなく、灯ひとつ見えなかった。

寺尾は天然理心流の世話役だけあって、胆《きも》が座っている。勇五郎の先に立ってどんどん歩いて行き、刑場の番人小屋へ入った。

しばらくして、番人の頭《かしら》らしい者を伴って皆の前に出て来た。縞《しま》の着物を着た痩せた男である。

（ああ、この者）

勇の首が落ちた時、真新しい桶を持って来て血を洗っていた。勇五郎は、覚えている。

音五郎が懐を探って、三両の金包みを取り出した。当時としてはたいへんな金額である。

「あんがとごぜえやす」

痩せた男は包みを押しいただき、こちらでごぜえやす、と先に立って案内を始めた。

「ここでごぜえやす」

闇《やみ》の中で地面を指差した。

（ここか？）

勇五郎は提灯を高く掲げた。

「まだ土の色が新しいし、それから二十五日の当日に、私がよく見ておいた周囲《まわり》の位置から、すぐにそれとわかりました」（『近藤勇の屍《しかばね》を掘る』昭和五年十月・勇五郎談）

と後年の彼は語る。だが、実はこの時、櫟林に囲まれた僅かに窪《くぼ》みのついた深夜の原っぱで、勇五郎は自分の立っている位置さえ正確にはわからなかったらしい。

「申しにくいことながら」

と寺尾安次郎は、提灯の火の下で言い出した。

「拙者にも主家の都合がある。こんなところで何やらあれば田安家の家名に傷がつく。この辺で先に消えたく思う」

それは当然だろう。田安家は徳川御三卿のひとつ。幕末明治のこの時期は、最も微妙な立場にあった。

「いろいろと御尽力下さいまして、ありがとうございます」

宮川家の者は打ち揃って頭を下げた。

寺尾も、遺骸が埋まっているだろう土盛りに一礼し、提灯も下げず戻って行った。恐らく、今宵は板橋に一泊し、早朝江戸に戻るつもりだろう。

「この時の気持というものは、私の八十年の永《なが》い生涯に、かって一度も、その後にもその前にも味《あじわ》った事のないものでありました」

勇五郎は、ひときわ不安な心持ちとなった、と子母澤寛に話し、次にとった行動を説明した。

「七人で鍬《くわ》を振るい、かつかつと掘りました。二尺か三尺（約六十センチから一メートル）も掘ると、土と土の間から真新しい菰が一枚現われた。その下に数体の『お仕置殻』が入っております」

どれも当然ながら首は無い。

「首が無いのは当然だから、他の死骸と間違えないように、よく改めて見ることが大切だ」

と音五郎は言った。これについては、旅籠で昼間、充分に打ち合わせている。

「左肩の鉄砲傷だ。肩先に指が入るくらいの大きな肉の削《けず》れがあるはずだ」

慶応三年（一八六七）十二月十八日、京の墨染《すみぞめ》で、新選組分派御陵衛士の残党に狙撃された傷が唯一の証拠である。

菰を外して、皆は一体の死骸を引き上げた。

西洋式の白い肌着シャツと下帯《したおび》の姿である。

（本当にこれか？）

勇五郎は提灯の火を持ち上げた。斬首された時、勇は亀綾の袷を着ていたが、袖口から白い肌着はのぞいていなかったような気がする。

「これは違うかもしんねえ」

勇五郎は言った。

「牛込で着ておられた愛用の御着物が……」

すると菰をめくっていた実父音五郎が、しっと口をすぼめた。

「黙れ」

後に立つ番人へ気兼《きが》ねするように声をひそめた。

「これも刑場の慣いだ。刑死人の着物は剝《は》ぎ取られるのだ」

勇五郎の躊躇《ちゅうちょ》を勘違いしたらしい。

「下帯を残してくれただけ、ありがたいと思わにゃなんねえ」

と言い捨てて、宮川弥吉と二人で穴の中に降り、その死骸を持ち上げた。旧暦の衣替えはとっくに過ぎ、湿気も強い。死後三日経った死骸は、手の触れたところから皮がずるずると赤剝けして、たちまちひどいことになる。

「そっとだ、そっと上げてくれ」

音五郎はついに抱き上げるようにして穴から出し、

「残念だったろう、残念だろう」

と泣いた。初めは気味悪がっていた駕籠舁きまでが、おうおうと声をあげて泣いた。

「あるかな？　いや、あるぞ。提灯をもっとこう、近付けろ」

ある、とは肩の鉄砲傷の有無である。勇五郎は言われるままに灯を下げた。音五郎は肌着をめくって肩先を露出させる。京から引き上げて来て後、神田和泉橋《いずみばし》の医学所で医師松本良順から治療を受けたが、なにしろ当時の洋銃弾だから口径も大きい。勇の肩の傷は、完全に塞がっているとは思えなかった。

「そら、あったぞ。間違いない」

「お、あった」

宮川弥吉も言った。勇五郎は死骸の左肩を凝視した。指がずぶり、と入るほどの深い穴が見える。しかし、皮膚が腐り始めてあちこち剝けた状態では、それをはたして正しく鉄砲傷と確認できるものだろうか。

（もしやこれは、持ち上げる時に指先がめり込んだ跡じゃねえのか？）

そんな勇五郎の思いも知らず、音五郎と弥吉は死骸を悪戦苦闘して、棺桶代りの櫃へ収めた。滴《したた》る人脂を拭《ぬぐ》い、蓋《ふた》を被せ、櫃を菰で厳重に包んでから穴を埋め戻す。これに一刻半ほどもかかった。

「あっ、とうとう降って来やがった」

駕籠舁きの一人が上を向いた。顔にぽつり、ぽつりとくるものがある。

「礼を言ってくる」

竹竿を斜めに渡し、上に菰を掛けただけの番人溜《だま》りへ出て行くと番人頭が、

「ごくろうさんで。手足を洗いなされ」

親切にも水を張った盥《たらい》を出して来た。ここで皆は改めて一息つき、泥だらけの手を洗った。

提灯役の勇五郎は、消えかかった蠟燭《ろうそく》を代えるため、袂から新しい一本を取り出した。雨を避けて番人溜りの裏へまわると、

「おう」

背後から声がかかった。反射的に片手を腰の脇差にやると、

「驚かしてすまねえな」

闇の中で、ひどい汗の臭いがする。

「俺だ、俺だ。日野の新太郎だ」

ささやくように言った。

「おめえ、まだこのあたりに居たのけ」

勇五郎は、新しい蠟燭に火を移した。頬っ被りの新太郎は、また一段としお垂れた風になっていた。これではもう本物の乞胸である。

「あれは？」

と新太郎は番人たちと語り合う人影に顎をしゃくった。

「宮川家のものだ。父もいる」

「へええ、先生の兄上様自ら、宿端《しゅくはず》れまで来なさったか」

新太郎は、襤褸《ぼろ》の袖口で洟水《はなみず》をかんだ。勇五郎は、悪臭に顔をそむけつつ言った。

「義父《ちち》の胴を掘り上げたところだ。これから多摩へ戻る」

「御苦労様だ。けんどよう、先生の胴はあそこに無えぜ」

「何だと?」

提灯が大きく揺れた。

「無えと言ったんだよ」

新太郎は押し被せるように低い声で言い、えへへと笑った。

4

「俺が、お菰の格好で板橋のまわりを、三日も四日もうろついてたのは何の道楽でもねえ」

新太郎は草っ原にしゃがみ込んだ。勇五郎も仕方無く隣に腰を降ろした。

「勇五よ。おめえも我殺《がさつ》な奴だ。先生が斬られなすった後、その先も見ずにスッ飛んで帰ったろう。俺は念入りだからな。御首が台にかかるところと、胴の運ばれて行った先も、ちゃんと見届けたぜ」

威張るような口振りで新太郎は言った。

「役人はそれほど馬鹿じゃねえや。御首は、ここから十町ばかり行った一里塚の辺にござらっしゃるが、そこは人数が一杯だ。並の者は、とても手が出せねえ」

「胴の方は？」

勇五郎は身を乗り出すようにして尋ねた。

「滝野川に、処刑前の先生を籠めておいた家がある。板橋宿役人の息のかかったところだ。ここに埋められたが、敵もさるものさ。死骸が盗《と》られねえように、がんがん篝《かがり》を焚《た》いてやがる」

新太郎の言葉に、やはり先程の勘は当ったか、と勇五郎は思った。

「どうする？」

乞食姿の知人は、勇五郎の肩を小突く。

「止めてくれ。俺らあ、そうされるのが一番嫌れえだ」

彼は腹を立てた。新太郎はかまわず、

「どうするって聞いてるだ。あのまま、違うお仕置殻を多摩に持って行かせるつもりかよ」

「仕方無かんべえよ」

勇五郎も、きつい武州訛《なま》りで言い返した。今になって、それは違う。本物は手の届かぬ他所にあって、我々は全くの無駄足無駄手間になりました、とでも言うのか？

(泣きながら一刻半も死骸を箱詰めにした実父の苦労。伝手を求めてくれた寺尾安次郎さんの面目も丸つぶれになる)

勇五郎は、泥だらけの尻《しり》を上げた。

「このままでいい」

「そうか」

新太郎は勇五郎の手にある無紋の提灯を見上げた。

「その方がいいかも知んねえな。波風が立たねえだろう」

「おめえもよ、その汚ねえ形《なり》を改めて、早く日野に帰《けえ》れ」

勇五郎は歩きかけた。ふと、東南の方を見ると空が真っ赤である。江戸名物の火事だろうか。

「勇五よ。俺も八王子千人同心の流れだ。ここまで来ちゃあ、意地がある」

闇の中で、新太郎は言った。

「胴を掘るのは一人じゃ出来ねえが、御首なら何とかなるかもしれねえ」

「首盗っ人になるか」

勇五郎は驚きもせずに言い返した。

「晒し台を荒すと、同罪だ。笠の台が飛ぶぞ。見張りも多いんだろう?」

「目じゃねえよ」

ざっ、と草を掻き分ける音がして新太郎の気配が消えた。


「どうした、腹でも下したか」

手足を洗い終え、新しい草鞋に履き代えた音五郎が問うてきた。息子が無言でうなずくと、

「よし、雨がひどくなる前に戻るぞ」

皆に声をかけた。七人は、勇五郎の提灯を先頭に、街道へ駆け出した。

雨はどんどん激しくなっていく。全員濡れ鼠《ねずみ》になって先を急いだ。この刻限、道を行く旅人な

ど居るわけもない。ただ水溜りを踏む湿った音だけがあたりに響き、リンリンという虫の音《ね》が彼らの腸《はらわた》に淋《さび》しく染み渡って行ったという。

　前にも書いた通り、足元を照らすのは勇五郎の持つ提灯ひとつだ。その小さな雨避けから時折雨水が入って火を消した。火打ち石を打って光を取り戻すまでが、彼らにとって小休止の時間となった。しかし、二里ばかり行くと、この難儀な雨も急に止んだ。雲が切れると星が見え、明け方には東の空に光も差し始めた。

　六ツ刻（午前六時頃）、多摩上石原に着くとあたりは真っ白な霧に覆われている。これもかねての手はず通り駕籠は宮川家の菩提寺、竜源寺に着けられた。

　家の者、親族の者らは早や寺に集まっていて、一行の到着を知るや、裸足のまま勇の入った櫃を出迎えた。

　ただちに読経《どきょう》が始まったが、しばらくは誰も彼も手を合わせて泣くばかりだった。

「只今《ただいま》、菩提寺の竜源寺三鷹村大沢にあります『近藤勇之墓』という小さな石碑が即《すなわ》ちその屍《かばね》の上へ建てた墓でございます」

　と後年の勇五郎は淡々と語る。

「こちらでつけた義父の戒名は、心勝院《しんしょういん》大勇儀賢居士《だいゆうぎけんこじ》と申します。この外《ほか》に会津の愛宕山《あたごやま》にも墓があるそうですが、この戒名は、貫天院殿《かんてんいんでん》純義誠忠大居士《じゅんぎせいちゅうだいこじ》と申すそうです」

　現在、近藤を供養した場所は数ヶ所確認されている。

　一番有名なものは、この大沢竜源寺の墓と、勇五郎の言う会津若松の墓。そして、今の東京都北区滝野川七ノ八ノ一、JR板橋駅の東側にある高さ四メートルの「近藤勇宜昌（昌宜の間違い）土方歳三義豊之墓」。その左側の、北区滝野川四ノ二十二ノ二寿徳寺 建立《こんりゅう》による「勇生院頭光放運居士《ゆうしょういんとうこうほううんこじ》」という小さな自然石の墓である。

会津若松の一番立派な戒名の墓は、同年四月に野州の撤退戦で負傷して同地に逃れた土方歳三が、藩主松平容保《かたもり》に乞うて建てたものという。

板橋駅東口の供養塔は、明治七年（一八七四）、「王師《おうし》に抵抗し戦死の者、祭祀《さいし》執行を許す」という太政官通達により、勇の親族高野彌七郎《たかのやしちろう》という者が許可を求めた。これは明治九年に東京府知事の聞き届けがあり、他に新選組戦死者百十名の名も刻むことも許されている。

幹事は、近藤勇の鉄砲傷を治療した後の陸軍軍医総監松本良順。設立同志は元隊士の永倉新八、斎藤一《はじめ》であった。

維新後に蘭疇《らんちゅう》と号した良順は、明治三十三年、六十九歳の時に近藤勇の思い出話を『医海時報《いかいじほう》』に、

「此《この》近藤のおかげで私共《ども》は京阪のあたりに遊んでいても彼《か》の無頼浪士の禍《か》に遭《あ》わなんだのである」

と語っている。良順《かれ》は元治元年（一八六四）十月に江戸で勇と知り合い、翌年の慶応元年九月に上洛《じょうらく》して以後長い付き合いをした。

「併《しか》し実際あの男（勇）に初めて逢《あ》った時は私も少々驚いた」

良順は新選組隊士の不養生振《ふようじょう》りに驚き、大勢いた病人を急遽《きゅうきょ》、西洋式の看護法に切り替えさせた。そうした縁を持つ彼が、

「近藤は遂《つい》に首を斬られたが、其首なしの胴体ばかりを私が引き取って板橋の庚申塚《こうしんづか》に埋めてやり、墓石も建てた」

と言う。また、勇の親族という高野彌七郎も、東京府知事大久保一翁へ願い出た書類（明治八年十一月願上書）に、

「去る辰年《たつどし》（戊辰の年）関東お打ち入り（官軍進攻）の節、当宿（板橋）においてご征伐相成り、死骸取り捨てのみぎり、隣村瀧野川村壽徳寺持ち旧墓地へ埋めおき候。然《しか》る所、昨（明治）七年八月中、第百八号（の太政官通達）ご布告の趣、評議し奉《たてまつ》り、有難きご趣意により……」

と書いている。公式の願上書に嘘を並べる事は当時としてもずいぶん恐るべきこととされているから、高野も真面目に筆をとったものと思われる。

すると、あれだけの苦労の末に、勇五郎たちが多摩の竜源寺へ運んでいった首の無い死骸は、一体誰のものだと言うのだろう。また、子母澤寛の聞き書きもよく読むと、勇五郎の語り書きに徴《あきら》かな矛盾点が見受けられる。

『新選組始末記』（初版・昭和三年八月・万里閣書房版）には、父の音五郎と自分、勇五郎の兄の源次郎、分家の宮川弥吉の四人が駕籠舁きと行動した由《よし》語られているが、他の『新選組遺聞《いぶん》』や『新選組物語』によれば源次郎を抜かした三人に変っている。子母澤寛という人は聞き書きを重視した一種のインタビュー職人であった。昭和三年の五月、当時は省線むさし境《さかい》と呼ばれた現

在の中央線武蔵境《むさしさかい》駅から単線の小さなガソリンカーで多摩墓地前停留場駅に降りて勇の生家に通った。老いた勇五郎に会ったのも二度や三度ではなかろう。その対話法は、着物の袖口に小さなメモ用紙を入れ、ちびた鉛筆を隠し操って書き止めるというものであった。

これだけ気を遣《つか》っているのだから勇五郎ものびのびと語ったのである。それが、いろいろ内容に変化があるのは、彼が老いて種々記憶違いを生じているのか、それとも何かそこに重大な作意があるのか……。

一応、胴の方はここで筆を止めよう。しかし、晒された勇の首にも異説が多いのである。

最も知られている資料は、慶応四年の閏《うるう》四月八日、京に送られて三条大橋の下河原に晒された首の瓦版《かわらばん》だろう。

つい先年まで「壬生浪《みぶろ》の頭」として恐れられていた男が首になったのである。

「御刑罰に相成る元新選組近藤勇こと大和《やまと》」

という文字とともに、目尻を下げたあまり恐ろし気ではない勇の首が描かれている。竹矢来と槍《やり》、刺股《さすまた》、袖がらみを立てた横に高札が出ている。記録には、

「此者儀《このものぎ》、凶悪之罪有之処《つみこれあるところ》、甲州勝沼《かつぬま》、武州流山において官軍へ敵対候条《てきたいそうろうじょう》、大逆《たいぎゃく》に付《つき》、可令梟首《きょうしゅ》者也」

と書かれたという。瓦版に添えられた文句もほぼそれに近い。

勇の首は焼酎《しょうちゅう》に漬けた上で首が入る程の大きな壺《つぼ》に入れ、厳重に封をした後、箱に収めて京の

太政官へ送られたという。

三条に何日か置いた後で、大阪の千日前《せんにちまえ》の晒し場にも置き、再び京の粟田口《あわたぐち》に戻して埋ずめた。

京で首を見たある人は、

「面色生けるがごとし」

時に笑っているようにも見えた、と記録している。これは瓦版に描かれた表情と一致する。

だが、しかし、季節が季節なだけにはたして首はこれほどまで、綺麗《きれい》に原形を止めることが出来ただろうかという疑問は残る。

首を埋めた場所も粟田口南無地蔵《なむじぞう》近くという噂《うわさ》があるだけで、正確なところは不明となった。

京で新選組の壬生宿所になっていた八木《やぎ》家の若主人為三郎《ためさぶろう》は、語っている。

「大分後《だいぶの》ちに、ほとぼりの冷めた頃、いろいろその首を探してみたが、やはり解りませんでした」(『八木為三郎老人壬生ばなし』)

明治二十二年七月、勇の兄弟子で日野宿の佐藤彦五郎は、長男俊宣《としのぶ》(土方歳三の甥に当る)を京都にやって首を探させた。

壬生寺で尋ねた後、京堀川に住む元隊士の山野八十八《やそはち》、西本願寺の御太鼓番になっているこれも元隊士の島田魁《かい》らに面談し、首の行く先を調べてくれるよう依頼している。

二年後の明治二十四年三月。杉村義衛《よしえ》と改名していた元隊士永倉新八も首の捜索をしたが、うまく行かなかった。世は日清戦争を数年後に控え、近代化が進行している。勇の首を探すには、あまりにも時が経ち過ぎていたのであろう。それが——第二次大戦も終ってしばらく経った昭和三十一年、愛知県岡崎市の法蔵寺の境内から一個の墓石が発掘された。

墓の碑名には土方歳三以下十三名の名と、「慶応三辰年」の文字。調べていくと寺の過去帳にも、「慶応四年四月、進選組長、貫天院殿純義誠忠大居士、近藤勇」

という記録が残っていた。戒名は会津若松のそれと全く同じである。

寺の伝えでは、近藤の首を京で奪取した元隊士が、東海道を下りここまで来た。徳川家所縁《ゆかり》の寺と知り、首を埋めたのだという。法蔵寺では今も毎年四月二十五日、勇刑死の日に法要を行なっている。

さらにこの上を行く異説も近年現われた。昭和五十四年（一九七九）発行の『新撰組流山始末』（山形紘《やまがたひろし》・崙書房）によれば、近藤勇の従弟《いとこ》に当る近藤金太郎なる者が、斬首の晩に板橋宿の獄門台から盗み首したという。

それを語ったのは、金太郎の孫に当る明治三十年生まれの利三郎という人であった。彼は、

「近藤家の金太郎、長男の勇太郎および孫に当る自分だけの秘密として語られた物語」

と言い、彼自身が高齢となったため伝え残す気になった。

「金太郎（当時二十七歳）は首を背に王子《おうじ》へ出て、日光御成《おなり》街道を走り岩淵《いわぶち》宿へ出た」

二十六日の昼前、隅田川の川辺で首を火葬した金太郎は、後に山形県米沢へ遺骨を運び、彼の菩提寺に納めたという。

この近藤金太郎が勇の「従弟」という説は、真偽不明という。

盗み首をするために板橋宿に潜入するところなど、武州日野宿、佐藤新太郎の行動とよく似て

いるし、名も二文字違いときては、同一人物のような気さえする。

近藤勇五郎なら、この間の事情を何か察していたのかも知れない。が、彼の古老ばなしに、それらは一切省《はぶ》かれている。

勇五郎は義父勇の鉄砲傷が「左」ではなく「右肩」であることをよく承知していた。

また不思議なことに近藤の刑死後、すぐに板橋へ戻っていながら、首の架かった獄門台に関する話にはなぜか口をつぐんでいる。現在残っている『近藤勇五郎翁思い出話』にも、「断首の現場から京都へ持参した。その後この首はどうなったのか。いろいろ調べたがわからない」

としごく素《そ》っ気《け》なく語るばかりなのである。

屏風《びょうぶ》の陰《かげ》

1

製紙、電気、ガス、鉄鋼、繊維、保険など生涯に五百を超える企業を育て、日本の近代化に貢献した実業家渋沢栄一《しぶさわえいいち》は、天保《てんぽう》十一年（一八四〇）、武州榛沢郡血洗島《はんざわごおりちあらいじま》の豪農の子に生まれた。

幼名は栄二郎。同じ年に清国と英国の間でアヘン戦争が勃発《ぼっぱつ》し、翌年、我が国では老中水野忠《ただ》邦《くに》の「天保の改革」が始まっている。

栄二郎は七歳の時、初めて学問の師に出会った。老いて後、その当時の事を振り返って、

「私が初めに教わったのは論語で、それから孟子《もうし》、いわゆる四書五経、小学と（書物の質を）上げて更《さら》に文選《もんぜん》、史書、漢書、またそれに取り交《まぜ》て十八史略、国史略、日本外史、日本政記など読んでもらった」

と語っている。豪農の子として、相応の学識をつけられたのだが、問題はその師という人物である。

名を尾高《おだか》新五郎惇忠《あつただ》（号は藍香《らんこう》）といい、栄二郎の従兄《いとこ》に当る。僅《わず》か十歳しか離れていなかった。

つまり初めて栄二郎が論語を手にした時、師は数えで十七。もちろん、当時の事だから元服も

済み立派な大人として扱われていただろうが、それにしても若い。

この新五郎は、書を渋沢家の宗助誠室に、経典は遊歴の儒者として知られた菊池菊城に、また剣術は川越藩主松平家の指南役大川平兵衛英勝《ひでかつ》に学んだ。

特に、剣技についてはずいぶん研鑽《けんさん》を積んだらしく、二十歳代には近隣でその達人ぶりが噂《うわさ》になる程であった。

一体に武州から野州にかけては、富裕な農民層を中心にして武道が広がり、幕末近くなると農民がその身分以外で立身しようという気風も濃厚になり始めていた。

新五郎の師大川が新五郎に授けた技は、神道無念流である。

新五郎は弟の長七郎弘忠《ひろただ》と二人、武州榛沢郡の下手計《しもてばか》村（現・埼玉県深谷《ふかや》市）というところにいて、日々修行に汗を流していた。

塚原渋柿園《つかはらじゅうしえん》の筆になる伝記『藍香翁《らんこうおう》』によれば、ある日、彼ら兄弟のもとに江戸から二人の剣術家が試合を求めてやって来た、とある。その口上は、

「我ら、江戸、神田お玉ヶ池千葉栄次郎が門人の真田範之助《はるのすけ》、村上右衛門助《うえもんのすけ》と申す。かねがね尾高先生の御高名を伺い、その御尊顔を拝したく、かくはまかり越した」

応対に出た門人が、

「尾高なれば二人ござるが、いずれに御用件ござろうや」

と問うと、真田と名乗った男が、

「御両名どちらでもよろしい。当道場にて手合わせが所望でござる」

と答えた。

これは俗に言う道場破りであろう。そう察した門人が、急いで血洗島の渋沢本家、宗助のもとに走った。

「来たか」

その頃は新三郎と称していた宗助は、嘆息した。彼も同村鹿島神社の近くに「練武館」という道場を持つ程の剣術好きだから、江戸お玉ヶ池千葉道場の成り立ちも多少は心得ている。

千葉道場を、正しくは「玄武館《げんぶかん》」と言った。流派名は北辰《ほくしん》一刀流である。流祖千葉周作成政《なりまさ》は独創によって刀術を極め、

「夫剣者瞬息心気力一致《それけんはしゅんそくしんきりょくいっちす》」

と言って、まず自在に動くを大事とした。それまでの剣術は型を中心とした舞いの手のようなものであったが、彼は防具、竹刀《しない》を積極的に用いて実戦と同じ速度で動きまわる指導法をとった。そのやり方は他の幾つかの流派も真似《まね》るようになり、今では江戸はおろか、下総《しもうさ》、利根川や江戸川流域の剣術愛好家にも絶大な支持を得ているという。

「千葉周作という者は、もともと下総辺の生まれで、父祖伝来の北辰夢想流に一刀流中西派兵法を混ぜ込み、文政年間、秩父寄居《ちちぶよりい》で甲源《こうげん》一刀流に勝負を挑み、勝ったことを誇っているらしい」

渋沢宗助は語ったが、この言葉は少々曲がって伝わったものだ。

千葉周作は北辰一刀流の道場を江戸日本橋にひらく直前、諸国修行の旅に出た。剣の本場とさ

れた上州に足を向け、その途上の秩父路で、土地の岩田清三郎という剣術好きの家に泊った。そこで一宿一飯の礼として、また武州の剣技を知るため、軽い立ち合いをしたに過ぎない。なにしろ、この折り周作は、岩田某の打ち込んで来た竹刀の先を自分の首にかけて捩《ね》じ伏せ、相撲《すもう》の要領で引き倒してしまったというから、どうも並の立ち合いではなかったらしい。

「甲源一刀流ならば、神道無念流の方が正しく立ち合いをして、大川先生が勝ちを制している」

宗助は、天保七年（一八三六）の武州における両派宿命の対決を口にした。これは渋沢家に縁ある者なら皆知っている事だ。

彼らの師である大川平兵衛英勝は、二十二の歳に川越藩領の入間《いるま》横沼村に住まいしたが、三十代に入って、近隣に鳴り響いた甲源一刀流を破り、神道無念流を土地に広めたい、という宿願を抱いた。

冬の寒い朝、甲源一刀流の秩父小沢口「耀武館《ようぶかん》」に「秩父の小天狗《てんぐ》」と称された逸見長英十九歳と竹刀を交《か》わした大川は、初回、胴を打ち込まれ、血を吐いて倒れた。

大川が無念のうちに横沼村へ帰り、胴に受けた傷を治して再び勝負を挑んだのは同年、夏真っ盛りの頃である。

同じ甲源一刀流だが武州大橋村にある福岡道場、福岡半之輔が相手であった。秩父で負けた経験を生かし、注意深く横払いから面に出た大川は、ここで見事に勝ち、以来入間横沼村の道場は門人の数がうなぎ上りに増えたという。

「我が神道無念流は、そういう家だ。こせこせと動きまわるだけが取り得の、お玉だかミケだかわからぬ道場の者に、やわか敗れるものかよ。けんど、万が一にも負けることあらば、我ら渋沢一門の面目にもかかわる。ようし、その江戸の者と尾高兄弟をこの『練武館』に招き、わしが自ら判者《はんじゃ》（審判者）をつとめてやろうかい」

ただちに親族で手のあいている者や、同館修行中の者を呼び集めた。稽古《けいこ》着《ぎ》姿の者、半農半武士の者、農具を抱えて野良に出ていた者などが、鹿島神社脇《わき》の道場に駆けつけて来る。

太鼓の音《ね》が鳴り渡り、普段はのんびりとしている血洗島も、その凶々《まがまが》しい名の通り、田の畦《あぜ》の端々まで目に見えぬ緊張の糸が張り巡らされた。

人々が固唾《かたず》を呑んで見守る中、試合は始まる。

挑戦者の北辰一刀流は真田範之助。受けて立つのは尾高新五郎。

初手は前者が竹刀を相手の顔面中央につけたのに対し、後者は喉元《のどもと》に向けた平正眼《ひらせいがん》であったという。

気合いとともにまず範之助が動く。新五郎はかわして返す。互いに打ち離れ、打ち戻すこと二十数度。

双方互角の腕と見た渋沢宗助は、判者として進み出た。

「勝負無し」

二人は左右に別れて荒い息を整えた。

続いて、新五郎の弟長七郎と、北辰一刀流の村上右衛門助との勝負である。

この村上は小具足（柔術）にも自信を持っており、事前に、

「もし、前者のごとく勝負つかざる時は、組み打ちにて試合を決すべし」

と申し入れていた。つい近年まで、剣術にはそういう決着法が残っており、尾高長七郎も渋沢家の者もこれを承諾している。

村上は、その決意を表わすかのように、面の緒を左右から八重《やえ》からげに結び進み出た。

彼は六尺近く、当時としては大男の部類に入る。その腹に金紋を描いた朱の革胴を巻き、下に漆黒《しっこく》の衣装をまとって竹刀を正眼に構えたところは、実に堂々としていて、まるで毘沙門天《びしゃもんてん》の化身かと見えた。

片や長七郎。彼も並の者より丈は高かったが、普段着慣れた稽古着に古い胴を着け、地味な姿である。

一礼するや、彼は右片手上段、村上は正眼に構えて接近する。

と、長七郎が目にも留まらぬ早技で村上の面を打った。

意外の思いで村上は立ち尽す。道場の内も外も、手を打ち足を踏み鳴らして喜んだ。

村上は、かっとして上段に竹刀を構え、打ち込む。長七郎はあわてず同じ上段から右に出て身を低くし左に払った。

村上自慢の朱の胴に、びしりと二太刀目も入った。

三本の内、二本も入ってしまった村上の竹刀を持つ手は、怒りに震える。

「すでに勝負あったが、最後の一本も所望いたす」

と言うと、判者の渋沢宗助もうなずく。

三本目は、右手上段に二人は構えた。

長七郎が一歩踏み出して振り下ろそうとすると、かねて心に定めていた通り、村上は竹刀を投げ捨てて組み打ちに出た。

長七郎は、自分の胴に抱きついてきた敵の身体を引き上げるように吊り上げて放り投げる。板敷に転がったところへ飛びかかって上に乗り上げ、面を押さえた。

剣術は模擬合戦の形で試合をする。首を獲《と》る代りに板敷では相手の面を外すと勝ちとなる。外されまいと村上は転がりまわるが、長七郎の力には及ばず、面を取られてしまった。

「勝負あり」

宗助は手にした扇をかざす。

最後は、先刻勝負のつかなかった真田範之助と長七郎の立ち合いだが、これは即座に後者が二本取って終った。

「こちらの完敗。ずいぶん学ばせていただきました」

北辰一刀流の両名は頭を下げた。

「いやいや、技は毫《ごう》も変らず。身内の土地では勝負に三分の利が有る、と申します。こちらこそ大いに学びました」

尾高新五郎は答えて、二人を下手計の自宅に招き酒肴《しゅこう》でもてなした。

真田範之助が尾高兄弟と義兄弟の約束を交わしたのは、その日のことである。

2

真田・村上対尾高兄弟の試合がいつ行なわれたか、諸説あってはっきりしない。

ただ、尾高長七郎が神道無念流の皆伝印可《かいでんいんか》を受けたのが万延《まんえん》元年（一八六〇）の事だから、同年末から文久《ぶんきゅう》三年（一八六三）夏までの事と考えられる。

真田範之助は剣術家にして、熱烈な攘夷《じょうい》論者であった。文久三年に入ると、彼とその与党は横浜を襲撃して洋人を殺害する計画を着々と進めており、武州榛沢郡のあたりまでのんびりと武者修行の旅に出ている暇などなかったと思われるからだ。

真田範之助の経歴は、今日ごく僅かしか知られていない。

彼の名を冠した短編を残した長谷川伸《はせがわしん》までが、塚原渋柿園の『藍香翁』から多くを引用しており、

「真田は其後《そのご》度々《たびたび》手計に来りて翁（尾高新五郎）と長七郎氏に兄事して余念なかりき。（中略）其人、元は武州多摩郡左入《さにゅう》村の農家の子にして、其祖《そ》は甲《こう》の武田に仕えし者と云う」

と書く。また、

「左入村というのは現《いま》の西多摩郡加住村大字左入のことで、大体、八王子からは北、立川からは西、拝島《はいじま》からは東、多摩川秋川の地を周《めぐ》っている地にある」（『佐幕派史談・真田範之助』）

と述べている。彼も関東によくいる半農半武士の家から出て北辰一刀流を学んだ、いわゆる草《そう》

莽《もう》の剣士であったのだろう。尾高兄弟に敗れたとはいえ、この人は流祖千葉周作について修行し、安政《あんせい》二年（一八五五）十二月に周作が死んだ後は神田お玉ヶ池玄武館の塾頭《じゅくとう》として後進の指導に当るほどの腕前であった。

一体に千葉周作の周《まわ》りには、水戸派の尊攘思想家が多く群がる風潮があった。彼は天保十二年（一八四一）、水戸藩主徳川斉昭《なりあき》のお声がかりで同藩の弘道館剣術師範となり、十人扶持《ふち》を受けた。天保の改革が頓挫《とんざ》した後、水戸藩の幕政改革案も退けられて斉昭は謹慎するが、その譴責《けんせき》理由のひとつに「浪人」千葉周作の召抱えが不審である、という一項があげられている。

やがて斉昭の地位は復活し、周作の三男や高弟も水戸藩に仕官する。周作の水戸藩に傾倒する事ひとかたならず。彼の死後も、この気分は続いていた。


文久三年に入ると攘夷の声は増々高まり、真田範之助の血洗島通いも頻繁《ひんぱん》となった。もともと尾高兄弟は、前にも書いた通り日本外史などを学ぶ水戸学の人である。当然、その子弟である渋沢家の若者らも攘夷論者だ。後の大経済人渋沢栄一も、十七の歳に土地の陣屋代官から御用金上納問題で手ひどい侮辱《ぶじょく》を受け、反幕尊王家と化していた。

同年六月から九月にかけて、彼らは練武館に集まり、数々の謀議を重ねた。

その結果、生まれた作戦は次の通り。

「現在の幕政をもってしては、到底攘夷は成りがたい。よって関東各地の農民郷士を糾合《きゅうごう》して騒擾《そうじょう》を起こす。この力を誘導して倒幕に持ち込み、同時に横浜の異人居留地を襲って焼き払う」

というものであった。

出羽松山脱藩で水戸天狗党騒ぎに参加した川俣茂七郎《かわまたもしちろう》という者の伝記には、

「血洗島の尾高惇忠は渋沢喜作（成一郎）等の師にして、儒者惇忠の弟長七郎は撃剣家にして清河八郎の朋《とも》たり」

と前置きし、以下のように述べている。

文久年間、浪士組を組織して暗殺された清河八郎も、時々は尾高長七郎を訪ねていた。一ツ橋家の家来平岡円四郎、海保章之助の塾生中村三平、千葉周作道場の門人真田範之助らと結び、有志六十九人を得た。彼らは初め「天朝組《てんちょうぐみ》」と名乗り、多数の武具を用意し、横浜の異人を殺そうと企《たくら》んだ。その挙兵時期は、一陽来復《いちようらいふく》の冬至《とうじ》と定めた。川俣茂七郎らと連絡を取った越後地方の同志数百をもってまず上州沼田城を奪取。続いて同地の新田《にった》郡、高崎に進み、岩鼻《いわはな》の陣屋も襲う。以上の場所で武具や糧食を得て、横浜に押し出すという大胆なものであった。

一陽来復の冬至に挙兵するのは、この日は一番の乾燥期に当り、焼き打ちには好都合であったこと。また上州新田郡とは、南朝の功臣新田義貞の子孫が多く住み、土地の小領主岩松氏も一方の将に立て易かったという理由による。

「天朝組」一同は、旧暦十一月に向けて決起文を書いた。神託《しんたく》と称するもので、

「近日高天ヶ原《たかまがはら》より神兵天降《あまくだ》り、皇天子十年来憂慮し給う横浜、箱館、長崎三ヶ所に住居致す外夷《がいい》之畜生共残らず踏殺し」

と、まことに神がかっている。

だが、この計画は、種々の事情で直前に中止された。

越後の同志との間で連絡がなかなか取れず、新田岩松氏は態度を明らかにしない。尾高長七郎も反対し、さらには同志の中に密告者すら出るという有様である。

尾高新五郎もここに至って手を引き、真田たちと交際を断った。


真田範之助は、しばし江戸神田に戻り、お玉ヶ池で悄然《しょうぜん》と過ごした。

この頃、千葉道場の中でも塾頭としてやらねばならぬ事が彼にはあった。

流祖周作亡き後、「千葉の小天狗」と謳《うた》われた次男の栄次郎が後を継いでいたが、これが死んだのである。

千葉周作という人は子孫運が悪く、ここで四人いた男子のうち三人までが亡くなり、急ぎ後継者を定める必要に迫られていた。なにしろ、神田の道場面積は一町四方、周作が生涯に取り立てた門人は一説に六千人という大所帯であった。

範之助とその弟子らは、水戸藩に馬廻り役として仕えている周作の三男道三郎を家に戻した。次男の遺子で周之助という子供があるのを幸い、周之助を正統な後継者となし、その成長まで道三郎を後見役にすると一門の会議で決めた。

この間、多少のごたごたがあり、年を越して文久四年（元治《げんじ》元年）、筑波山《つくばさん》に天狗党の挙兵事件が起こった。

「攘夷の決起である。有志は至急山上に集《つど》え」

と水戸の知人からお玉ヶ池に使いが来た。

「好機である」

範之助は手を打った。しかし、武州蜂起《ほうき》の計画と比べて兵力が乏しい。今さら血洗島へ行って人をくれとも言えずいろいろ考えているところに、

「当玄武館の者を誘えば良いではありませんか」

と提案する者がいた。

「それは妙案ではある」

範之助はすぐに千葉道場の攘夷思想家を集めた。海保半平、稲垣七郎、庄司弁吉、井上八郎の面々で、彼らは俗に玄武館四天王と称されていた。

「当道場には寮に住まう者が多い。通いを除き、彼らを全員引き抜くのが秘密保持の点でも有効ではないか」

と海保が言った。

「しかし、それではまた多過ぎるのではなかろうか」

範之助は指折り数えた。玄武館の寮は二階建てで、上に二十三人、階下に二十三人も住まっている。一気に動けば人目を引くだろう。

「そこは手がいろいろと有ろう」

四人は範之助に知恵をそれぞれ授けた。

数日して塾内に噂が立った。水戸から戻って来た三男の道三郎が、栄次郎の子が後を継ぐのに

難色を示し、

「幼少の周之助などどうにもならぬ。我こそ父周作の家財を受け継ぐ資格がある」

と公言している、というのである。

噂が充分行き渡った頃を見計らって、周之助を連れた範之助が寮の部屋をまわり始めた。

「かように幼少の者へ悪口《あっこう》して排斥《はいせき》しようとは。これこそ道三郎殿を水戸から呼び戻した我らの不覚である。見そこなった」

と嘆き、また、

「これでは千葉家二代の霊に対し門人として相済まぬ。この上は塾生総脱退して抗議の姿勢を示そうと思うがいかがか?」

と言った。

わざわざ水戸藩馬廻りの役まで捨てて戻って来た道三郎にすれば、いい面の皮だが範之助はかまわない。大事の前の小事と思っている。

もともと水戸攘夷派の思想家には、こういう詭弁《きべん》を良しとする風潮があった。

塾生たち四十六人は、たちまち彼の説に同調し、寮を出た。神田を立ち退いた一同は、四天王とともに深川に向う。それだけの大人数を隠すには大きな建物を必要とするが、すでにその辺も範之助は考えていた。

水戸家の江戸の深川御船蔵に小林権左衛門《ごんざえもん》という者がいた。死んだ千葉栄次郎の舅《しゅうと》で、遺子周之助には外祖父に当る人物である。

ここに五十余名の者は四日間潜伏した。その間、お玉ヶ池玄武館は大変困った。江戸府内の同派の道場から人数を出し合って、留守を守るという騒ぎである。

四日目の朝、一同は御船蔵を出て浅草田島町に入った。千葉周作の墓がある誓願寺の本堂に移り、ここでやっと温かい飯と布団《ふとん》にありついた。

焚《た》き出しを寺の近所の花屋と炭屋にやらせているうち、何処《どこ》からか荷を積んだ馬がやって来た。荷の中味は軍資金であった。千両箱というから豪気なものだ。金の出所は天狗党の関係者か、彼らの行く末を心配した玄武館からか、それはわからない。

範之助は塾の脱退者を寺の本堂に集め、ようやく本意を明かした。

「我ら攘夷のため北上する。今まで諸君らを騙《だま》した罪は詫《わ》び様もない。しかれども、全てはこの神国より夷狄《いてき》を放逐するの方便である。ぜひともここは、筑波山の同志に合流願いたい」

と訴えた。四十六名の若者は、一人残らず同意し、ただちに出発の用意を開始した。

3

ところが、物事はそうそううまと行くものではない。

誓願寺に五十余名もの不審な者が潜伏しているばかりか、昼過ぎより旅支度をしている。これはもしや、常陸《ひたち》の辺で騒ぐ攘夷党の支流ならん、と密告が立った。

市中取締の庄内藩御預り新徴組《しんちょうぐみ》と、寺社方の者が顔を見せ、早速調べにかかった。

範之助は代表者として彼らに会い、

「我ら攘夷の趣きをもって集合したものにあらず。恥かしながら道場の内紛から、かようにいたしてござる」

淡々と語った。

「故大先生の御子息ながら道三郎殿のやり様は許しがたい。我ら抗議を示さんがため打ち揃《そろ》い、故大先生の生まれ故郷に引き籠《こも》るつもりでござれば、左様御心得下さい」

千葉周作は、これもと奥州栗原郡荒谷村の出身であった。

「すると、これから奥州に下られますか」

役人が問うと、範之助は然《しか》り、と答えた。この頃になると、玄武館の門人が大挙して逃げ出したという話は江戸の事情通なら皆知っている。

役人は納得して戻っていった。

「これ以上の邪魔が入らぬうちに出発する」

範之助たちは急ぎ寺を出た。浅草見附《みつけ》に入ると、見張りの番役人たちが立ち並んでいる。

「早や、ここで遮《さえぎ》られるか」

と身構えたが何事もない。寺で取調べをした役人の口から、彼らが千葉周作に忠義を尽す門人たち、と聞かされていた番人らはにこやかに道をあけてくれた。

千住《せんじゅ》、草加《そうか》、越谷《こしがや》、粕壁《かすかべ》（現・春日部）と過ぎて、日光街道幸手《さって》宿に入ったのは元治元年（一八六四）秋である。

五十余名の道中というと、ちょっとした小大名の行列に近い。範之助の一行にも道中奉行の役をする者がいて、幸手の本陣に渡りをつけ、無事宿泊することが出来た。

筑波山はここから東に利根川を渡れば、数里先である。

一行は宿泊の人数を街道に向けて掲示した。本陣の表に戸を立てて、

「千葉周作成政門人、塾頭真田範之助外《ほか》五十人宿」

と書いておいた。それが多人数で泊る時の作法であった。

常陸では各所で早くも合戦が始まり、幸手宿の北東下妻《しもつま》では射撃戦闘も行なわれている。

夜間、幕府歩兵隊六百人ばかりが宿場を通って下妻に向ったが、あまりにも堂々と彼らが泊っているために、不審の念を抱かず通り過ぎた。

続いて数刻後、井上某に率《ひき》いられた七十名ほどが行きかかり、戸口の文字を見た。（この井上某を、長谷川伸は「井上越中守」と書いているが不明。筆者の考えでは、下妻一万石井上伊予守正兼《まさかね》の軍ではないかと思っている）

「かような戦乱の中で、五十余名の者が何の不審も抱かれず居座っているのは、逆に不思議である。あえて問い糺《ただ》さねば、逆にこちらの役目懈怠《けたい》となろう」

軍の代表者が本陣の戸を叩《たた》いた。

範之助が出ようとすると、例の四天王が押し止《とど》め、彼を隠して応対に出た。道場の手練《てだ》れである。武芸者の勘で、何となくこの場へ範之助を出すことに言い知れぬ危うさを感じたのであろう。

幸い、井上の兵は二言三言質問しただけで去って行った。

「堂々としておれば、何の心配も無いのだ。明朝、未明に一同ここを出て、下妻を避け、天狗党の同志を求め、これに合《ごう》する」

と範之助は命じ、軍資金を各自に分配したが、これも勘であったのか。しばらくして皆が床に入った頃、突如外で銃声がした。

「塀の外に先程の兵がうようよしている」

誰かが叫んだ。

「各自てんでに斬って出ろ。こちらがバラバラになれば、向うはそれだけ混乱する。出会う場所は筑波だ。手負うた者は江戸に戻るも苦しからず」

再び一斉射の音が轟《とどろ》いた。一同抜刀し、本陣の裏と表から飛び出す。

いずれも北辰一刀流の門弟。並の者ではない。これが五十余名、揃って突出したから井上の軍はたまらず後退した。

銃火がひらめき、斬り合いが起こる。範之助は横川左馬太郎、岩倉徳之丞の両人だけを伴として東に走った。

と……ここまでは資料が一致している。しかし、その後の彼らの行方はまたしても諸説入り乱れ、文字通り闇《やみ》の中だ。

長谷川伸の『佐幕派史談』では範之助が、

「鹿島に戦い、敗れて江戸に入り」

という塚原渋柿園の文章に疑問を示し、

「『常陸鹿島に戦い』というのは九月六日、大舟津《おおふなづ》の戦いを指したのだろう。この戦いに敗れた中に真田らがいたという資料はない。筑波山に着到したという資料もない」

と書いている。だが、近年、鹿島神宮の神官が天狗党の鹿島集合を記した『飛鳥川附録』（鹿島家蔵）が発見され、この中に真田範之助の名がたしかに何度も出てくることが確認された。

この本については茨城県鹿島郡の高校教師織田鉄三郎という人が、土浦の筑波書林『天狗党鹿島落ち』という小冊子に書き、現在も手に入れることが可能である。

それによれば、太平組《たいへいぐみ》と称する浪士団が元治元年九月二日から三日にかけて武装し、鹿島に集合。一帯は騒然としたという。

甲冑《かっちゅう》に身を固め旗をなびかせた一同は、九月朔日《ついたち》に幕府軍と一戦した後でこの地に落ちて来た筑波蜂起組の一部と知れた。総勢六百余。彼らは皆、天狗党が攘夷戦ではなく水戸藩の内紛に傾倒していくのを不快に思い、分派した者どもであった。

一番から七番まで、吹流しや馬標《うまじるし》を図入りで『飛鳥川附録』は細かく記録しているが、その中の四番隊、桜山三郎を隊長とする神武・集義の旗の元に、

「真田範之助、人数四十八人。桜山は黒糸縅《おどし》の鎧《よろい》、真田は黒革《かわ》の鎧。何《いず》れも紺木綿《こんもめん》の陣羽織立烏《たてえ》帽子《ぼし》にて兜《かぶと》は冠《かぶ》らず、着替えの具足櫃《ぐそくびつ》二つ持たせ騎馬なり」

と記す。しかし、馬や軍装を一体どこで手に入れたものだろうか。

太平組四番隊は別名集義隊。真田は千葉周作の門人で師範代をつとめたとも有り、この点は彼

を「相馬の人・真田範之介」と書いた『茨城県贈位者事蹟《じせき》』より、ずいぶん正確な記録である。

彼らは鹿島の大町、御師《おし》の立原作太夫《さくだゆう》方へ宿陣した。

幕府軍はこの屯集《とんしゅう》を見逃さず、隣国の佐倉《さくら》・棚倉《たなくら》両藩兵に幕軍歩兵を添えて出陣させた。

九月五日から六日にかけ、鹿島の近辺で戦闘が始まる。四番隊の桜山と進んだ範之助は、この時辞世の句を詠んでいる。

秋の野のあはれは虫の音のみか
　民のなげきもそへてきくなり
（『飛鳥川附録』）

これは合戦直前、神宮に参詣《さんけい》した折りに書き残したものらしい。

鹿島の神領境を越えて北浦に面した湊《みなと》町大船津に出、対岸の延方《のぶかた》へ行こうとしたが船が無い。半切りという小船をようやく見つけて漕《こ》ぎ出すが、折りからの北風で流される者数知れず。そのうち岸辺から敵が大筒を放ち始めたために撃沈される隊も出た。

延方へ上陸した後は潮来《いたこ》で戦い、青沼で敗れた。多くが捕えられ、ごく僅かな人数が辛くも包囲網を破り、江戸川を渡った。

4

範之助は運良く戦場を逃れた。連れは幸手宿から同道の岩倉徳之丞ただ一人である。徳之丞は北辰一刀流の他に医術の心得もあり、冷静な性格だった。

二人は軍資金をはたいて、江戸川下りの「油船」に声をかけた。油船と記録にあるが実際は醬《しょう》油《ゆ》を上流の関宿から下総市川に降ろす船であったのだろう。空樽《あきだる》に入った二人は江戸を目差した。そのまま松戸を越え、この様子では無事御府内入り、と気を抜きかけた時に中川の番所で船改めがあった。

川役人が適当な樽のひとつを開けるように命じた。

運の悪いことに、それが範之助の潜んでいる樽だった。

意を決した船頭が蓋《ふた》を取ると、彼が役人を睨《にら》んでいる。喉元に短刀を擬して自害の構えだ。

役人はしばらく範之助を無言で見つめ、

「蓋をせよ。何事もなし」

と言って船を通した。範之助の押し詰まった態度に武士の情けを見せたとも、玄武館の元塾生として見逃したともいうが、その後、この番所では責任をとって役人二人が切腹している。

それやこれやで江戸に無事着いた範之助と徳之丞は、出発の時に頼った深川の御船蔵を再び頼った。小林権左衛門はこの時も彼らを受け入れている。

その潜伏日ばかりは、はっきりしている。元治元年十月十七日（長谷川伸の本では十六日の夜）である。

大正八年、長谷川伸は生き残っていた範之助の弟と称する「老剣士」と対談した。ちなみに、範之助には兄と弟がいた。兄は彼と異り多摩郡左入村の生家を守って農本家《のうほんか》となり、弟は範之助を真似て西に行き東に行きしたあげく、幕軍脱走歩兵に混じり野州の官軍と対戦。敗れて賊兵の汚名を着せられた。その彼が言うには、

「真田（範之助）が深川の小林権左衛門方に入りしを、新徴組に密告したるものは、小林方門番の老爺《ろうや》なり」

すでに御船蔵役宅へ足を踏み入れた時から、市中取締の集団は彼に目をつけていたのである。新徴組は、範之助たちが筑波に「出陣」するのをみすみす見逃した事を恥とし、今回ばかりは念入りに対処するつもりだった。

相手が二人というのに隊士十人、奉行所や他の市中取締方役人十数人という人数を集めた。

「密告《さし》た者の話では、敵は千葉道場の高弟で、力は数人を兼《か》ぬと噂されている。また伴の者は天狗党武田耕雲斎《こううんさい》の臣と言い、これも凶悪の者だ。油断すまい」

新徴組組頭酒井吉弥《きちや》は各々に訓示した。彼らの記録には、範之助の伴の岩倉徳之丞は、

「岩名昌之助（二十五歳）幕医昌仙《しょうせん》の子」

となっている。

一方、範之助は江戸にうまく潜り込めた安心感から、酒を飲んだ。用心のため役宅内の小部屋に入り、入口に屛風《びょうぶ》を立てまわして眠りについた。

新徴組は御船蔵小林方に人数を配し、中の様子をうかがった。

「どうも隅の小部屋が怪しい。布団部屋のようなところです。古屛風で目隠しもしています」

偵察した一人が酒井に報告する。

「武芸者らしい用心ぶりだ。長柄を使われぬようにしているか」

酒井は応援の町役人らを屋敷まわりに配置して遠ざけ、隊士十人でゆっくりと室内に入った。まずは住人、小林家の者を捕えて外に出し、目的の小部屋に進んだ。

最初、異変に気づいたのは徳之丞だった。

屛風の向うで物具《もののぐ》の音を夢うつつに聞いた。新徴組隊士は肌に鎖帷子《くさりかたびら》と籠手《こて》を着けている。その触れ合う響きは、鹿島の戦場で嫌という程耳にしている。

「俗吏《ぞくり》！」

捕手、と知って抱き寝の愛刀を抜いて跳《は》ね起きた。

屛風の陰から飛び出そうとすると、範之助が先に布団から弾《はじ》け出て、

「止めろ」

と言った風に徳之丞を引き戻した。それから、

「何者か、入って来よ」

と屛風の向うに声をかけた。

が、新徴組の隊士たちは無言で動かない。室内の灯《あか》りと言っては、彼らが持ち込んだ討入り用の龕灯《がんどう》だけである。

「入って来い」

範之助がもう一度誘った。

数秒の沈黙の後、新徴組の手槍《てやり》が幾筋か屏風を刺し貫いた。

「わあっ」

と声があがって、隊士の数人が室内に踏み込んできた。

先頭に立つのは、組頭の酒井吉弥と隊士の北楯《きただて》金之助。範之助はただちに立って北楯に刀を振るった。彼は室内の戦いに心得があり、この時は一尺五寸の脇差で戦ったという。

北楯はその脇差で頭と左手を斬られた。が、少しも怯《ひる》まず脇から組みついて離れない。

徳之丞も刀を構えて屏風の外に出、酒井吉弥にむしゃぶりついた。

「斬れ、斬れ」

北楯が絶叫する。

「諸君、我とともにこの敵を斬れ」

と言うのだが、他の隊士は流石《さすが》に手を出しかねている。

範之助は強力の主であった。北楯に抱きつかれながら、六人の隊士へ次々に斬りつけた。

悲鳴と怒号が室内に轟く。

その時であった。手槍でずたずたになった屏風がついに倒れた。それが足元にからまり、四人は組み打ちの姿勢で同時に転がった。

酒井の目の前に偶然、範之助の顔面がある。

ここだ、と酒井は刀を伸ばしてその喉を突いた。

血が吹き上がり、範之助の北楯を締めつけていた腕が僅かに離れた。

酒井は返す刀で自分に組みついている徳之丞の顔面へ斬りつけた。

徳之丞もたまらず手を弱める。酒井は振りほどいて声をあげ、身体を返し様《ざま》、敵の腰を斬った。

ほとんど身を接しての斬撃である。若者の胴はざっくりと分かれて「僅かに皮を存《そん》するのみ」という凄惨《せいさん》な有様となった。

その時、酒井が用いた得物もやはり室内戦闘用の脇差で、江戸初期の名工、大坂正宗と呼ばれた井上真改《しんかい》の作であったという。

範之助も喉を押さえて転がるところを、ここぞと隊士全員が群がって、肩と言わず背と言わず斬りつけ刺しつけて、ついに絶命させた。

以上は、『庄内藩江戸取締と新徴組取扱』の記録である。

前述の「真田の弟」の説では、

「範之助は尺五寸の脇差で、まず相手両人を傷つけ、四人また傷つけ、相手の槍の先を切り落とし、それから斃《たふ》れた」

「岩名（岩倉）は左の股に槍疵《やりきず》があって、相手一人に傷つけて斃さる」

「この時、新徴組中に誤って自ら傷つけるもの有り。それを加えて負傷十三人」

などとあるが、この情報はどこから得たものだろうか。

小林権左衛門の役宅は、かくして血みどろの地獄となった。

しかし、薄い屛風一枚を砦《とりで》のようにして大奮戦した天狗党生き残りの物語は、敵である新徴組の間でも評判となった。

酒井吉弥は、「腰車《こしぐるま》切落し、これへ切込み」という手柄。また、北楯金之助は、「組留《くみどめ》」という記録である。他に手柄の者八名。

「中でも金之助は剛勇」

と称賛せぬ者がない。北楯金之助は負傷五人の内でも一番重い手疵《てきず》であったが、千葉道場塾頭を組み伏せる大手柄を立てたのである。

新徴組の預り元、出羽庄内藩旧藩士の石原重俊《しげとし》が書いたものには、

「北楯金之助（後の荘太）、頭上竪疵《たてきず》長さ五寸位《ぐらい》、深さ三分位、骨まで十針《じっしん》（縫う）。左腕竪長さ四寸三分位、深く骨際まで七針縫う。左手の甲深さ二分位にて一寸四分肉片取れる」

と書かれている。

十月二十一日、庄内藩酒井侯宛てに、公儀より賞詞と手負いの者への手当が出た。

「酒井左衛門尉《さえもんのじょう》。其方《そのほう》家来共、去る十七日深川辺に於《おい》て浪人共召捕の儀、常々申付方よろしく、家来共へも平常格別に相心得罷在《あいこころえまかりあり》候故《ゆえ》と一段の事に候。（中略）右の者共へ御手当白銀五十枚下

され候間《あいだ》、夫《それ》は為戴候《いただかせ》様可被致候」

酒井吉弥は白鞘《しらさや》の刀一腰、白銀三枚。北楯金之助は五人扶持の加増と白銀十枚。以下負傷の者らに三人扶持白銀十枚から七枚。無傷の者は紋付小袖《こそで》が下されている。

勝者はこのようであったが、範之助と徳之丞は死後も悲惨である。

罪人の慣いとして彼らの死骸《しがい》は検視を受けた後、両国の回向院《えこういん》に引き渡された。いわゆる棄葬《すてとむら》いというものである。

しかし、武士ということで一応の墓石は建てられた。しばらくはそのままになっていたが、ほぼ一年後の慶応《けいおう》元年（一八六五）、岩倉徳之丞の遺骨だけが掘り出された。恐らく親族の何者かが、人を傭《やと》って持ち去らせたものだろう。

作家長谷川伸は、大正の終りから昭和の初め頃、真田範之助の事績を描くため回向院の墓所を訪ねたが、時が経《た》ち過ぎていたのか、すでに墓も目印らしいものもなかったという。

多摩の寒村から出て、神田お玉ヶ池の塾頭にまでなった男の最期がこれであった。攘夷の横浜焼き打ち、天狗党入りなどを企まねば、あるいは後世もっと名を残す人物になったかもしれず、彼を知る者は皆それを惜しんだ。

最後に、武州榛沢郡の道場で彼を敗った尾高兄弟について触れておこう。

範之助が渋沢一門を横浜焼き打ちに巻き込もうとした際、賢明にもこれに反対して縁を切った尾高長七郎弘忠は、北辰一刀流を倒した男として関八州《かんはっしゅう》にその名を知られた。

「天狗の化身」「榛沢天狗」などと称されたが、範之助が未だ江戸にあって筑波山入りを企んでいる元治元年三月二日、武州足立《あだち》郡戸田村の路上で人を斬り、咎人《とがにん》となった。明治二年まで生きたが、三十二の若さで病没した。

兄の尾高新五郎惇忠は、慶応四年（一八六八）に一門の渋沢成一郎が徳川方に立って「振武《しんぶ》軍」を組織した際、参謀株にまつり上げられた。現在の埼玉県飯能《はんのう》市附近の合戦で敗れ、一時は野州に隠れた後、故郷下手計村に戻り辛くも生き延びている。

明治二年（一八六九）旧徳川の静岡藩庁に役人として召し出され、民部省役人。富岡製糸工場長となった後、従弟で教え子の渋沢栄一が彼を民間に招き、第一銀行の東北支店長職を歴任した。

その死は明治三十四年（一九〇一）一月二日。下手計の、あの真田範之助も訪れた家で物静かに他界したという。

血痕
けっこん

1

江戸ではこの年、元旦から三日と晴れたことがなかった。

商人も商いの値がつかず、皆腐りきっていた。そのうえ、市中は連日、江戸を離れて領地に行こうという大名や旗本の荷で混雑していた。その騒ぎに紛《まぎ》れての強盗が横行する。流行《はや》っているのは、宿屋に居酒屋、荷運びを請負う伝馬《てんま》人足の類《たぐ》いばかりだ。眼端《めはし》のきく奴の中には、早々とそちらの方に商売替えした者も多いという。

その日、渋沢平九郎《しぶさわへいくろう》は、下谷《したや》坂本町二丁目の町家《まちや》で一杯やりながら、通りを行く大八車の列を眺めていた。

（おもしれえもんだ）

格子の向うには、にわか人足どもの溜《たま》りがある。ばったり戸に胡座《あぐら》をかいて、煙管《きせる》を銜《くわ》えながら荷宰領《にさいりょう》をしているのは小商人《こあきんど》風。車の荷に縄かけをするのは、棒手《ぼて》振《ふ》りあがり。出来上がった車を、間髪《かんはつ》いれずどこかに運んで行くのは、車牽《ひ》き以外に能の無さそうな馬鹿面《づら》と、自然役割りが出来ている。

（一体《いってえ》に誰が決めたというわけじゃねえのに……、人ってものは、うまく動くなあ）

平九郎は感心しながら、盃を口に運んでいく。面長《おもなが》で色白。弘化三年（一八四六）四月の生まれというから、今年数えで二十二になる。時折、席に酒を運んでくる店の小女《こおんな》が、ほんのりと頬《ほお》を染めて見惚《みほ》れるほどの良い男っぷりだ。それをまた妬《やっか》み半分、横目で見ている町人客らが、ひそひそと品定めする。

「ここらじゃついぞ見かけねえさむれえだが、ありゃあ何だ？」

「知行所《ちぎょうしょ》へ逃げる小《こ》っ旗本《ぱた》とも思えねえ」

「おおかた、薩摩芋《さつまいも》との戦《いくさ》に負けてのやけ酒だろうぜ」

「それにしても、ちっとも気落ちした風《ふう》じゃねえのは、どうしたこったろう」

「公方様《くぼう》さえ、上野の御山《おやま》でじっとしてなさるというのに、はてさて不忠《ふちゅう》なこった」

などと聞こえよがしに語るのを、

（馬鹿野郎ども、勝手な事ばかりほざきやがるぜ）

腹の内で憤《いきどお》りながら、さ有らぬ態《てい》で平九郎は外を眺め続けた。

と、その時だった。坂本町の雑踏を、若い侍が二人、必死の形相で走ってきた。

両名、店の前で足を止め、あたりに首を巡らす。平九郎は格子の間から、

「こっちだ、こっち」

と呼びかけた。

「渋沢さん」

一人が声を荒げた。

「しっ、百《ひゃく》まなこの歯磨き売りでもあンめえし。路上で大声あげるなよ、こっちへ来《こ》う」

平九郎が手招きすると、二人は刀の鍔元《つばもと》に手をかけたまま、どやどやと店に入って来た。

「やはり、渋沢さんの読みが当った」

「山内《さんない》の八番隊詰め所では、手槍や着込《きこ》みを揃えています。谷中《やなか》の天王寺にも人数が入った気配です」

平九郎は落ち着き払って小鉢の肴《さかな》に箸《はし》をつけた。

「で、もう、成《せい》さんにこの事は？」

と問うと、若侍の一人がせわしなくうなずいた。

「ええ、伝えました。しかし、腰抜けの天野《あまの》一派。何程の事やあると肘枕《ひじまくら》で読書の態。とてものこと、我らの言うことを聞いてはくれません」

「ふふっ、成さんらしいや」

平九郎は苦笑いして箸を置いた。

「とりあえず、我々も相応の準備をしておこう。屋敷の周辺に何人か伏せておく」

「では、急ぎ同志に」

「そう急《せ》くこともあるまい」

平九郎は立ち上がろうとする若侍の袖《そで》を引いた。自分の盃を彼の手に握らせる。

「奴らだって、昼日中《ひるひなか》に刀槍をひらめかせるほど馬鹿じゃあンめえ。来るなら夜だ」

銚釐《ちろり》の酒を盃に注いだ。

「まだ刻《とき》はある。ゆるゆるといこう。しかし、何だな」

平九郎は端正な顔をゆがめて、また笑った。

「こうなると俺たちも、とんだ吉良《きら》の附人《つけびと》だ。俺なんざさしずめ小林平八郎といった割り振りだろうぜ」


渋沢平九郎は、武州榛沢郡《はんざわごおり》下手計《しもてばか》村に生まれた。実兄は神道無念流の達人尾高新五郎《おだかしんごろう》である。尾高家は、同郡血洗島《ちあらいじま》の土豪渋沢家の身内《みうち》として、一族の攘夷《じょうい》運動に同調した。

文久三年（一八六三）の秋、御三卿《ごさんきょう》の一つ、一橋《ひとつばし》家の家来となった渋沢成一郎・栄一の二人は、世に認められて順調に立身した。一橋家の当主慶喜《よしのぶ》が将軍となると、栄一は万国博覧会の幕府随員としてパリへ出張、従兄《いとこ》の成一郎は陸軍調役《しらべやく》となる。

が、慶応四年（一八六八）の一月、鳥羽伏見《とばふしみ》の戦いで慶喜の軍が敗北すると、情況は一転した。敗軍の将として江戸へ戻った成一郎を待っていたのは、将軍慶喜の上野山内恭順謹慎《きょうじゅんきんしん》と、幕臣らの目を被《おお》うばかりの狼狽《ろうばい》ぶりだった。

態勢挽回《ばんかい》を図る旧一橋家の有志たちが、徳川三百年の恩顧を唱える会の結成を策して、回状をまわしたのは、二月十二日。場所は雑司ヶ谷《ぞうしがや》の鬼子母神《きしぼじん》境内にある茶店「茗荷屋《みょうがや》」である。この時は僅か十七人が集まったに過ぎなかった。

「江戸の侍は腰抜け揃いだ」

と怒ったのは平九郎の兄、尾高新五郎である。

「予定の人数よりはるかに少ない」

するとと従兄に当る渋沢成一郎が、彼をなだめた。

「一橋家の臣は、多くが大樹公《たいじゅこう》（将軍）の御謹慎に合わせて、外出を控えておるのだろう」

成一郎は、青々と剃《そ》りこぼった自分の頭を撫《な》でた。坊主頭に作っているのは、将軍慶喜の恭順に同調するという姿勢を示すものだが、もともと図体が大きく容貌《ようぼう》も魁偉《かいい》であるために、見た目は両国の小屋に出る大入道のようだった。後に、成一郎を目の仇《かたき》にした彰義《しょうぎ》隊士や薩長の者は彼を指して、

「武州の化《ばけ》入道」

と呼んだが、むべなるかな。

「会の中心的な役割を果たす者の名がないまま、ただ有志として回状をまわしたのがいけなかったのだ」

大入道の成一郎は、失敗の原因を口にした。

「もう一度、会合を持とう」

「その時は、成一郎さん、あんたが中心になってくれるだろうね」

新五郎はにじり寄り、成一郎の膝頭《ひざがしら》を摑《つか》んだ。

「むろん、言い出しっぺェだからな。しかし一応、集まった者の意見も聞かねばならぬ。性急に親玉を決めてはいけない」

成一郎は、余裕たっぷりにたしなめたものだ。

新五郎は成一郎の補佐役として、第一回の会合に集まった一橋家家臣十数人に指示し、新しい回状を作成した。今度は、江戸中の旗本御家人らに広くこれを配った。

第二回目の会合は慶応四年二月十七日。場所は四谷鮫《さめ》ヶ《が》橋《はし》の円応寺であった。十七日というこの日附には、今日諸説ある。二十一日、十九日などと書く研究家も多いが、ここでは新五郎が橋《きょう》府随従《ふずいじゅう》之有志（一橋家江戸藩邸の家臣）名で各所に送った、

「尚以《なおもって》此《この》廻状《かいじょう》御局中《おんきょくちゅう》一橋《ひとつばし》御召連《おんめしつれ》之《の》諸君江《しょくんへ》（中略）再会来る十七日四谷鮫ヶ橋入横町円応寺」

という十二日発送の文面を参考にして話を進める。

さて、その十七日のことだ。鮫ヶ橋北町の永井肥前守《ひぜんのかみ》下屋敷隣の円応寺には、七十人近い人々が集まって来た。

その顔ぶれを見ると、いずれも江戸では名の通った腕っぷしの立つ面々である。

尾高新五郎は、渋沢成一郎と二人であらかじめ作っておいた決起書を読みあげ、さらに後日、正式に団体の結成式を行なうと宣言した。

「上様は、昔より尊王の為に尽くされ、昨年宇内《うだい》（世界）の形勢を御洞察《ごどうさつ》あって、二百有余年以来の御祖業《ごそぎょう》（大政）を朝廷に御返しあそばされた。公明至誠《こうめいしせい》の御英断は天人《てんにん》の知るところである」

新五郎が声をふるわせている間、成一郎は円応寺の庫裡《くり》正面で、じっと目を閉じ端座し続けていた。

「……然《しか》るに奸徒《かんと》（薩摩・長州）どもの詐謀《さぼう》によって今日の危窮《ききゅう》に至る。まことに切歯《せっし》に堪《た》えず。

君辱《きみはずか》しめらるれば臣死《しん》すの時……」

新五郎は感極まって、涙声になった。すると、そこに座っていた人々の間からも口惜《くや》し泣きの声が漏れ始めた。

「されば我ら幕臣、身命を抛《なげう》って君家の辱《じょく》を一洗し、反逆の薩賊《さつぞく》らを滅し、上《かみ》は朝廷を尊奉し、下《しも》は万民を安堵《あんど》せしめん。よって我ら同盟を結成するに至る。次回、二月二十二日西洋時の八時、浅草は東本願寺別院にて血誓《けっせい》いたすべし。方々《かたがた》には信頼に足る有志を増々御勧誘下されたく御願い申しあげる」

新五郎は言い終えると、仁王立ちして四方を見渡した。ほたほたという音が、あたりに響いた。一同が賛同の印として膝を叩いているのだ。この時代の人々には拍手という習慣がまだない。膝を打ち床を叩く音は次第に高まり、やがて庫裡一面に湯の沸くがごとく轟《とどろ》いていった。

渋沢平九郎も、涙で頬を濡《ぬ》らしながら自分の膝頭を力一杯打ち続けている一人だった。


(ふん、あれからふた月も経たぬ間に、血誓の同盟もこの様《ざま》だ)

平九郎は、急にしらけた表情となった。銚釐を傾けたが、酒はもう無い。彼はまた格子の外に視線を向けた。大八車の列は少し減って、代りに両掛けの荷鞍《にぐら》を置いた駄馬が数頭入っている。

(東本願寺で有志会を立ちあげたまでは上出来だったが)

二月二十二日、集まって来た面々に、

「これ(有志会)は上様の御冤罪《ごめんざい》を朝廷に哀訴仕《あいそつかまつ》り候《そうろう》ほかにこれ無く、血誓いたすについては、諸士これを御領掌《ごりょうしょう》ありたい」

と伝えて血判をとった。また、江戸に進駐してくる官軍や謹慎中の慶喜の手前、会の名称を「尊王恭順有志会」、血誓文は「同盟哀訴申合書」とした。

尾高新五郎の弁舌がきいて、会の頭取《とうどり》は渋沢成一郎。幹部も多くが一橋家の者がなった。新五郎も成一郎の参謀格に収まった。

問題は、一橋家以外の幕臣どもが副頭取に天野八郎《はちろう》という名の男を強く推《お》したことだった。

「誰です、そ奴は？」

平九郎は、実兄新五郎に尋ねた。

「上州甘楽《かんら》郡に磐戸《いわど》村というところがある。そこの庄屋の血筋というが、一時《いっとき》は攘夷の志士で名を売った奴さ」

でっぷりとしていて、頬の肉が垂《た》れている。肩幅があって、背丈はさほどのこともない。

「剣は何流を使うか知らぬ。相当の腕前らしいがね。その天野を立てている連中が」

渋沢なんぞという武州榛沢郡の土百姓が幕臣の指揮をとるとはおこがましい、と陰口を叩いているという。

「何をっ、渋沢家を馬鹿にしやがるか」

平九郎、かっとした。彼は成一郎の従弟栄一の見立養子《みたてようし》に入り、それゆえ兄と違う渋沢姓を名乗っている。親族渋沢に対する思い入れも強い。

「土百姓云々《うんぬん》とぬかすなら、その天野も上州の土百姓あがりじゃあねえか。成さんは一橋家の家臣、御公儀の陸軍調役だぜ」

怒ると平九郎は、きつい武州訛《なまり》になる。顔立ちがなまじ上品なだけに、人はその格差に仰天する。

尾高新五郎は、まあまあ、と実弟を手で制し、

「だからこそ、成さんを会頭《かいとう》（頭取）にして、あちらを頭並《かしらなみ》（副頭取）に据えたんだ。それには、裏でずいぶんこいつを使ったよ」

右手の親指と人差し指で丸を作ってみせた。

（銭を撒《ま》いた？）

平九郎は少し嫌な気分がした。

その後、数日間で入会を望む者は六百名を超えた。これを一組五十人程に分けて十隊とし、阿《あ》部弘蔵《べこうぞう》という者が「彰義隊」と命名したが、渋沢派と天野派に分かれた有志会の溝は日々深くなっていった。

隊の幹事で幕府陸軍の取調役本多敏三郎《ほんだとしさぶろう》などが両派の間に入って数々の調停を行なったが、初めから猿と犬では話にならない。

ついに袂《たもと》を分かち、彰義隊はふたつ出来た。天野を頭領と推す一派は、上野寛永寺の塔頭《たっちゅう》に移り、渋沢成一郎を頭と仰ぐ一派は浅草東本願寺に留《とど》まった。

異変は尾高新五郎・渋沢平九郎兄弟が、隊費工面のため武州榛沢郡へ戻っている間に起きた。天野派の上野彰義隊士が白昼、浅草を襲撃したのである。成一郎は捕えられ、谷中天王寺に抑

留された。

しかし、彼はここを自力で脱出し、入谷《いりや》にある上野輪王寺宮《りんのうじのみや》家老奥野《おくの》左京《さきょう》屋敷に匿《かくま》われた。

急を聞いて新五郎たちが江戸に戻ってくると、その左京屋敷にも再度の襲撃が行なわれるという情報である。

「奴らも二度目の仕損じは嫌うだろう。平ちゃん、成さんを守っておくれな」

新五郎は、実弟に迎え撃ちの指揮を頼んだ。

「俺はまだ少しやることが残っていて、手が離せないのだ。なに、相手は江戸の腑《ふ》抜《ぬ》け侍だ。お前の腕前なら、雑作《ぞうさ》もねえ」

「心得た」

平九郎も「武州の天狗《てんぐ》」と呼ばれた神道無念流尾高家の血をひいている。

ふたつ返事で引受けて、この日は昼過ぎから下谷坂本町に屯《たむろ》していたというわけだった。

2

暮六ツの鐘が、真近に聞こえる頃。小雨が降り始めた。

「そろそろ行くか」

平九郎が腰を上げると、伴の若侍が心づけを足した飲み代を小女に渡した。

「お傘《かさ》を」

どうせ、町内の番傘だろう。坂本いの字と書かれた古傘を、店の者が渡してくれた。

「ありがとよ」

楊枝《ようじ》をくわえて平九郎は、ふらりと外に出た。

路に人の気配が絶えている。昼間、あれほど車馬で混雑していた荷物寄せ場も固く戸を降ろし、藁《わら》くずや馬糞《ばふん》が散っているばかりだった。

このあたり、暗くなると治安が極度に悪くなる。彰義隊士が夜廻りをして、江戸っ子の人気を得るのは、この少し後のことだ。

「御切手町《ごぎって》のあたりには辻斬《つじぎ》りが出るんだってなあ」

平九郎は、傘の間から暗がりを覗き込んだ。小糠《こぬか》かと思ったが、耳元にはパラパラと音が聞こえてくる。小雨となめてかかれば結構濡れてしまうところだ。

仲間の若侍二人も少し離れてついてくる。彼らの傘に当る雨音と、下駄のひたひたと路面を踏む音だけが、背中に感じられる。

平九郎は、御切手町から入谷に抜ける細道に足を向けた。前方に小さく赤い提灯《ちょうちん》が灯《とも》っていた。

真源院の文字が微《かす》かに読みとれる。江戸っ子の地口《じぐち》、

「恐れ入谷の鬼子母神」

とはこの寺のことだ。そこの塀《へい》を僅かに曲ると、入谷の奥野左京屋敷。町家の片側には人家が無く、俗に入谷田《た》ン圃《ぼ》などと呼ばれている。

(成さんも妙なところに逃げ込んだもゝだ)

数町先が上野御山内。下谷坂本町の寛永寺御門から敵が押し出してくれば、あっという間に屋敷もろとも蹂躙《じゅうりん》されてしまう。

（山内の彰義隊士に工作しようという腹なのだろうが、危いこったなあ）

とひとりごとをつぶやきながら、道を曲る。

（おや？）

そこで平九郎は足を止めた。後ろを歩く二人の気配が消えている。

（ふむ）

剣呑《けんのん》なものを感じた彼は、真源院の門前に寄った。軒に下がった提灯を黙ってひとつ外し、傘と一緒に左手に持つ。

「おい、どうした」

門の脇に隠れて用心深く二人の名を呼びかけた。が、返事はない。

平九郎は右手ひとつで器用に鯉口《こいくち》を切り、片手抜刀の姿勢をとった。

すぼめた傘の柄に提灯を下げて、闇の中に突き出すと、
しゅっ、
と銀色の光が疾《はし》った。柄が斜めに断たれて灯が下に落ちた。

（馬鹿め）

平九郎は傘を捨てた。つぶれた提灯が勢い良く燃え上がり、路上が明るくなる。人影がみっつ。

いずれも刀を構えていた。

「天野ンところのガキか?」

平九郎は一歩踏み出した。

「少しはつかえそうだな。八番隊士かえ?」

上野山内、家蔵院《かぞういん》に屯する八番隊は、これ全て天野八郎の息がかかった者らで占められている。小野《おの》派《は》一刀流や直心影《じきしんかげ》流のつかい手が多いという。

三人は、じりじりと彼を囲む形で近付いてくる。

「黙《だんま》りじゃあ、わからねえ。何とか言ったらどうだ」

平九郎は怒鳴りつけた。

すると、三人の内、一番背の高い奴が合《あい》正眼に刀を構えながら、

「化入道の従弟、尾高平九郎だな?」

と問うた。

「化入道とは成さんのことか? 俺《お》ィらあ、今はそっちの渋沢姓だ。よく調べてから物を言えや」

喧嘩《けんか》口調で言いつつ、平九郎は相手の構えを眺めた。

(神道無念流の弱点を知ってやがる)

これより数十年程昔、武州熊谷宿《くまがや》に近い上奈良村で神道無念流の達人三田三五郎《みたさんごろう》と、上州で名高い馬庭念流《まにわねん》のこれまた達人富岡権六郎《とみおかごんろくろう》の立ち合いがあった。

富岡は師の樋口十郎兵衛定高《ひぐちじゅうろべえさだたか》から、あらかじめ相手の知識を得ていた。

「神道無念流は一撃必殺、上段から狙《ねら》ってくる。されば寸前に胴が空《あ》く」

富岡は師の助言を素直に受けた。相手の打ち出しを待って合正眼に構えると、三田はこれを誘いと知らず上段から面を打ってきた。瞬間、富岡は空いた胴を抜き、得物を返して水落ちを突いた。この時、両者は袋竹刀《しない》を使ったとも、また木刀を用いたともいわれているが、三田はそのまま気絶。翌朝、試合場の近くに落首が出た。

それ三田（見た）か　二本負けたる三五郎
　心のうちは無念流かな

この話は、瞬《またた》く間に関東一円へ広がり、神道無念流・馬庭念流両者の、後々に残る対立の火種となった。

（その伝《でん》で来やがるかい）

そうそう柳の下に泥鰌《どじょう》がいるものか、と腹の内でせせら笑った平九郎。相手が合正眼から僅かに誘いを見せた時、それに乗るふりをした。

刀を上段に持っていくと、好機と見たか、だっと湿った地を蹴《け》り接近してくる。

金属の打ち合う音がした。直後、平九郎の刀は相手のそれを払い上げ、肩口に入った。

古畳を打つような鈍い音がして、血煙が立つ。

どっと相手が倒れると、平九郎は刀の血を振るい、

「お前らも、こうなりたいかえ?」

静かに問うた。残ったふたつの影は、あわてて後ずさりし、入谷の細道を走り去った。

あとで知ったことだが、この襲撃は平九郎と夕刻まで飲んでいた若侍二人が手引きしたものだった。

渋沢組の武闘派である彼を成一郎殺害の前に斬って、その戦力を削《そ》いでおこうという天野派の作戦であったようだ。

平九郎が真源院門前で戦っている頃、左京屋敷は、彰義隊八番隊士によって包囲されている。

主人奥野左京は輪王寺宮のもとに詰めており、彼の妻子従者は知行所にいた。当夜、屋敷内にいる者は、これ全て渋沢成一郎とその護衛ばかり。

「御山の家老宅とて遠慮はいらぬ。押し破って一気に化入道の首を獲《と》れ」

記録によれば、「討入り」の面々は八番隊の笠間《かさま》金八郎、岡島藤之丞《とうのじょう》、幸松《こうまつ》市太郎、加藤作太郎。これに寺沢某以下五人の腕自慢を混ぜたよりすぐりの一団である。

表門《おもて》と裏門《からめて》に二人ずつ置き、残りは邸内に刀を抜きつれ抜きつれ、乱入した。

合言葉も定められていた。

「うえに」

と呼びかけられると、

「したに」

と答える。まるで大名行列の露《つゆ》払いのようで、間が抜けていた。これを大声で叫びまわるものだから、渋沢成一郎もすぐに気づいて身のまわりの品を集め、床下に飛び込んだ。

左京屋敷は、いざという時に家人が逃げられるよう庭の蔵まで脱出路が出来ている。大胆に見えて、流石《さすが》は後に明治財界人として名を成した成一郎。こんな仕掛けがあると知っていて、この屋敷を潜伏先に選んだのだろう。

「化入道がおらぬぞ」

「渋沢派の手先も見当らぬ」

乱入者たちは、腹いせに屋内の建具や庭木を、めったやたらに切りつけてまわった。

成一郎と仲間が逃げ込んだ蔵は、内側から鍵がかかっている。流石に蔵の戸を壊して中に入ることはなかったが、襲撃者の一人が戸口の隙間に刀を突き立てた。

その刃先が隠れている成一郎の顔の前に、ぎらりと通ったという。

「身幅の広い剛刀《ごうとう》が、鼻っ先一寸のところへぐっと伸びてきた。生きた心地《ここち》もなかったよ」

と、彼は明治末年頃、新聞記者に語っている。

小半刻《こはんとき》ほど暴れまわったあげく、襲撃者たちは手ぶらで引き上げていった。

平九郎が、近隣で助っ人を掻《か》き集めて駆けつけた時は、敵は上野の坂下門あたりで空元気の勝どきをあげている。

「遅かったじゃねえか、平さん」

蔵から這《は》い出して来た成一郎は、すり疵《きず》だらけの坊主頭を撫でた。

「俺も入谷鬼子母神前で囲まれましたよ。まあ、向うは道場剣法の達人だから、どうってことはありませんでしたがね」

平九郎は斬り合いの時に出来た袖口の切れ目を見せた。

「おたがい危い橋だったな。平さん、隠れている間に考えたんだが」

成一郎は泥だらけの素足で、座敷に上がった。

「今から回状を書く。木戸が開いたら一番でこいつをまわしてもらいてえ」

「心得ました」

平九郎はうなずいた。成一郎が前々から考えていた彰義隊とは完全に分離した隊を作る、という考えがやっと実行に移されるのだと思った。


二日後、渋沢組は押っ取り刀で戻って来た尾高新五郎とともに、江戸を去った。事前にまわした回状で、彼らに従うと誓った者約九十名。

成一郎は元陸軍調役の立場を利用して、千代田の武器庫から小銃三百、馬匹《ばひつ》二十、弾薬装備品等を持ち出していた。

初め甲州街道を西に出て、北多摩の田無《たなし》に落ち着いた。このあたり、富農層には剣術自慢や徳川恩顧を口にする者が少なくない。

「振武軍《しんぶぐん》」と名乗った彼らは、八方に人をやって遊説《ゆうぜい》し、人を集めた。

初め二百名。それが数日もせぬうちに倍の人数となった。これには、成一郎が江戸から持ち出した多額の軍資金がものを言っている。

良い気分になって軍を膨《ふく》らませていると、思わぬ大物がいちゃもんをつけてきた。

四月半ば、成一郎が平九郎を連れて、府中《ふちゅう》の大国魂《おおくにたま》神社門前に泊った時……。

宿に一人の男が訪ねてきた。白馬に跨《また》がり、髷《まげ》はなく総髪。洋装で異様に長い刀を差している。

「渋沢の喜助《きすけ》さんはいるかえ？」

成一郎の旧名をわざと口にするのも、不気味である。

取り次ぎの者があきらかに怯《おび》えているのを不審に感じた平九郎が出てみると、

「『練武館』の尾高君じゃねえか。おっと、今は渋沢家に入っているんだっけなあ」

軽口を叩きながら入ってきたのは、京で鳴らした新選組《しんせんぐみ》の土方歳三《ひじかたとしぞう》だった。

「今宵《こよい》は少々話があって、やってきたゝだぜ」

鬼の副長と呼ばれた男に似合わぬ、例のふにゃふにゃした笑顔を見せて、平九郎と成一郎の前に座った。

「喜助さんには、千代田のお城で御会いして以来だ」

「土方君、その名を呼ぶのは止《や》めてもらいたい」

成一郎は、百姓臭いこの旧名をあまり好まない。

「これもとは一橋家御床几廻《おしょうぎまわり》、陸軍調役。江戸彰義隊会頭である。渋沢成一郎君とお呼び願いたい」

「喜助どんじゃ不足かね。まあいいや」

土方は目を伏せたが相変らずにやにや笑いを止めなかった。

「そのお江戸の彰義隊会頭様が、どうして武州多摩の辺でうろうろしていなさる？」

「多摩は武侠《ぶきょう》の地として名高い。ここで兵を集め、江戸に事があれば一挙に押し出す所存」

「聞いているぜ、渋沢せーいちろうさんよ」

土方の顔からすっと笑いが消えた。

「お前さんが江戸御府内を追い出されたわけを、さ」

右肩を落とし、斜め下から成一郎の顎《あご》のあたりを見上げた。

「どこで集めやがったか、潤沢な軍資金で盛んに兵の引き抜きをする。上野でやってた汚ねえ手をここでもやろうって腹づもりらしいが、この府中一帯は俺たち多摩天然理心《てんねんりしん》流の縄張り内だ」

「募兵を中止せよ、と申されるか」

「ああ、そうさ。おめえさんたちゃあ、目ざわりだ」

成一郎は押し黙り、平九郎は思わず脇差に手をかけた。

（新選組の土方とて、何程のことやある）

当時、彼らの隊長近藤勇《いさみ》は下総流山《しもうさながれやま》で官軍に捕縛《ほばく》され、土方は彼の釈放計画に奔走していた。隊士も四散し、一部は市川国府台《こうのだい》に屯集《とんしゅう》する大鳥圭介《おおとりけいすけ》の脱走幕軍に吸収されている。土方としては近藤の身柄を取り戻す他に、自分の生まれ故郷で密《ひそ》かに兵を募《つの》らねばならず、多忙を極めていた。

そこに渋沢一派が、土足で上がり込むような募兵活動をした。なるほど腹も立つだろう。

平九郎が居合いの姿勢を取ると、土方も膝に引きつけた名高い和泉守兼定《いずみのかみかねさだ》。京で幾多の浪士を斬り、その血で「刀の中心《なかご》が腐った」と噂《うわさ》される愛刀に手をかけた。

この時、宿中に殺気が充満し部屋の障子までが細かく震えた、と後に成一郎は語っている。

どれほどの刻が経ったものか、土方は肩の力を抜いた。

「今宵は他に用事もあるから、刃傷沙汰《にんじょうざた》は止めておこう。けど、ね、渋沢の旦那方《だんな》」

土方はものすごい眼で二人を睨《にら》みつけた。

「二度とこの辺に出入りしねえでくれろ。見つけたら、次は本当に叩っ斬るぜ」

ぷい、と立って出て行った。

3

まさか土方の威《おど》しがきいたわけでもあるまいが、振武軍はひと月程で本拠を西多摩に移した。

「はこねざきは天領だからな」

成一郎は言った。現在の東京都東村山市から埼玉県境に近い瑞穂町《みずほまち》にかけての一帯は、古くから江戸を支える幕府直轄領のひとつである。中でも箱根ヶ崎《はこねがさき》あたりの豪農は紬《つむぎ》で稼ぎ内福で、また武を好む土地柄だった。

「田無より人も多く募ることが出来よう」

成一郎が、あたりの農民道場に配下をやって説くと、ここでもたちまち数百人の入隊希望者を得た。

代官所の金穀《きんこく》も押さえ、武装民に白兵戦の訓練もつけた。この点、渋沢成一郎という人物は元陸軍調役として自ら誇るだけの有能さを持っている。江戸の彰義隊などは数こそ二千余を超えたが、手槍を抱えて市中巡羅をするのが精一杯。ろくな軍備も訓練もなく、

「吉原に行くと、助六じゃないが、あちらからもこちらからも煙管の雨が降るようだ」

と無邪気にはしゃぐ連中ばかりの団体に成り下がっていた。

どうやら成一郎は、この江戸彰義隊士の中にも間者《かんじゃ》を使って裏金を撒いている気配だった。上野に騒ぎがあれば、即座に舞い戻って隊の実権を握る腹づもり。この布石として尾高新五郎を参謀長、弟平九郎を参謀の地位につけた。

そうこうするうち、運命の五月十五日がきた。

その日も、関東一帯は雨模様だ。閏月《うるうづき》とて四月が二度もあったから、今の暦で言うと七月の半ば。梅雨《つゆ》の名残り雨で、雨足は強かった。

早朝、江戸郊外に放っておいた間者の一人が馬で駆け戻り、

「東の方《かた》で大筒の音がしきりに聞こえて参ります。薩賊どもが、ついに上野と戦いを始めた様子」

と報告した。

成一郎は、暑さのために洋服を脱ぎ、単衣《ひとえ》の上に陣羽織をはおっただけの軽装でいたが、すぐに刀を帯び、ガン・ベルトを肩にかけた。

「吉岡君、吉岡君」

使番《つかいばん》の吉岡精太郎という者を呼んだ。

「我らはこれより田無に兵を進める」

情況に応じて甲州街道を一気に東進。四谷の大木戸を破って、上野を攻撃する敵の背後を突く、と言った。

「吉岡君は偵察として、落合《おちあい》の辺まで出てみてくれろ」

「心得て候」

吉岡が出発して一刻《にじかん》後。振武軍の主力も箱根ヶ崎を出て、野火止《のびどめ》用水・玉川上水沿いに田無へ向った。

雨中の強行軍で田無に到着すると、吉岡の配下がひと足先に、内藤新宿の辺から戻ってきていた。

「未《ひつじ》ノ刻《こく》（午後二時頃）に、上野山内へ敵が入り、東叡山《とうえいざん》三十六坊はことごとく火に包まれたそうです。天野一派は三河島方向へ逃れ、我らに心を寄せる彰義隊士は、新宿百人町よりこちらに落ちて参る気配」

吉岡らは、薩摩兵と戦いながら落武者たちを集合させているという。

振武軍は夕刻まで路上に篝火《かがりび》を焚《た》いて、江戸から落ちてくる人々を収容した。

誰もがひどい有様である。途中で衣服を脱ぎ捨てて半裸の者。血まみれで刀を杖代りにする者。仲間に戸板で運ばれてくる者もあった。

振武軍は一人一人に手当てを施し、宿屋ごとにゆる粥《がゆ》を炊かせて落武者に与えた。やがて、吉岡精太郎の偵察隊が数十人の彰義隊士を率いて戻ってきた。

事が一段落したと見た成一郎は、尾高兄弟を呼んで軍議を開いた。

「落武者が短期間にこれだけ落ちてくるということは、追撃する薩賊長賊どもも、即座に田無へ来るということだ」

「田無は平坦な地で、大軍に包囲され易《やす》い」

尾高新五郎が言う。

「では、何処《どこ》に?」

「ここより北上し、秩父《ちちぶ》に拠《よ》った方が得策でしょう。まずは、入間《いるま》川を防衛線として、飯能《はんのう》に」

「良い案だ」

成一郎は新五郎の策を了承した。

現在の埼玉県飯能市一帯も、甲源《こうげん》一刀流・神道無念流の盛んな土地である。振武軍首脳の拠点選びは、常にこのようであった。

「前面に武蔵野《むさしの》、背後に武甲山《ぶこうざん》・秩父の盆地を控え、駆け引きには絶好の地。ただちに軍を転進させよう」

と成一郎はうなずいた。古来、転進という名目で兵を後退させ、勝った軍隊は少ない。

(飯能では、江戸の情況が増々わかり辛《づら》くなるではないか)

平九郎は思った。

振武軍はそれでも小雨をついて、小太鼓《こだいこ》の音《ね》とともに北進した。瑞岩寺《ずいがんじ》、入間を通って五月二十日頃、飯能に入る。

羅漢山《らかんざん》の山麓《さんろく》、能仁寺《のうにんじ》に軍旗を立て、周辺の寺院三ヶ所に兵を分けて配した。総勢三千を号したが、実際には上野彰義隊の残党を混えても千二百ほどであったという。

洋式の銃器は三人に一挺《ちょう》しか行き渡らなかったが、秩父の猟師らを動員して狙撃《そげき》隊を編成する計画も立て、このあたりでは後北条《ごほうじょう》氏の関東合戦以来という強力な戦闘団が形作られた。

刻々と戦備を整えつつある振武軍を見過ごせなくなった江戸の官軍は、この方面に兵を進める決断をした。

軍監尾江《おのえ》四郎左衛門《しろうざえもん》指揮下に、薩摩・肥前大村・佐賀・福岡の九州兵。増援として芸州広島・鳥取・前橋・忍《おし》の藩兵が加わり、強力な砲兵隊も附属させた。

官軍は、短時間で振武軍を撃滅する企《たくら》みを抱いている。

五月二十一日頃、北東の川越《かわごえ》城に集結した彼らは、夜中密かに入間近辺へ兵を進めた。

「どうも、艮《うしとら》の方で薩賊らの動きが微妙である。偵察を出そう」

尾高新五郎も、この動きを感じて気はしのきく者を放った。

二十二日の深夜――この当時は、夜明けをもって次の日とするから、未だ前日であろう――、現在の入間市扇町屋《おうぎまちや》あたりから狭山《さやま》市笹井《ささい》、日高市鹿山《かやま》の辺にかけて官軍は陣を築いた。

次の日、偵察の者が振武軍本営にこれを告げた。

「敵は人数五百ばかりの由《よし》。さして精強とも思えず」

成一郎は、にやりと笑って、

「されば今夜、夜討ちをかけるか」

坊主頭を撫でて、ペロリと舌を出した。

「奴らは土地不案内。我が振武軍は地付きだ。兵二百程で追い散らしてやろう」

振武軍の軍目付《いくさめつけ》高岡槍太郎《たかおかやりたろう》と、前衛の頭取役野村良造《のむらりょうぞう》に敵の半分以下の兵を与えて送り出した。

夜半過ぎ、入間扇町屋に彼らが着いてみると、予想に反して人の気配がない。

宿場内の旅籠《はたご》に忍び寄り、まわりを改めると、芸州浅野家何某と入口に官軍将士の名を掲げているが、蛻《もぬけ》の殻《から》である。

「敵はすでに出たらしい」

高岡と野村が急拠打ち合わせをしていると、飯能の方向からごろごろと雷鳴のようなものが聞こえてきた。

「薩賊の砲撃だ！」

「裏をかかれたぞ！」

振武軍の夜襲隊は大あわてで、飯能に引き返した。

夜討ちとなれば、薩摩や佐賀の九州兵はお手のものだ。周辺の寺に分宿する振武軍をまず追い散らす。平九郎の部隊も押されて後退した。なによりも敵の銃器は精度も良く、砲兵は正確な支援砲撃を行なった。

振武軍の指揮官たちは、己れの兵を掌握《しょうあく》するだけで手一杯だ。

日が昇ると同時に官軍は羅漢山の麓《ふもと》へ迫り、渋沢成一郎直轄の兵と正面から激突した。

銃隊同士の掃射戦と、銃剣の斬り合いが続く。

五ツ（午前八時頃）から、四ツ（午前十時頃）まで勝負の行方は見えなかった。振武軍は兵力装備は劣っていても、山麓という地の利を得ている。また、白兵戦となれば、武州の村道場で鍛えた撃剣の技が物を言った。

成一郎は後に語る。

「私も隊長だから、矢弾を冒《おか》して兵士を指揮する。翁《おう》（ここでは尾高新五郎）も参謀長であるから敵味方の形勢を見て進退の下知《げち》を伝えた（中略）。敵の方でも頗《すこぶ》る手に余ったのでもあろうと想《おも》われる」（『渋沢喜作翁聞き書き』）

この頃、入間の扇町屋からようやく引き返して来た二百余が、戦列に加わった。官軍の伏兵がいたる所で狙撃を加えてくる中、途中彼らは小さな村で官軍の軍夫を襲った。両掛けに入った弾薬と酒一樽《たる》、長持に入った食料を奪い朝食とする。

先の振武軍目付役高岡の記録。

「（戦場に到着すると）敵中に頻《しき》りに乗馬して働く者あり。指揮官と察したるにより、誰言うとなく『彼奴《きゃつ》を射撃しろ』との声喧《かまびす》しき故《ゆえ》、終《つい》に馬より射落とされたり」（『高岡日記』）

この有様に、官軍は劣勢挽回とばかり、臼砲《きゅうほう》の発射を開始した。短距離専門の曲射砲だが、大型の炸裂《さくれつ》弾だから破壊力は野砲の比ではない。

「恰《ちょう》ど午前十一時頃と記憶《おぼえ》て居《い》る。二発程の砲弾が本営たる能仁寺の本堂の屋根に中《あた》ったかと思うと、忽《たちま》ち凄愴《すさま》じい勢いで燃え出した。田舎寺では有るが可成《かな》り大寺。其《こ》れが一面の猛火となって背後から燃え掛《か》けるのです」(『渋沢喜作翁聞き書き』)

寺に籠る振武軍がひるむ隙《すき》をついて、官軍は突撃した。

渋沢成一郎は後装式のシャープス小銃を操作し、しきりに発砲を続けていたが、猛火には抗しがたく、

「参謀」

と尾高新五郎と平九郎を呼んだ。

「この上は是非《ぜひ》もない。ここを捨てて、いったん逃げのびよう」

村々に隠れて機会をうかがい、再起を図ることになった。

「無闇に自害などするな。必ず出合いはある」

成一郎は配下の者四、五人を率いて外に出た。

新五郎も平九郎も、呆然《ぼうぜん》としてその後ろ姿を見送った。

成一郎が戦場を放棄した後も、尾高兄弟はしばらく戦い続けた。

振武軍兵士としてこの戦闘に参加した府中の古老が、明治になって人に語ったところでは、

「能仁寺の脇で我々が官軍と射ち合うていたところ、半町（約五十四メートル）ばかり北の方で斬り合いが始まりました。『そ奴は、賊の頭だ、突き殺せ』と言う声が聞こえてきます。官軍の兵卒が剣付き鉄砲で刺そうとするが、刃の下をかいくぐり、なかなかに突き刺すことができぬ。業《ごう》をにやした官軍の士官が二人、抜刀して斬りかかるところ、（その人は）鉢割《はちわ》りに士官の陣笠を打って倒しました。手傷を負っておったが、あれは参謀の渋沢平九郎さんに相違ございません。その後はどこへ消えたか、姿形《すがたかたち》もない」（『南多摩物語』）

平九郎は右足に被弾していたが、それにもめげず北へ逃れた。

この方面の官軍包囲網は若干ゆるんでいたらしく、指導者成一郎も高麗《こま》川に沿って北に分け入っている。

山間《やまあい》の百姓家を見つけた平九郎は、金を渡して、衣服を替えた。振武軍の黒服と陣羽織を脱いで野良着をまとうと、さて、刀の処置に困った。

彼の佩刀《はいとう》は刃渡り二尺五寸もある。あまりにも目立つので、その家にいったん預けることとした。しかし、丸腰も心細い。

「茣蓙《ござ》か筵《むしろ》はないか？」

と問い、一尺七寸の脇差だけを、これに巻いて背中へ結びつけた。

（さて、何処へ行こうか）

僅かながら土地勘はある。ともかく真っ直ぐに北へ進めば、小川《おがわ》から荒川《あらかわ》。渡れば懐しい武州榛沢郡に出る。しかし、中仙道《なかせんどう》には東下する敵が満ち満ちていることだろう。

（秩父に出るか）

平九郎は十代の頃、武者修行の真似事《まねごと》をして、秩父神社に出かけたことがある。その折りは、荒川の流れに沿って溯《さかのぼ》り、寄居《よりい》・長瀞《ながとろ》・皆野《みなの》とまわり、最後は秩父盆地の西南、三峰《みつみね》神社で山犬の御札も貰った。

その頃の、山道の歩き具合いや風景をおぼろ気ながら思い出し、

（休み休み行けば、どうにかなるだろう）

道端の木ぎれを拾って杖代りに削り、身を傾けた。

高麗神社の西まで歩き、途中湧《わ》き水を飲んで仮眠をとる。空は晴れて、すでに真夏の気配だ。一月以来、雨を見ぬ日がなかったというのに、この天候の変り様は不思議である。

（戦さが終ったせいだろうか）

いや、平九郎は落武者の身だ。彼の中では未だ戦いは続いている。

気を取り直し、尾根の道を上った。思いもかけず石仏が並び、人家がある。道標《みちしるべ》を見ると、左秩父・右越生《おごせ》という文字が読みとれた。巡礼道《じゅんれいみち》のようだ。

すぐ近くの畑では百姓らが鍬《くわ》を取り、山鳥が鳴き交わしている。

（ここらは、合戦があったことすら知らぬようだ）

平九郎は痛む右足を持ち上げて、再び北に歩き出した。

4

道はひどいつづら折れで、負傷した身にはきつい。杖代りの木片も何度か折れて取り替えるうち、道が三ツ股《また》に分かれたところへ出た。

平九郎がさまよい歩いた場所は、現在の地図で見ると埼玉県飯能市と毛呂山《もろやま》町の境。鶴ヶ島ゴルフコースから山ひとつ越えた西の道と思われる。

ここにも小さな道標が建てられている。

「『北向き地蔵尊はこれより南の方』……か」

その半町ほど先の斜面に、人家が見えた。何やらうまそうな匂《にお》いが漂ってくる。

(ああ、味噌《みそ》を煮《に》てやがる)

途端に目がくらむような空腹感が、手足を震わせた。前に衣服を着替えた農家では、食べる物がないと断わられたが、

(ここではそんな事は言わせまい)

平九郎は、足をひきずって急斜面を下った。

家の裏手まで来ると、煮炊きの匂いは一層強くなった。戸口に駆け寄ろうとすると、妙なものに目が留まった。

洋式の黒い胴乱《どうらん》(弾薬入れ)と白い帯が捨てられている。

刹那《せつな》、家の中から悲鳴があがった。

平九郎は右足の痛さも忘れ、戸口に走り寄った。ガラリと板戸を引くと、男が二人立っている。

一人は裁《た》っ着《つ》け袴《ばかま》に筒袖。もう一人は縞《しま》の筒袖に股引《ももひき》という格好だ。

「お前ら、振武軍の者ではないか」

平九郎が声をかけると、

「何だ、百姓！」

振り向き様、一人が向って来た。手には「御揃《おそろ》い」と称する安物の数打ち刀を構えている。

「馬鹿ッ！」

杖代りの枝でそ奴の小手を叩き、刀を打ち落とした。返す杖先でもう一人の胸元も叩く。

「おのれら、箱根ヶ崎で入隊した者だな」

平九郎は一喝した。

「百姓風体に身をやつしているが、この顔に見覚えがあろう。俺はおのれらの指揮官、渋沢だ」

「あっ、参謀」

二人は這うようにして戸口から逃げて行った。平九郎が奥の板敷を見ると、炉の前に家の者らしい老人と若い娘が身を寄せ合っている。

「どうした、大事無いか？」

彼が問うと、老人の方が激しくかぶりを振り、

「どうぞ、お命ばかりはお助け下せえやし」

手を合わせた。

「無体はせぬ。あ奴ら、何をした?」

「へえ、食い物と着物を出せ、と申されまして、娘にも手をかけようとしました。おっかねえこって」

老人は答えた。

「未明からの戦いで、我らはろくなものも口にしていないのだ。落武者にとって、その」

と平九郎は炉に掛けられた鍋《なべ》を見やった。

「味噌の匂いといったら、猫にマタタビだ」

「左様でごぜえやすか」

老人はあわてて娘に目で合図する。鍋の蓋《ふた》を取って娘は、椀《わん》に汁を注《つ》ぎ出した。

平九郎の喉が鳴った。

「有り合わせのものでございやすが」

娘が差し出す椀を奪い取るようにして手にし、口元から汁が垂れるのもかまわず搔き込んだ。

野草と大根だけの水っぽい味噌雑炊《ぞうすい》だが、たて続けに二杯も腹に入れると、やっと人心地がついた。

「世話になった」

腹に巻いた銭入れから幾ばくか摑み出して板敷に置くと、老人は新しい草鞋《わらじ》を持ってきた。

「これからも多くの落人が飯能からやってくるだろう。皆、気が立っている。しばらくは、知り合いのところに身を寄せていた方が良かろう」

と平九郎は忠告し、立ち上がった。すると、娘が戸口まで追いかけて来て、山々を指差した。

「右に行けば黒山、左の道は顔振峠《かおふりとうげ》。尾根伝いに秩父へ出やす。そのお怪我《けが》では、峠越えは辛《つ》れえこンでしょう。黒山にお逃げなせ」

黒山の先が越生だ。道は平坦になり、人家も多いと言った。

（やはり、この足では秩父は無理と見るか）

平九郎は娘の言葉に従って、生まれ故郷への道を辿《たど》ることにした。彼の運命はこの瞬間、大きく変った。


同じ頃、先に脱出した成一郎以下五人の面々は、平九郎から半里と離れていない農家に潜んでいた。その場所は、現在の西武秩父線武蔵横手《むさしよこて》駅近くと伝えられている。

このあたりは一橋家の飛地《とびち》領だ。その村中組頭役をつとめている大川戸《おおかわど》家の、納屋の中二階に匿われていた。

近くには進出して来た官軍の分営がある。当時、高麗郡横手村と呼ばれたここには、勤王方を称した武州川越八万石松平周防守《すおうのかみ》家中の兵四百がいて、怪しい者と見ると誰彼かまわず発砲を続けていた。

大川戸家ではこの部隊に家の者を誤射されたばかりで、強い恨みを抱いている。成一郎たちを快《こころよ》く家に招き、食事を与えた。

「我々は秩父に入り、しばし時を稼いだ後に甲斐《かい》か上野《こうずけ》にでも出ようと考えている」
と成一郎は、あくまで高麗川沿いに秩父へ逃走する道筋に固執した。家の者に山中の道案内を求めると、一族の大川戸平五郎がこれを引き受けた。やはり、一橋家所領の者には長年の恩顧という心が動いている。

夜間、三里近い道のりを歩いて、途中何度か誰何《すいか》されながらも一同は吾野《あがの》村に出た。この先、高麗川の水源地近くを越えれば一気に秩父盆地へ通じる下り道だ。

が、ここにも敵の人数が配置されていた。多くが官軍の人数催促《にんずさいそく》で村々から徴発された農兵である。

東山道《とうさんどう》総督府軍監の名で、周辺に出された布令には、

一《ひとつ》、飯能の賊兵を匿う者を許さず
一、落人に衣食を与える者は斬罪に処す
一、賊兵を訴人に及び候者《そうろうもの》には相応の褒美《ほうび》を与える

とあり、村の入口には早くも同文の高札まで掲げられていた。しかし、大川戸平五郎の地縁がきいて、成一郎らは何なく寝場所と食を得た。その後、彼らは秩父修験道《しゅげんどう》の山伏だけが知る間道に分け入り、東秩父、寄居、児玉《こだま》と歩く。故郷にはすぐに戻らず、用心深く上州境いの神流《かんな》川を渡った。皆、百姓や行商人の姿に化けていたというが、どこで揃えたものだろう。

尾高新五郎の事績を記した本『藍香翁《らんこうおう》』には、
「此《こ》の一戦（飯能合戦）の後、翁は渋沢君と共に上州に馳《は》せ、伊香保《いかほ》に隠れ、草津に潜み、前橋

に出て、或《あ》る時機《き》を謀《はか》りてひそかに郷里下手計（村）に還《かえ》られたり」
と出ている。成一郎は榛沢郡に戻って足取りを消した後、再び江戸に向った。振武軍の残党三十五名と連絡を取って、江戸湾に健在の幕府艦隊へ合流する。

そのまま軍艦長鯨丸《ちょうげいまる》で北に向い、箱館《はこだて》戦争に参加。この間、同じく脱走軍に参加した旧上野彰義隊士と抗争を起こし、旧幕軍の頭領榎本武揚《えのもとたけあき》は、その処置に最後まで困り果てたという。

一方、平九郎には土地の保護者がいない。負傷の身でただ一人、遮二無二《しゃにむに》故郷への道を突き進んで行った。

毛呂山の道標脇で娘に教えられた通り、越生の黒山近くに出る。

この方面の官軍は、地元の前橋藩兵、川越藩兵の他に、芸州広島浅野家の洋式兵が含まれている。

神機隊《しんきたい》と呼ばれた彼らの隊長は河合鱗三《かわいりんぞう》。この人は越生宿に本陣を置き、軍監の藤田高之《ふじたたかゆき》を黒山の近くに派遣していた。

「飯能の賊徒は荒川流域の者が多いらしい。必ずや上州方面に逃げるであろう」

そのために能仁寺の戦闘では、北方の戦線をわざと手薄にして敵を散らした、と河合は語る。

芸州浅野家の兵は山中の追撃戦に慣れ、小銃兵は尾根の道で射線を確保する術に長《た》けている。

一人も逃がすまじ、と見張っているところに、足を引きずりながら平九郎が通りかかったからたまらない。

「待て、怪しき奴」

一本道の左右から彼を押し包んで銃を突きつけた。

「これは御無体な」

平九郎は、あくまで下手《したで》に出ながら敵の様子を窺《うかが》った。

「これなるは、秩父小野原《おのばら》の者でございます。三峰社に奉仕する身でございますれば、怪しき者でもなし」

「何をぬかす。汝《なんじ》は足に怪我をしている。定めし飯能の合戦で傷ついた落人に違いない」

神機隊の一人が、平九郎の胸を蹴り上げた。

「有体《ありてい》に白状《はくじょう》せよ」

「お許し下さいませ」

平九郎は山道を転がりながら、反撃の機会を待った。

「それ三峰社は、関八州修験道の聖地にして、その御利益《ごりやく》はあまねく天下に知られるところ」

道端に蹴り落とされながらも、ぺこぺこと頭を下げた。

「ここに証拠の、山犬の御札がございます。内には火の用心、外には盗賊避《よ》けとて大事なもの。御覧下さい。これなるは御利生《ごりしょう》の御札」

と懐を探る素振りに、芸州兵は油断した。

その隙をついて、平九郎は背に隠し持った一尺七寸の脇差を抜いて手近な一人を突いた。

斬らずに突いたところが、彼の場慣れしたところである。

一人は即死したが、残りの敵は驚いて逃げ去った。

平九郎は倒れた男の軍服で抜き身の刃先を拭《ぬぐ》い、しばらく呆然と立ち尽くした。

（まずい）

逃げた敵を追い討ちにしようにも、足の自由がきかなかった。彼らは必ずや援軍を連れて戻ってくるだろう。

（逃げねば）

左右を見まわすと、藪《やぶ》の中に小さな道があった。

（ここだ）

そこは谷間の水汲《く》み場へ至る石段に通じていた。丈の低い木々に囲まれ、水場がある。再び空腹をおぼえた平九郎は、顔を水辺に付けて喉をうるおした。

（ここで死ぬるか）

一息ついた平九郎は嘆息した。

（草雑炊ではなく、せめて飯つぶの形がある食い物を腹にしてから死にたかったなあ）

周囲に人の気配が満ちている。

「谷にいるぞ」

「用心して近付け」

茂みの中に呼び交わす男たちの声が響く。

見上げると谷の道に、銃を構えた黒い影が続々と続いていた。

（落武者とはみじめなものだ。せめて死に際だけは、きれいにしよう）

あたりを見まわすと、細長い岩が転がっている。平九郎はそこに座り、百姓着の袖口を引き千切って脇差の刀身に巻きつけた。

「薩賊長賊の手先。徳川恩顧の武士の死に様、よっく見て後の手本としろ！」

さっ、と腹に突き立てるとうつ伏せに倒れた。

すると、谷の上からこれを見ていた芸州兵は、その身体へ一斉《いっせい》に弾を射ち込んだ。

銃声は黒山のまわりにしばしこだました。しばらくして、一人の兵士が谷間に降り、平九郎の身体を蹴った。

その兵士は彼の息が絶えたことを知ると、岩の上に死骸《しがい》を横たえ、首を切り離した。

「賊兵討ち取ったり」

と叫ぶ。だが、誰もそれを称賛する者はいなかった。

平九郎の首は、越生にあった神機隊の河合麟三のもとへ届けられた。

「身の丈、六尺あまり。百姓の体《てい》なれども偉丈夫なり。遺体の衣服中に二首の風懐《ふうかい》（辞世の歌）有り」

河合はその歌を読んだ。

　惜しまるる時ちりてこそ世の中の
　　人も人なれ花もはななれ

いたずらに身はくだささじなたらちねの
　国のためにと生きにしものを

河合はその心掛けの良さに感動した。

「これはよほどの士に違いない」

改めて届けられた首を見ると、切断面の周りが反《そ》りかえり、死後切断であることが歴然としていた。

「これは介錯《かいしゃく》ではない。死に首を獲ったのだろう。何という可哀《かわい》そうなことをする」

河合は苦い顔をしたが、軍令であるから仕方なく、その首を越生の棒鼻《ぼうばな》（村の出口）に晒《さら》した。

首の無い平九郎の遺体は、黒山村の人々が同じ村内の寺に葬った。

「官軍も誉《ほ》めるほどの人だ。豪傑だいねえ」

「さぞ御無念であったろう」

と、語り合ううち、流行《はや》り神となった。彼の墓を、

「脱走様」

と名付け、頭痛・眼病み・耳だれなど首から上の病《やまい》に利くとした。また病が収まると、御礼に杓子《しゃくし》を供える風となった。平九郎が空腹で山中をさまよったから、せめて飯をよそう道具でも

捧《ささ》げようという素朴な信仰である。

「俗名は知らず。さだめし江戸の御方と覚え候。黒山村において討死」

と寺の記録には書かれた。

時は過ぎて、明治も半ばとなった。「脱走様」の物語が、地元の医師の言葉として平九郎の実兄、尾高新五郎の耳に入った。彼は維新の混乱を何とか乗り切って、民部省の役人から第一銀行の重役に転身。東北の支店長を歴任していた。

渋沢成一郎も喜作と改名し、財界に活躍している。その従弟、渋沢栄一に至っては、数百を超える会社を設立し、明治最大の実業家と謳《うた》われるほどに出世した。

皆、一日たりとも渋沢平九郎を忘れたことがない。

明治二十七年（一八九四）五月二十三日、日清戦争の起きる直前。渋沢家と尾高家では、合同で平九郎の二十七回忌法要をいとなんだ。

これを伝え聞いた元官軍芸州神機隊の河合鱗三が渋沢栄一のもとを訪ねて、一腰の脇差を差し出した。

「御養子平九郎さんが、山越えの際に所持し、後に我らの手に入った刀であります」

と語った。財界人栄一は、一尺七寸の鞘《さや》を払って刀身を眺め、「養子平九郎を弔《とむら》う」という詩を作った。

「猶剰《なおあま》す、当年の旧血痕」

刀身には、彼の斬った敵の血。そして彼自身の血が錆《さび》となって、はっきりと残っていた。

「その死する時、僅かに二十二歳」

平九郎の早過ぎる死を悼《いた》んだ栄一は、維新の頃を思い返した。

渋谷栄一の死は、昭和六年（一九三一）、齢《よわい》九十二。従兄成一郎は大正元年（一九一二）に七十五で他界した。平九郎の実兄尾高新五郎も明治三十四年（一九〇一）、埼玉県深谷市大字《おおあざ》下手計の我が家で、七十二歳の生涯を閉じている。

百戦《ひゃくせん》に弛《たゆ》まず

1

古屋佐久左衛門《ふるやさくざえもん》のことを、

「容貌魁偉《ようぼうかいい》、磊落《らいらく》な性質」

とある資料は表現しているが、今日残っている写真を見ても、なるほど眉太く、顴骨《かんこつ》張って、一寸見《ちょっとみ》は江戸相撲の親方のような雰囲気である。

しかし、この人ほど幕末の世に洋学の才を見せた例は稀《まれ》であろう。

英語と蘭語を手はじめにして、仏語や露語を学び、また欧州の政治情勢にも詳しく、江戸は下谷竹町《したやたけちょう》に英学の塾を開く。『歩兵操練図解』、『英国歩兵操典』といった日本初の外国兵学書も翻訳。幕府がフランス式の軍制を採用するや、横浜太田《おおた》（現・横浜市南区）に歩兵操練場を建設し、招聘《しょうへい》した外国人軍事顧問の通訳官にもなった。

これほどの秀才ながら、彼はもともと幕臣ではない。九州は筑後御原《ちくごみはら》郡古飯《ふるえ》村の土豪、高松与吉《よきち》の子として生まれた。

与吉は十二人の子宝に恵まれたが、佐久左衛門はその次男である。元の名は勝次《かつじ》という。十九の歳《とし》に三つ年下の三男権平《ごんぺい》と立身出世を語り合った。

「我は長崎奉行になる」

と勝次は言った。長崎奉行職は幕府の遠国《おんごく》奉行として、長崎の町支配と貿易を監察する。もとは上級旗本だけが任じられていたが、その頃になると有能な官吏《かんり》から登用される例もあり、勉学で立身する若者にも道が無いわけではなかった。

「では、自分は医学で身を立てよう」

弟の権平は答えた。これも勉学の励《はげ》み様《よう》では御殿医《ごてんい》や奥詰《おくづめ》医師といった高位に昇ることが出来た。

「されば、故郷ば離れよう」

と兄弟は水盃《みずさかずき》を交わし、九州を出た。二人して大坂に向い、あちこち師を訪ねた。が、おもわしくない。そこで勝次は一人江戸に足を伸ばした。

初めは非常な苦学をした。学費どころか生活の糧《かて》もなく、按摩《あんま》上下《かみしも》十六文の笛を吹いて暮したこともあったという。

しかし、すぐれた才能は何処《いずこ》にあっても自ら顕《あら》われるもので、その天分を認める人が出現した。御家人古屋佐久左衛門という老人が、娘の婿《むこ》にと勝次を招き、彼は幕臣の端に連なった。

初めは勝次を改め、古屋鐘之助《しょうのすけ》。やがて、義父の名、佐久左衛門を継いだ。

学問にも磨きがかかった。ともかく、生活の心配がない。漢籍は幕府の儒官杉原平助に、蘭学を坪井信道《しんどう》に、剣は当時流行《はや》りの柳剛流《りゅうごうりゅう》岡田十松に。さらには進んで英学を宍戸《ししど》荒之助に学んだ。

しばらくして彼は神奈川に出向き、開港後の貿易事務を扱う神奈川奉行所支配の運上所定役《じょうやく》についた。

奉行所の勤務は三日働き、一日休みという緩やかなものだ。努力家の佐久左衛門はこの休日を利用して、当時、横浜にいたヘボン式ローマ字で有名なゼームス・ヘボンをはじめとする外国人宣教師のもとに通い、英語をマスターした。役所の方も彼の語学堪能《たんのう》振りを見て、文久二年（一八六二）から通訳の役も与えた。

この頃のことだ。横浜の入舟町《いりふねちょう》で町家《まちや》の子供が、イギリス人の乗った馬に蹴《け》られて大怪我《けが》をした。神奈川奉行所も被害者が町人の子、相手が異人ときては面倒と取り合わない。当のイギリス人も知らんぷりで、とどのつまりは泣き寝入りになりそうな気配となった。

幕末の庶人は、こうした事件を即座に唄にする。


〽可哀相《かわいそう》だよ異人に蹴られ、聞けば理屈がないそうだ

という歌詞が江戸でも流行り、三味線の伴奏までつくという騒ぎになった。

「これではいけない」

と立ち上がったのは佐久左衛門である。弱腰の奉行所を通さず、自らが被害者の親を連れてイギリス領事館に出かけた。得意の英語でまくしたて、領事から子供の怪我の治療費、米貨で十二ドルを払わせて帰った。

「佐久左衛門、胆力あり」

彼の行動力と語学力は江戸表でも評判となった。


慶応の初年、軍艦奉行並の栗本鋤雲《くりもとじょううん》のもとに、当時は非職の地位にあった小栗上野介《おぐりこうずけのすけ》、浅野美作守《みまさかのかみ》の両名が訪ねてきた。

「陸軍の洋式伝習法につき、幾つか献策いたしたき事がござる」

と言った。栗本も医師あがりながら箱館《はこだて》でフランス人宣教師から語学を学び、文久末年には幕府学問所頭取に任ぜられるなど、親仏派知識人として知られている。

「昨今、神奈川にて行なわれおる陸軍の洋式伝習は児戯に等しい」

と小栗上野介は語った。栗本が明治になって書き残した『匏庵遺稿《ほうあんいこう》』には、彼の言葉としてこうある。

「山手英兵《やまて》が調練を柵外より窺《うかが》い、そのために習うが如《ごと》きは、我が屑《いさぎよ》しとする所に非《あら》ず」

山手英兵というのは、横浜の山手に兵営を設けて居留地警備に当っていたイギリス軍を指す。

「外より恐る恐る洋式を真似《まね》ている間は、まことの陸軍の創設など覚束《おぼつか》無い。しかるべき国に頼み、軍制の師匠を迎え、士官兵卒を教導せしめて、一定の式（訓練マニュアル）を定めたし」

これを聞いた栗本は、困った顔をした。イギリスは薩英戦争の直後から、幕府の仮想敵である薩摩藩と親密な関係にある。近頃、イギリスのライバル、フランスはその対抗策として、しきりに幕府へ接近を図っている。小栗の言う「しかるべき国」とは、当然フランスを指すのだろう。

「しかし、一度英式で始めたものを、そうそう簡単に仏式へ改められるものではない」

「いや、イギリス式の影響が少ない今だからこそ、フランス式伝習に切り換える好機。時期を失《しっ》せば、事はますます難しくなるでござろう」

浅野美作守も力説する。栗本は同年十一月、外国奉行に任じられた男だ。元来親仏派であるから、両名の説にもやがて賛同した。翌日、フランス公使レオン・ロッシュと会い、軍事顧問団を招く工作を開始した。

次の年、横浜で早くもフランス式伝習所の開設が成された。騎兵・歩兵・砲兵の三兵調練所が神奈川奉行所定役の駐屯する太田に設けられることとなった。

その普請役《ふしんやく》が、当時奉行所通訳として知られていた古屋佐久左衛門に命ぜられたのである。以後、彼は定役兼務から通訳専任となった。フランス人軍事顧問シャノアン以下十五人が日本に到着したのは、慶応三年（一八六七）一月十三日の事である。

着任早々、フランス人たちは、この横浜太田陣屋の欠点に気づいた。山あいにあって手狭なうえ、江戸からも遠い。その少し前に、老中稲葉美濃守からも、

「十五歳より三十五歳まで、吟味《ぎんみ》の上、三兵伝習仰《おお》せ付《つ》けられ候」

と御達しが出て、幕臣の内から洋式士官を積極的に取り立てる方針も定まっているというのにこれでは困る。

「御府内に新たな伝習場所を設け、兵を鍛錬いたすべし」

となって同年四月、三兵調練所は江戸に移され、同時に佐久左衛門は陸軍教官となった。下谷

竹町の英学塾も百人を超える塾生が集まって盛況を極め、彼の名声は一時に高まった。

この頃、同じ幕府陸軍所の出頭人《しゅっとうにん》（出世頭）として、大鳥圭介《おおとりけいすけ》がいる。

大鳥は播州赤穂《あこう》の村医の子として生まれ、大坂の蘭学塾、緒方洪庵《おがたこうあん》の適塾《てきじゅく》で洋学を修めた後、伊豆韮山《にらやま》の江川英敏《ひでとし》門下で洋式兵学を学んだ。慶応二年、幕臣に取り立てられ、歩兵差図役《さしずやく》の頭取勤方《とうどりつとめかた》、次の年に差図頭取、歩兵頭並《かしらなみ》。慶応四年には歩兵奉行となった。

洋学の秀才、陸軍内での出世という点でも佐久左衛門と大鳥はよく似ている。

「横浜の太田村で練兵をやって居《お》ったが、旧幕の陸軍の都合で、横浜より江戸の方へその兵隊を引上げると云《い》うことになった。（中略）私は始終《しじゅう》屯所（屯《とん》と言って居た）に通勤し、毎日出て操練をなし」（『大鳥圭介自伝』）

と後に回想しているから、当然、佐久左衛門との交流もあっただろう。

二人は慶応四年（明治元年）に至って、幕府洋式歩兵を糾合《きゅうごう》し、各地を脱走転戦するのである。

2

きっかけは年の始めに起こった鳥羽伏見《とばふしみ》の敗戦だった。

指揮官が討死した後、伊勢路を命からがら江戸に下り、三番町の歩兵屯所に入った第十一連隊と第十二連隊の兵約一千五百は、狭い兵舎の中で禁足状態になっていた。この二連隊は江戸ではなく大坂で傭用《こよう》編成されたもので、中味もやくざ、破落戸《ごろつき》の類《たぐ》いが多く、一度荒れると収拾がつかなくなる恐れがあった。

二月五日、フランス人教官の煽動《せんどう》によって伝習兵約四百が多摩方面に脱走すると、二日後に三番町の歩兵兵舎でも俸給の遅配に不満を爆発させた第十一・第十二連隊の兵は行動を開始した。

まず、屯所内で士官を殺害した第十一連隊の叛徒《はんと》数十名が、他の連隊屯所前で盛んに発砲。蜂《ほう》起《き》を促《うなが》した。

「歩兵反乱」

と聞いた江戸取鎮めの責任者勝安房《かつあわ》（海舟《かいしゅう》）は、騎馬で三番町の屯所に駆けつけた。まず暴れている兵の内、顔見知りの者から説諭して江戸城田安《たやす》門外に整列させた。

しかし、その間も、別の兵士は銃を手に屯所の塀《へい》を乗り越えて、外から発砲する。一度説得された兵もこれに動揺した。勝は同士討ちで被害の増えることを恐れ、

「去る者は去れ。止《とど》まる者は止まれ。今この所にて同士討ちの笑いを引くことなかれ。予《よ》が指令に不満ある有らば、予一人を銃殺せよ」

と大声で叫んだ（『解難録』）。また別の資料には、

「衝突は必至である。ここで同士討ちは最も忌《い》むべきである。汝《なんじ》らも脱走し、勝の言うことを真にわかりし者は、後日再びここへ帰り来たれ」（『断腸記』）

と言ったとあるが、いずれにしてもこの集団脱走を放置した格好であった。

初めに発砲脱走した兵士たちは、九段《くだん》坂を続々と下っていく。この頃の坂は現在よりも僅かに急で、道に滑り止めの横棒を九段差し渡している。その数段目にさしかかった一隊を、突然、勝

の説得に応じた恭順派の兵が狙撃《そげき》した。

脱走兵たちも応戦する。恐れていた同士討ちが起こった。勝の提灯《ちょうちん》を目がけて弾丸が集中する。闇夜《やみよ》の鉄砲だが、彼の護衛二人が即座に被弾した。

勝は耳元をかすめる弾音を聞きながら、脱走兵が去って行く方向を身動《みじろ》ぎもせず、見つめていたという。

「先の隊五百名、乱放《らんぽう》して千住《せんじゅ》に向いて走る（中略）。この時、即死する者三名、傷を蒙《こうむ》る者五名にして止む」

と彼は書く。半刻後、説得に服した兵も櫛《くし》の歯を引くように、脱走して行った。

勝以外にも、幕臣の内で、脱走歩兵の鎮圧に当った者がいる。

幕府弓持ち与力《よりき》出身の関口黙斎《せきぐちもくさい》は、銃声を聞きつけ、

「捨て置く可《べ》からずと思い、同志の士、数十名と共に」

小石川御門へ向った。脱走歩兵は関口らの姿を見かけると、即座に銃撃を加えて来る。彼らが、勝が狙撃を受けた九段坂上に達すると、またしても発砲された。これも提灯を狙われたらしい。

関口らは灯を消して三番町の屯所辺に進んだ。ここでも歩兵五、六人が闇の中に潜《ひそ》み、路上を行く人々の提灯目がけて発砲を繰り返している。その一団は、脱走仲間に混じりそこねて、そのまま兵舎に立て籠《こも》ったものと思われた。関口と同志は彼らを捕え、

「翌日、歩兵数十名を、陸軍主管者《しゅかん》に引き渡して」

役目を終えた。その際、捕縛《ほばく》した歩兵数人に脱走の主謀者を尋ねた。すると一人の、これは前

歴が火消しと称する者が胸を張った。

「あっしらの仕切り役は、同じ鳶《とび》の者あがり。村上長門介《ながとのすけ》様でさぁ」

と答えた。

村上長門介は、通称を藤吉《とうきち》、この時は「纏《まとい》持ちの辰五郎《たつごろう》」とも名乗っている。江戸の小十人《こじゅうにん》火消しながら大坂で募兵に応じた荒っぽい男である。度胸と腕っぷしでのし上がり、平《ひら》から改役《あらためやく》まで出世して、このたびの反乱では一方の指揮をとっていた。

「徳川三百年の御恩を忘れ、薩長の横車《よこぐるま》に抗する気のない弱腰の江戸侍ども。俺たちゃ、ろくに戦わず敵に土下座なんて、ベラ棒《ぼう》な真似はしねえ」

村上は連隊の者を焚《た》きつけてまわったという。

数日して、この鎮圧に加わった小石川鷹匠町《たかじょうまち》に住む松波権之丞《まつなみごんのじょう》という旗本が、江戸三味線堀、古屋佐久左衛門邸を訪ねてこれを語った。

「無頼の歩兵にも、人物は居ります る」

松波も幕臣だから、村上の言葉には密《ひそ》かに同意している。

「その村上の率いる一隊は、今、どのあたりに居るかな」

佐久左衛門は、しばらく考えた後で問うた。

「さて、神田から上野に出て、一部は両国の砲兵陣地を襲ったそうです。大砲を大川に叩き落として北に向ったと申しますから、千住へ出て、野州宇都宮《うつのみや》へでも収まるつもりではありますまいか」

松波は答えた。宇都宮は東国の要衝《ようしょう》である。ここに籠れば、関八州《かんはっしゅう》を押さえることも夢ではない。

「しかし、今のままでは脱走歩兵は烏合《うごう》の衆に過ぎぬ。盗賊のようなものだから、食に窮すれば如何《いか》ようなことでもするだろう。まず、これを取り押さえねばならぬ」

佐久左衛門がそう言ったのには他に理由があった。脱走第十二連隊の鳥羽伏見における指揮官は窪田《くぼた》備前守《びぜんのかみ》（鎮章）である。惜しいことに彼は戦死したが、佐久左衛門にとっては神奈川奉行所時代の上役で、しかも『英国歩兵操典』翻訳を支援してくれた恩人だった。

「恩ある人の部隊をこのまま放置して、いたずらに野盗野伏《のぶせり》になさしめるのは、いかぬことだ」

佐久左衛門は早速、勝安房のもとに出向いて、脱走兵取鎮め役を志願した。

すでに歩兵差図役の依田《よだ》義八郎以下七、八名の者が野州方面に出かけていた。勝は、佐久左衛門の心底を探るように、

「説得して、もしうまくいったら、その兵はどう扱うね？　まとめて縛りあげて牢にでも放り込むかね？」

と聞いた。

「出来うることなら、おだやかに集めたく思います。武装解除して、関八州のしかるべき藩に預け置き、暫時《ざんじ》、小人数に分けて江戸に戻します」

佐久左衛門は答えた。

「秀才の答えだねえ」

勝は、にやりと笑った。

「良いでやンしょう。お前さんには、当座必要な費用を出します」

べらんめえに言ってのけた勝は、ただちに江戸城より資金一千両と、

「脱走之歩兵為二取鎮一出張」

という署名入りの許可状を佐久左衛門に渡した。

この事については、後年いろいろな説が出た。

江戸で無用の騒ぎを起こしたくない勝としては、有能な洋式指揮官の佐久左衛門が、居残った歩兵たちに推戴《すいたい》されて、乱を起こすことを最も恐れていた。ともかく、御府内から出て行って貰えば方策も立つ。そこで、勝の内々の意向を受けた松波権之丞が、「危険人物」佐久左衛門をたきつけて、取鎮めに出かけるよう話を持って行った、という説。

あるいは、佐久左衛門自身、鎮撫《ちんぶ》を名目に脱走歩兵を追って彼らを糾合し、その組織の長に収まって徳川《とくせん》家のために地方で蟠踞《ばんきょ》する秘策を抱いていたという説。

多くの文献は後者をとるが、佐久左衛門の後の行動を見ると、初めから叛徒となる道を思い定めて行動したとも思えぬ点も幾つかある。

ともあれ、彼は志を同じくする今井信郎《のぶお》、内田庄司《しょうじ》以下六名の幕臣を伴い、江戸を出た。

慶応四年二月十二日頃のことである。

3

街道筋には脱走後本隊とはぐれ、民家を襲っては食糧を奪う歩兵の噂があちらこちらで立っていた。

佐久左衛門らは、日光へ向う道筋で、脱走部隊の情報を集めた。

「二日めー（前）に、それらしいのがいっぺえ通ったァ」

と語った馬子《まご》に出会ったのは、江戸を発って二日目だった。

「みんな、例幣使様《れいへいしさま》（日光街道）の、合戦場の宿《しゅく》を押し通って行っただ。今頃は、氏家《うじいえ》の宿あたりだろうなあ」

尻っ上がりの北関東弁で馬子は言うではないか。この話が本当だとすると、脱走隊は下野《しもつけ》国分寺から大谷《おおや》の辺まで北上し、上河内《かみかわち》のあたりで力を蓄《たくわ》えてから宇都宮へ南下。争乱を起こす心積りと見えた。

「もっと、情報を集めるべきだろう」

と言ったのは、佐久左衛門に従って脱走歩兵隊を追う今井信郎である。第十二連隊の元指揮官、鳥羽で倒れた窪田備前守は、彼にとって結婚の仲人でもある。今井はまた、見廻組《みまわりぐみ》として坂本龍馬の殺害にも関与した人物として、今日知られている。徹底した佐幕派であった。

「北関東は、八州廻りの目明しやその党類が多い。十手持ちのやくざ者に、土地の話を聞くのが手っとり早いだろう。旅人や伝馬《でんま》の輩《やから》にいくら尋ねても所詮《しょせん》、噂は噂に過ぎず、本当の情報は聞けぬものだ」

と今井は言う。流石《さすが》は、もと京で攘夷《じょうい》浪人と殺し合いを繰り返していた見廻組の幹部である。餅《もち》は餅屋と、周辺の目明しに人を走らせてみれば、同じ日に、真岡《もおか》にある旧幕領代官所の山内源七郎が、脱走歩兵隊の殲滅《せんめつ》を企《たくら》んでいることがわかった。

「数日前に、代官山内様のもとへ、江戸より御人数参られ、主謀者以下討取りの御下命あったとのことでございます」

と言ったのは、野州河内郡一帯に勢力を持つ、二足の草鞋《わらじ》の親分である。

「御人数とは、我らより先に野州へ下ったという、歩兵差図役依田義八郎らの取鎮め方であろうか」

「そのように考えるのが、妥当《だとう》であろうな」

佐久左衛門の言葉に今井は答えた。

念のため、地元で傭《やと》った目端しのきく町人に真岡の方へ走らせてみると、驚くべき情報が入った。

「昨夜、塩谷郡氏家の宿から徳次郎宿にかけて、銃撃戦がございました」

と言うではないか。徳次郎宿とは氏家宿の隣、宇都宮城下から三里しか離れていない。

「話は現地で聞くにかぎる」

佐久左衛門以下六名は、塩谷郡に足を伸ばした。

徳次郎宿は街道筋に上、中、下の三宿がある。道の両側は茂みと桑畑であった。氏家宿に入った脱走歩兵の群は、先行する約六十名の者がその徳次郎上の宿に進んだ。真岡代官山内は依田義八郎の依頼を受けて、配下の農兵を街道の両脇《わき》に伏せた。

するとタ刻、大勢の者が足音を忍ばせもせず進んで来る。

山内は充分引きつけたところで発砲した。突然の銃撃に脱走兵の群は算を乱して逃げまどった。死者二人。七人の者が逃げそこなって捕えられたという。

佐久左衛門は、氏家宿の宿場役人から情況を教えられて唇を嚙《か》んだ。

「すると残りは近辺に逃げ散ったのだな。このような真似をすると……」

せっかく纏《まと》まっている脱走歩兵の群れが細分化する。いたずらに野盗が増えるばかりで、事態は増々悪い方向に行くだろう。

「依田氏《うじ》も代官も無用な事をする」

佐久左衛門は、宿場役人に、脱走兵の本隊が潜むような場所の有無を尋ねた。

「艮《うしとら》の方角でございましょうな」

と役人は烏山《からすやま》の方を指差した。

「今朝方に宿場の者が、喜連川《きつれがわ》の河原を大勢で歩いているのを見かけた、と申します」

「よし、艮だな」

「あ、お待ちを」

腰を上げた佐久左衛門を、役人は止めた。

「当宿に、真岡代官所の御手勢、農兵が参っております。これから、その方角に押し出す御様子。鉄砲の御沙汰《さた》に巻き込まれますれば、一大事になろうかと……」

「何、代官山内が参っておると？」

佐久左衛門らが、宿の棒鼻《ぼうばな》（宿場境い）を窺ってみると、筒袖《つつそで》に洋銃の農兵が整列し、まさに出撃寸前であった。

「ぐずぐずしてはいられぬ。奴らの先を行くぞ」

脇を抜けて行こうとすると、代官所の者が目ざとく一行に声をかけた。

「あいや、待たれませ。江戸より歩兵取鎮めに参られた方々と御見受けいたす」

「左様」

「代官山内源七郎より方々御通りの折りはぜひ御引止めを、と命ぜられてござる。御同道下され」

佐久左衛門一行は、こんなところで無駄な刻《とき》を過ごすことを嫌い、押し通ろうとした。しかし、農兵らが路上で通せん坊をする。詮方《せんかた》なく山内に会うと、彼は開口一番、

「古屋殿も、我らとともに喜連川へ御出陣下さいますように」

と言った。

「先行の取鎮め役、依田殿も早や銃隊の指揮をとってござれば。なにせ相手は、河原に屯《たむろ》する人数だけでも五百余はいるそうにござる」

「その五百余人を、脱走の罪だけで射殺する事は、当方反対でござる」

佐久左衛門は言い返した。

「江戸の陸軍奉行より、御内命を拝して我らこの地にまかり越した。その儀と申すは、脱走の罪を許し、説得によって隊の再編成を成すことでござる。同じ徳川家の兵営で暮した者として、これ以上の流血は何としても避けたく存ずる」

「それは奇麗事《きれいごと》を申される。すでにき奴らは脱走時に多くの同類を殺し、今も食に窮して無辜《むこ》の民を害し続けてござるぞ」

山内源七郎は強硬だった。前年、薩摩藩の関東攪乱策《かくらんさく》、いわゆる「出流山《いずるやま》天狗戦争」で関八州取締出役の渋谷和四郎とともに活躍した経歴を持っている。

「御覧あれ」

山内は、佐久左衛門らを、洋式銃剣を擬した農兵たちの前に連れて行った。

「整列、点呼も終えて、出発を待つのみ。皆の戦意は頂点に達してござる。も早、賊を包囲殲滅するしか道はござらぬ。今さら方針に異を唱えるとあらば、この兵らをいかがなさる」

「是非もない」

佐久左衛門も、怒気を含んで答える。

「我らはあくまで我らの方針により喜連川に参る。もし、説得の最中にも交戦となれば、遠慮はいり申さず。そちらの作戦通り攻撃あって、我らとともに脱走兵を射ち平げるが良ろしかろう」

「御覚悟かな」

代官山内は呆《あき》れて、佐久左衛門一行と、そこで別れた。

「こうなれば、代官方の兵が早いか、我らの説得が早いか。時間の勝負である」

今井信郎らに宿場の馬を調達させて、喜連川に急げば、途中の街道沿いには、代官の兵ばかりか、周辺諸藩の警備兵も姿を現わしていた。下野《しもつけ》大田原一万一千石、宇都宮七万七千石、下野烏山《からすやま》三万石のそれぞれ袖印が見てとれたが、不思議にも争乱の地、喜連川藩の兵はどこにも居ない。

「小藩過ぎて、兵を集めることもままならぬのだろう」

今井が推測した。

古河公方《こがくぼう》の系統をひく喜連川氏は、格式十万石だが、実質の石高一万石にも満たず、動員力が低い。脱走歩兵らは、そのあたりを見越して兵を止めているのに相違なかった。

佐久左衛門は土地不案内だから、ここでも地元で傭った博徒の一人を物見役にしている。弁蔵《べんぞう》という小男で、足が達者であった。その弁蔵が、間道を通って近くの佐久山宿を観察し、すぐに戻ってきた。

「古屋様、大変でござんす」

「脱走兵が、また何処《どこ》かに逃げようとしているのか？」

「いえ、逆で」

代官の手勢が自分らを攻撃すると察知して、反撃の様子を見せているという。

「二百人ばかりが佐久山宿の本陣、脇本陣に入っておりやす。あとの二百ほどが隣の鍋掛《なべかけ》へ出掛けやした。そいつら、竹の先に鉄の棒を差し込んで、そのうえ、胡麻《ごま》油の徳利と古着を抱えて行ったそうでやす」

弁蔵の報告に、佐久左衛門は顔色を変えた。

「それは、焼討ちをするつもりだ」

油を含ませたボロ切れを棒に巻き、口径の大きな洋銃に差し込んで射出する。フランスの外人《エトラン》部隊《ジェイ》がよく使う戦法である。

「今井君、君は鍋掛に走って焼討ち組を止めてくれ。内田君は、周辺諸藩の陣所をまわって仲裁役になりそうな人物を呼び集めること。私は佐久山に向う」

佐久左衛門は、早口で命じた。

「佐久山宿にあるのは、おそらく後詰《ごづ》めの兵だ。脱走歩兵の隊長格は、そこにいると見た」

彼は二人の同志と野州の畑道を駆けて、宿場に入った。

棒鼻の土手に、フランス式の軍服をだらしなく着た歩兵が二人、剣付き鉄砲を杖《つえ》代りにして突っ立っている。

佐久左衛門は馬を止めると頭ごなしに、

「これは江戸より参った、徳川恩顧の武士である。汝《なんじ》らの隊長格に面会したい」

と怒鳴った。二人が銃を構えることも忘れてどぎまぎしているうちに、もう一声。

「隊長と申す者は、何という姓名か?」

「へ……へい、改役の村上長門介様で」

脱走歩兵は町人口跡《こうせき》で答えた。

「では、案内せよ。かく申すは、一度は汝らの教官を務めたこともある、江戸三味線堀の古屋佐久左衛門智珍《ともよし》である」

「へっ、へ……へい。こちらでございやす」

一人が馬の轡《くつわ》を取り、もう一人が急いで脱走兵陣所へ先導した。

4

陣所といっても本陣ではない。宿場の外れにある百姓家だった。野州によく見受けられる巨大な蚕棚《かいこだな》を持つ藁葺《わらぶ》きの建物で、広い中庭に叉銃《さじゅう》して焚火《たきび》する男たちの姿があった。

「村上様がお会いになりやす」

案内の者から、屋内の警備に引き継ぎが成された。

土間に通されると、ひねったばかりの鶏《にわとり》が羽のついたまま、大鍋に放り込まれていく。火吹き竹を手にした軍夫が竈《へっつい》の前に座り、炊飯の真っ最中だ。

「江戸表より、お使者――」

と声がすると、どおれ、と返事があって杉戸が両側から開いた。

土間の一段高いところに床几《しょうぎ》を出し、数人の男が座っている。

(まるで芝居の大江山《おおえやま》か、話に聞く伝馬町の牢名主《ろうなぬし》みたいだ)

佐久左衛門は吹き出しそうになった。

脱走隊の頭どもは髷《まげ》を乱し、軍服の上に褞袍《どてら》を引っかけて刀を引きつけ、実に凶々《まがまが》しい。

「村上氏とは、どなたか？」

「へい、おいらで」

色白で大柄の男が膝《ひざ》を叩いて立ち上がった。

「辰五郎とお呼び下せえやし」

下手《したで》に出ているが声はドスがきいている。

『梁田《やなだ》戦蹟史』（真下菊五郎）には、当時の見聞記に、この村上長門介を、「この者は会津生まれとかで、江戸の火消しの頭だったとかで、身体一面に刺青《いれずみ》のある一寸《ちょっと》見て恐ろしい様な奴でした」

と語る人物が登場する。

佐久左衛門が自己紹介すると、辰五郎は目を剝《む》いて、

「こりゃあ、おみそれいたしやした。おい、おめえら、このお方は」

と、左右の者に語りかけた。

「何年か前に、横浜で子供が異人に怪我ァさせられた時、エゲレス人と堂々渡り合って医者代をふんだくった。唄にまでなった御人だぜ。床几をお出ししろい」

男気を第一に考える鳶の者らしく、皆一瞬で佐久左衛門に好意の眼差《まなざ》しを向ける。

「おいらたちの連隊長、故備前守様は、古屋様の上司でございますそうな。良いお方でござんした。今年の一月、北風吹く下鳥羽の田の中で、敵弾を受けて御討死の有様は、今もこの目の底にひっついて離れやせん」

辰五郎は、緼袍の袖口で目元を拭った。

（これは、存外素直に説得に応じるやも知れぬ）

と佐久左衛門は安堵《あんど》した。ところが、歩兵隊帰順を説くと、村上の態度は一変した。

「初めっから江戸に戻るつもりなら、野州くんだりで、くすぶったりいたしやせん」

村上の副官格、これも火消しあがりの近藤巴之助《ともえのすけ》という柄の悪そうな奴が、左肩をもち上げて語った。

「俺らも、だてやすいきょで兵舎を抜けたわけではござんせん。江戸にいては、まず飯が食えねえ。大久保様よりお給金も出ねえ。その上、いつ薩長の奴らが入ってきて、討たれるかわからねえときた。頼るところは会津様しかねえのだと思い定めて、後先もなくここへ参りやした次第で」

勝と並んで江戸の治安と行政を代行する大久保一翁《いちおう》は、歩兵の給料遅配の元凶とされている。勝も大久保も、徳川慶喜の恭順策順守と、鳥羽伏見の敗戦処理に忙殺されて、歩兵の待遇にまで手がまわらなかったのだ。

これに対して、密かに薩長への抗戦を企む会津松平二十三万石は、江戸から来る者を次々に受け入れて洋式軍の編成を開始したと噂されていた。

「その上に、ですぜ」

副官近藤の言葉を、村上が引き取った。

「おいらたちは、江戸で同士討ちまでやって、指揮官を殺しておりやす。せっかくの御言葉でござんすが、もう、どうにも後戻りはききやせん」

「左様か」

佐久左衛門は、議論が長引けば逆効果と考え、ここは一旦時間を置こうと思った。

「ちょうど、腹も北山《きたやま》だ。空腹で語り合っては良い知恵が出まい。我ら今宵《こよい》は佐久山宿に泊る」

夕餉《ゆうげ》の後にまた語り合おうと、帰順説得派の人々は席を立った。

帰りがけ、佐久左衛門が台所を覗くと、軍夫が蒸した鶏の羽をむしり終えているところだった。

(とても全員に行き渡る分量ではないな)

村上たちは思いの他、困窮しているのではないか、と佐久左衛門は思った。


一行は、佐久山宿の藤屋という旅籠《はたご》に入った。宿場内では最上級の部類というが、夕食に出された膳は、黒っぽい半搗《はんつ》き米に糠漬《ぬかづ》け、煮染めたコンニャク入りの汁という粗雑なものだった。

「これはひどい。救民のお焚き出しでも、こんなものは出ぬぞ」

今井が眉をひそめると、宿の者が申し訳無さそうに肩をすくめた。

「何《なに》ぶんにも、江戸から来た衆が、あたりの村々を襲いまして、食い物を奪ってしまいました。足りない分を運ぼうにも、街道筋は止められておりますもので、隣宿から荷車を出すことも出来ません。このような膳部で我慢下さいますように」

「それは、難儀なことだ」

それでも少しは腹が膨《ふく》れたので、一行は二階のひと部屋に集まって、善後策を協議することにした。

と、そこへ悲鳴が聞こえた。

「何だ、何だ」

一行の内、松田昌三郎と楠山兼三郎という者が、刀を手に下へ降りた。

すると、さらなる悲鳴と罵声《ばせい》があがり、刀を打ち合わす音まで響いてきた。これは、真岡代官所の手勢が宿場に討入って来た、と思った佐久左衛門。自らも刀を差して階下に走る。

廊下に一人、男が倒れていた。フランス風の軍服に草鞋がけ。脱走歩兵らしい。

「古屋殿、こちらです」

松田が呼ぶ方に出てみる。一階の帳場が足の踏場もない程に荒され、その中にも男たちが横たわっている。

血刀を下げた松田と楠山が、頬《ほお》に古疵《きず》のある軍服姿の男を引きずり出した。

「こ奴らが帳場を襲って、金子《きんす》を盗み出そうとしていた。二人斬ったが、残りは逃げた。宿の者も二人、怪我をした」

と楠山が報告する。

「行灯《あんどん》の火を」

佐久左衛門が男の顔に光を当てる。

「村上長門介の配下だな。名は何という？」

「権太《ごんた》だ！」

盗人の歩兵は怒鳴る。

「駕籠《かご》搔《か》きのような名だ」

歩兵は、佐久左衛門の足元に唾《つば》を吐き、楠山が横っ面《つら》を張り飛ばした。権太は抵抗しようとしたが、逆手をねじ上げられ、引き倒される。

「こ奴め、懐に二十両持っていた。他にもどこかを襲ってきたようだ」

「縛り上げて村上のもとに連れて行こう」

佐久左衛門は苦々し気に言った。後で宿の者に問うと、権太は悪名高い奴だった。

「百姓家を焼く。宿場の女を手籠めにする。仲間だって容赦なく斬る奴です。佐久山陣屋の福原《ふくはら》内匠《たくみ》様も、手が出せなかった程の悪《わる》で」

と語るではないか。

縄つきにした権太を引きずるようにして、佐久左衛門らは夜道を歩いた。

村上のもとに戻ると、どこで聞きつけたものか、会津藩士の野出《のいで》某《なにがし》という者が来ていて、江戸への帰順を説いていた。また、大田原藩士数名も現われ、これ以上の争乱が起きぬよう求めている。

村上は、会津を頼ると口では言いながら、野出の言葉にも耳を貸さない。佐久左衛門はしばらく様子を観察してから、おもむろに口を開いた。

「村上氏、少し顔を貸してくれ」

容貌魁偉の佐久左衛門が顎《あご》をしゃくると、貸元同士の談合染みてくる。その貫禄《かんろく》に押され、村上も渋々余人を遠ざけた。

「懐具合を尋ねるのは失礼千万だが、お前さんたちは、相当困っているのじゃないかね？」

佐久左衛門は、ずばりと言ってのけた。

「どうだい？」

「へい、お察しの通りで」

村上は顎先を掻きむしった。

「古屋様にゃかなわねえ。恥を忍んで申しやしょう。本隊二百、鍋掛に向った別働隊二百。江戸を出る時に半ば手ぶらでござんしたから、ろくなものも口にしておりやせん。ここ数日は、まわりの民家から食い物を盗ませているような塩梅《あんばい》で」

「ここらで手を打たぬか、辰五郎」

佐久左衛門は口元をゆるめた。

「俺たちは江戸から、勝総裁の金を持って来ている。背に腹は替えられんというだろう。帰順書に血判を捺《お》して、皆に手当金を渡してやれ。腹一杯食わしてやっちゃあどうだ？」

「……」

村上は苦しそうに眼を閉じた。

「辰五郎、火消しの意地も、時によりけりだぞ」

「……わかりやした。よろしくお願いいたしやす」

この瞬間、辰五郎こと村上長門介は死を覚悟した。幕府歩兵隊に帰順とは即ち、脱走責任者たる彼自身が処分を受けるということだ。名誉ある切腹で済めば良い方。軍の反乱者は縛《しば》り首《くび》、晒《さら》し首という不名誉な処刑が普通であった。

「おいらも小十人組火消しあがり。一度頭を下げましたからには、古屋様にこの身体、差し上げやす。煮るなと焼くなと御随意に」

「では、鍋掛にあって、氏家宿を襲わんとする別働隊二百を呼び戻すよう、命じてくれ」

村上は素直に使者を走らせ、隊を戻した。

5

思った通り、無頼漢ながら村上は男気のある男だった。

「このまま、長門介を斬るのか?」

と今井信郎は困った顔をした。

「帰順の実《じつ》を見せること、掌《てのひら》を返すがごとし。首にするのは情において忍び得ぬところだ」

「歩兵の間で、奴を親分と立てる風《ふう》がある。軽々しく処分すれば、再び反乱が起きる恐れもある」

楠山兼三郎も、同情の口調である。佐久左衛門は、仲間一同の顔を見まわして、

「ここに妙案がある。ただし、前提として方々の口の堅いことが条件である」

と言った。楠山が、むっとして、

「我ら武士である。口の軽重を云々《うんぬん》するとは、無礼でござろう」

「これは済まぬ。されば」

佐久左衛門が次に語った言葉に、一同は顔を見合わせた。

「村上長門介の偽首を作ると？」

「別人を斬ると申されるか？」

「左様。偽首には、ちょうど良い奴も手に入れている。そら、楠山君と松田君が捕えた権太という元駕籠掻きだ」

「うーむ、たしかに」

佐久左衛門は、躊躇《ちゅうちょ》する一同に、具体的な案を語った。

「調べてみれば、あの権太という者の悪行は目を覆うばかりだ。あ奴を村上長門介として斬り、本物は改姓させて別人に仕立てる」

「発覚すればただでは済まぬぞ」

今井が首をひねる。

「いずれ梟首《きょうしゅ》するのだろう。大勢の目にも触れる」

「首というのは、素人目《しろうとめ》には見分けがつかぬものさ。日にちが経てばなおさらだ。どうせ江戸に運ぶものでもなし」

佐久左衛門は大胆にも、その日のうちに、村上へ命じて権太を討たせた。首ひとつではさびしかろうと、別に村人を殺害した無頼漢を隊内から探し出し、これも斬って副官近藤巳之助の代り首にした。

ずいぶん荒っぽいやり方だったが、佐久山陣屋の脇にふたつの首が晒されると、村々の者は喜んだ。真岡代官所の山内源七郎も、これを認めて兵を引く。

それ以後、村上長門介は梶原雄之助宗景《かじわらゆうのすけむねきよ》、副官の近藤巴之助は近藤文之進巴義《ぶんのしんともよし》、と改名する。

相変らず隊の中心に居座ることにして一件は落着した。

平時なら、とても許される話ではないが、世は幕末乱世であった。佐久左衛門は、次に隊の総数を調べた。五百人近くいるとされていたが、実際には脱走中の逃亡や行方不明が続き三百七十人。銃器も二百挺《ちょう》ほどしか残っていなかった。

山内に預けてはどのように処遇されるかわからない。この三百七十人は天領の羽生《はにゅう》陣屋まで行進させ、いったん羽生代官木村甲斐守《かいのかみ》に預けた。この際、二月十四日に徳次郎宿で山内に捕えられた七人の者も引き取っている。

それだけの始末をしてから、佐久左衛門が新しい指揮官に収まった。

二月二十二日、江戸に向けて三百七十七人は行進を開始した。

「堂々の御帰還ですな」

今井の言葉に、

「いや、この三百余名は武州の外れで足止めするつもりだ。我々のみ、まずは江戸へ戻る」

佐久左衛門は、勝へ提出する長文の書類を作っていた。

その骨子《こっし》は、三百七十七人の無罪嘆願と、以後の取計《とりはから》いについて述べたものであった。

「以後の取計い？」

「ここ数日の内に、私も考えた」

四百人近い洋式の兵力が偶然にも、中仙道《なかせんどう》と日光街道が交差する要衝の地に出現している。

「奇貨《きか》おくべし」

佐久左衛門の本性が、この瞬間露《あら》わとなった。

「この三百七十七人を核《かく》として、およそ千二、三百の旅団を編成する。関東、信州いずれかの旧代官領に拠《よ》って銃剣をきらめかせて居れば、西軍もうかつに江戸へは手出し出来ぬはずだ」

西軍こと、官軍の東山道先鋒《とうさんどうせんぽう》は、すでに本隊が諏訪《すわ》に入り、二月半ばには上信国境の碓氷《うすい》峠に迫っている。

「では、我らは江戸を守る遊軍と化すのですな」

今井信郎が感動の面持ちとなった。

「されば、三百七十余の兵は止め置く。預け先は、そうだな、忍《おし》の松平家が穏当だ」

武蔵国忍（行田《ぎょうだ》）十万石は、本姓が奥平《おくだいら》氏である。幕府親藩として鳥羽伏見戦に参加し、当代の藩主下総守忠誠《ただざね》と手勢二千は敗れた後、一時紀州に潜行した。この時は藩主も海路三河の吉田、その後に駕籠を乗り継いで江戸へ戻り、病いの床にある。

「忍城は天下に聞こえた水城《みずじろ》だ。藩論も佐幕で統一されているというから、まず安心だろう」

うまい具合に、佐久左衛門が江戸から取鎮めの同志として連れてきた六名の中に、永井蠖伸斎《かくしんさい》（別名・鈴木蠖之助）という者がいた。本名は新《あたらし》六造。親は忍藩の陪臣《ばいしん》で、生まれも同じ忍城下というから交渉事には役に立つ。

馬を飛ばして一人江戸に帰った佐久左衛門は、勝に件《くだん》の無罪嘆願書を差し出す。

これは当然、受け入れられ、即座に感状が出た。


右、脱走の歩兵取鎮めの為に出頭の処《ところ》、取計《とりはからい》方行届《かたゆきとどき》、速《すみやか》に鎮定致《いた》し候趣、一段之事に候間《あいだ》、申し渡さるべく候事

受け取り人の名は小十人格歩兵差図役頭取の古屋佐久左衛門。発行は幕府陸軍局である。

「おめえさん、北関東、信州の鎮撫にこの兵を宛《あ》てたいと言っているそうじゃねえか」

感状を渡した後、勝はやくざっぽい口調で問うた。

「はあ、歩兵奉行宛で、願い出ております。勝安房様においてもこの旨、いかがでありましょうか」

「悪《わる》かァない考えだ」

勝も、この頃になると天朝側に対して恭順し、江戸城を無血開城する方針に考えを固めている。抗戦派と化した佐久左衛門一党と、ここで不思議な利害の一致を見た。

邪魔な佐久左衛門に出て行ってもらうには、それなりの支度金も付けねばならない。勝は歩兵第六連隊の乱暴者五百名と砲三門に、軍資金、馬匹《ばひつ》、食糧など椀飯振舞《おうばんふるま》いしてやった。

「あっちでも、兵隊を集めるつもりだろう？」

「はい、千から二千まで増やす方針でおります」

そのための檄文《げきぶん》も、江戸で刷らせているという。

「まあ、がんばりなよ」

勝は妙な作り笑いを見せた。

佐久左衛門が作った反官軍の決起書は、三月初め、関東の諸藩に向けて送られた。その内容、

檄文

天地を経綸《けいりん》し、宇宙を総括するもの、唯《ただ》名義の存するを以《もつ》てなり（中略）。而《しか》して狗鼠《ぐそ》の輩は大義を知らず、甘んじて姦臣の駆使を受け東に向いて兵旗を翻《ひるがえ》さんと欲す。不義無恥是《これ》より甚《はなは》だしきはなし（中略）。然《しか》らずして甘んじて賊の駆役を受くるものは、已れが不義に陥るのみならず、天朝をして不義に陥らしめ、四海萬国へ対し皇国の大名を汚さしむるに至る。其《そ》の罪挙《あ》げておうべからず。庶幾《しょき》は気節の士《し》四方に伝えて天下の義気を鼓舞作興して綱常を維持せよ

現在、江戸に向っている西軍は不義の兵であり、自分らは節を曲げぬ士の集団である、と内外に吠《ほ》えたのである。

佐久左衛門が江戸を発つ時の姿も、堂々としていた。「赤服」と呼ばれたイギリス陸軍の中古軍服を横浜で大量に購入し、配下の兵も半ばイギリス式に教練を変えている。

「赤備《あかぞな》えは、徳川家の先鋒《とくせん》と古来より定まっているだろう」

理由を問われて彼はそう答えた。が、何、これは佐久左衛門が文久以来、慣れ親しんできた英国式軍学を、この機会に思う存分実践してみよう、という書生染みた発想から始まっている。

しかし、沿道を行進する真紅の集団に、庶民は戦慄《せんりつ》した。

砲三門、弾薬百駄。洋式銃を担《にな》って行く連中は、どう取り繕《つくろ》うと、中味は江戸の火消しや厄介者で編成された無頼漢の群であった。

連中は、徳川の初期、赤備えで知られた彦根井伊《いい》家と同じように行く先々で「赤鬼」と陰口を叩かれた。

しばらくすると、街道筋で彼らの正体が露顕し始めた。宿泊地で彼らは博打《ばくち》をうつ。飲酒し、女を買う。喧嘩《けんか》をする。

当時、幕府歩兵頭並で、明治に民権運動家となった沼間守一《ぬまもりかず》は、江戸の歩兵をこう語っている。

「幕兵には市井《しせい》無頼の徒多く、現にその戦没したるものの屍体を検するに、身には鯉《こい》の瀧《たき》登り等の刺繡《ししゅう》（刺青）を為せしものあり。また、その背にせるランドセル（西洋雑嚢《ざつのう》）中サイ（賽《さい》コロ）のごとき賭博《とばく》の器具を蔵するものさえ有りしも」（『沼間守一覚書』）

この情況に、今井などは腹を立て、

「新規の赤服どもは、どうにも悪過ぎる。忍に預け置いた三百七十余人と合体した時、どのような醜態を見せるかわからぬ」

素行の悪い者を斬罪に処そうとした。

しかし、どういうわけか佐久左衛門は、不良兵の処罰を躊躇《ためら》った。

「今は行進の途上である。罰は、編成替えを行なってからでも遅くはない」

と言った。赤服軍は、道々兵を招募しながら進んでいる。下手《へた》に兵の処刑を見せては、せっかく集まろうとする者も、恐れて逃げ散るだろう、というのである。

（それらしい理由をつけているが……、解《げ》せぬ）

と日頃は佐久左衛門を尊敬してやまない今井も、疑問を抱いた。

（ようやくと自分が自由に動かすことの出来る兵団を手に入れた喜びから、目が曇ったのではないか）

元京都見廻組頭取として実戦の中で育った今井は、ここに来て僅かに落胆した。所詮は机上の理論を重視する秀才肌と佐久左衛門に同情し、さらにはこのことが新規軍の弱点とならねば良いが、と憂《うれ》いたりした。

6

碓氷峠を占拠し、信州中野の幕府直轄地に拠って周辺の諸藩を動かし官軍と戦う、というのが佐久左衛門の戦略だった。

最初の誤算は、天下の嶮《けん》である碓氷峠を、官軍が先に占領してしまったことだろう。

「二十四万石が夢と消えましたな」

と内田庄司が嘆息した。幕府の直轄領は、小人数の代官所役人が、大々名並の所領を管理している。それが新規軍に勝が与えたもうひとつの餌《えさ》だった。

「信州以外にも、我らが飛躍する天地はあるよ」

当てが外れた佐久左衛門は、越後方面へ作戦行動範囲を広げる決心をする。

「忍に使者を立てて、預けておいた村上長門介の兵を呼び寄せよう。出来れば、忍藩佐幕派の参加も求める」

集合場所は、忍の北東、羽生の陣屋と決まった。

これが三月五日頃のことだった。

翌々日、江戸で病床にあった忍城主松平下総守が、病いの身を押して城に戻っている。

官軍東山道先鋒の偵察部隊は、動きが早い。碓氷峠を手にしたと同時に関東平野へ南下し、三月六日には熊谷の手前、本庄《ほんじょう》宿と深谷《ふかや》宿に到着。ここで周辺の情報を集めている。

「正体不明の軍が、街道筋を盛んに行進している。忍にあった脱走歩兵の群も、これに合流の気配」

と知って、忍城中に使者を送った。

「汝らは、態度不明瞭である。勤王か佐幕か、速やかにこれを決せよ」

城中騒然となった。混乱を恐れた藩の執政岸嘉右衛門《きしかえもん》は、城下に泊っている脱走歩兵三百七十余人を羽生へ密《ひそ》かに去らせることとした。

村上長門介改め梶原雄之助と、近藤巳之助改め近藤文之進は、依怙地《いこじ》な火消しだから、はい左様でございと、素直に引き下がるわけがない。

「当藩は佐幕一本とお聞きしていたが、この弱腰はどうしたこってえ？」

「何なら、おいらたちが率先して、熊谷宿の西軍を攻めるから、銃器弾薬をお返し願いてえ」

と口々に彼らは立ち騒いだ。岸は藩の医師久河道伯《くがどうはく》という者を代理人に立て、軍資金六百両と草鞋千足を餞別《せんべつ》と称して贈り、ようよう追い払った。後に、これが官軍の疑惑を生み、道伯は斬《ざん》首《しゅ》されている。

さて、三月七日。羽生で合体した洋式兵は総数九百余人。

総督古屋佐久左衛門の下に第一大隊（隊長今井信郎）四百二十八人、第二大隊（隊長内田庄司三百八十人。他に佐久左衛門の直轄軍として中軍百余人。この中には四斤《よんきん》野砲六門を持つ砲兵隊や偵察、輸送隊も含まれている。

「この陣形のまま、信州方面に押し出す。碓氷峠より下ってきた敵を討ち、進んで信州盆地に入る。一度、西軍に靡《なび》いた諸藩も、我らの実力を知れば味方につくだろう」

関東、信州の双方から東山道先鋒を挟み討ちにして緒戦を飾る。これが佐久左衛門の作戦だった。

ただ、佐久左衛門は自軍の力を過信していた。本隊の進軍に先立つ先遣隊も少なく、イギリス式の軍楽隊を先頭に立てて派手に出発してしまった。

これが、熊谷方面の敵を刺激せぬはずがない。

「賊兵大挙して動く」

と、官軍の偵察が報告する。

「先手を打って、奇襲すべし」

と言ったのは、官軍薩摩四番隊の川村与十郎と同隊の黒木七左衛門だ。川村は後に日本海軍の建設者となり、黒木は日露戦争の立役者となった。役者といっては実戦経験のある彼らの方が一枚も二枚も上手《うわて》だ。

「我ら官兵は薩州・長州・大垣・信州座光寺《ざこうじ》藩兵全て合わせても、二百に満たない。砲も少ない」

正面からぶつかって粉砕されるより、夜討ちで勝つ。そう決意すると、薩摩兵の行動は果敢であった。

「賊は羽生から北へ向った」

と聞くや、熊谷宿から真っ直ぐに北上。妻沼《めぬま》の先で渡河し、八里の道のりを小走りに進んだ。上野《こうずけ》太田に着いたが敵の姿はない。土地の者にも情報を求めて一服していると、

「それらしき集団が、浅間間道《あさまかんどう》の梁田宿に見受けられます」

と偵察が伝えてきた。梁田は現在の栃木県足利《あしかが》市内に入っている。渡良瀬《わたらせ》川近くの鄙《ひな》びた宿場町で、人口の割りに酒屋が多い。

太田宿で飯を炊かせた官軍は、闇の中を進んで梁田の西、上渋垂《かみしぶたれ》という所で最終的な攻撃打ち合わせをした。

「未明に至り、ひと息で包囲殲滅を計る」

と意言が一致した。

そこを発した官兵百五十余人（途中、信州座光寺兵五十名は行方不明）は、本郷という在所で二手に分かれた。薩摩兵と大垣兵の協合軍は例幣使街道を、長州兵二十名は右側の脇道を行く。

その頃から東の空が少しずつ白みはじめ、霧が出てきた。

「このあたりは、何という地名か」

と薩摩の川村が土地の密偵に問うた。

「福島という所でござりやす。梁田はもう目と鼻で」

密偵は答えた。流石《さすが》にこのあたりまで来ると、賊軍も監視兵を出しているだろうと注意して見まわせば、それらしい者が何人か道端に立っている。

「殺せ」

戦い慣れした薩摩四番隊士が二人、抜刀して忍び寄り、全員刺殺した。

殺された者らは、近藤文之進の手下。博徒あがりで、命じられればどんな悪業でもやってのける連中だったが、刀技に熟達した薩摩武士が相手ではかなわない。

川村隊は梁田宿の入口で、隊をさらに割った。一方は北に進んで東に曲り、宿場を側面から攻めることにした。

攻撃の合図は、川村隊の放つ銃声と突撃ラッパである。

佐久左衛門の部隊は、編成直後の強行軍で疲れきっていた。

宿に着くなり弾薬入れも小銃も放り出して、寝転がった。酒に手を出す者も多い。

酔えば女が欲しくなる。このあたり、八木節《やぎぶし》でも知られた上州の遊び女が名物だ。

前述『梁田戦蹟史』には、土地の者の回想として、

「その晩は（古屋隊も）飲めや歌えやで大騒ぎでした。酒樽《さかだる》が並んでいて女の居ないはずはない。女を出せ、女を出せで随分《ずいぶん》ひどい目に遭《あ》わされました。バクチをする踊り跳ねるいらい（えらい）乱暴をやりました」

とある。隊長の佐久左衛門はこの騒ぎの中でどうしていたのか。

「大将様は（本陣の）奥の方へ宿《やど》りましたが、命令などもなにもあったものではない」

と出ているから、彼も匙《さじ》を投げた格好であったようだ。

今井信郎が恐れていた机上の秀才としての指揮感覚の鈍さが、ここに至って露呈されたのである。

乱痴気《らんちき》騒ぎの果て、ようやく人々が寝入った頃合いを計って、

「かかれ」

と川村隊は梁田宿に突入した。

最初、突撃ラッパの音に跳び起きたのは、佐久左衛門本人である。何となれば、英式歩兵教育を受けていた彼には、馴染《なじ》み深い音色だったのだ。薩摩兵も軍制は英式である。

「何事だ」

はじめは、酔った味方のラッパ卒が吹き鳴らしているものと思った。しかし、吹き方が実に堂々としている。

しかも、耳を澄ませば、銃声も混じっていた。

「敵襲！」

寝呆《ねぼ》け眼で起き出して来た兵士は、大あわてだ。女を抱いていた者は枕を抱え、野外で眠りこけていた者は、叉銃を取り崩して逃げまどった。

川村隊の突入に合わせて宿場の側面にまわり込んだ別隊も、第二大隊内田庄司の三百余を襲う。味方の銃声に、本郷の脇道から現われた長州隊は、川村隊の攻撃を支援し始めた。

これとまともに衝突したのが、佐久左衛門の有能な補佐官、第一大隊長今井信郎率いる四百余人だ。

藪《やぶ》の中から発砲する敵が、己れの部隊の数分の一にも満たない小勢とはわからない今井隊は、瞬《また》く間に三十余人の死者を出して後退した。

長州兵は勢いをかって、中軍の古屋佐久左衛門配下にも銃撃を加えた。

火消しあがりの梶原雄之助は、流石に勇猛果敢だった。

「てめえら、逃げるな」

及び腰になっている手下どもを叱咤《しった》して、銃陣を作ろうとした。

「見ろ、敵は思ったより少ねえぞ。射ち返せ、射ち返せ」

と叫ぶ。だが、しかし、一度崩れ立った兵は元に復さない。激しい銃火の中で本陣に火がかかり、佐久左衛門も宿外に退去した。

「負傷者を担い、出来うるかぎりの装備を持って館林《たてばやし》方面に逃げろ」

と彼は命じた。

編成したばかりの佐幕派歩兵集団は、たった一晩で崩壊したのである。失意の内に東南方向へ去って行く佐久左衛門らの部隊を、攻撃側は指をくわえて見つめた。追おうにも、前夜からの強行軍と強襲で、彼らも体力の限界がきていた。兵力も不足で、無理に追撃するとかえって逆襲に遭い、被害を受ける。

佐久左衛門は、茫然《ぼうぜん》として敗軍の中を歩いた。

渡良瀬川を渡ったところで意気消沈し、一軒の農家に入った。

今井信郎と二人して切腹しようとしたが、梶原と近藤に止められた。

「仲間は、まだこんなに残っておりやす。一度や二度の負けなんぞ、屁《へ》でもござんせん。会津に参りやしょう」

徳川の敗北を認めぬ江戸の侍たちは、今も続々と北を目差している。

「そうさ、な。まだ望みは残っている」

佐久左衛門は煤《すす》で汚れた自慢の英式軍装を見やった。

「いったん東に出て、再び日光街道だ。出来るところまでやってみよう」

元火消し人足らの言葉で、気を取り直した佐久左衛門は三月十日、敗軍をまとめて北上を開始した。

官軍の薩摩兵増援が、遅ればせながら追撃の構えを見せた時、古屋隊は今市《いまいち》方面に逃れている。

鬼怒川《きぬ》沿いに山岳地帯へ入り、藤原・五十里《いかり》と過ぎて、会津領内に入ったのは二十二日。彼は梁田での戦死者六十二名の追善を営んだ後、会津松平家の援助で部隊を再編成した。三月二十五日、隊名も新しくなる。

「衝鋒隊《しょうほうたい》」という。

これが翌明治二年（一八六九）まで続く抗戦の始まりだった。

我《われ》餓《が》狼《ろう》と化《か》す

1

野州梁田《やなだ》宿で新政府軍の奇襲に遭《あ》い、辛くも逃れた古屋佐久左衛門。

会津領内で敗兵を再編成し、「衝鋒隊《しょうほうたい》」と称した後は俄然《がぜん》動きを活発化させた。その二週間前、敗戦で意気消沈し自殺まで考えた、これが同じ人物とはとても思えない元気さであった。

彼は会津若松城下で仙台藩使節の玉虫《たまむし》左太夫や米沢藩士千坂《ちさか》太郎左衛門と会談し、大いに自論を語った。

玉虫と千坂は京の新政権から朝敵と糾弾されている会津の内情を調査するために、それぞれ藩から派遣されていた。

「徳川家《とくせんけ》天下の静謐《せいひつ》を保つこと二百有余年」

佐久左衛門は、まずこう言った。

「その功績は万民の知るところである。にもかかわらず、朝敵の汚名を被《こうむ》る。会津も同然。しかれども、十五代様（徳川慶喜《よしのぶ》）はすでに鳥羽伏見《とばふしみ》の合戦前に政権を返上していたのである。戦《いくさ》は多分に突発的なものであり、これをもって朝廷が追討令を発するは、極めて不当である」

玉虫と千坂は、この火を吐くような彼の意見に黙って聞き入っていた。

「そもそも、会津松平侯を逆賊と言うが、禁門の変において御所に砲口を向け、洛中を焼き払った長州ほどの罪を犯していない。彼《か》の国を許し、この国を朝敵と成すその論拠や如何《いかん》？」

玉虫左太夫は、万延《まんえん》元年（一八六〇）日米修好通商条約の使節団に加わってアメリカをその目で見た開明派だ。一方、千坂太郎左衛門も米沢藩の門閥に生まれながら、兵制を改革するなど独創性に富《と》んだ人物であった。

「貴殿の申すこと、いちいちもっともである」

佐久左衛門が説を述べ終えると、玉虫が先にうなずいた。

「長州侯は拙者の見るところ、堂上《どうじょう》の公家《くげ》を引き付け候《そうろう》て関東の権を奪い、四海《しかい》に横行せんとの企《たくら》み。また島津も別立ての陰謀にて虎視眈々《こしたんたん》、天下を狙《ねら》う心積りと見え申す」

玉虫はアメリカから帰国後、藩命によって広く各地を歩き、特に薩長の動きを観察している。彼は、攘夷《じょうい》浪士を支援する長州は開国の敵と考え、また表は「寛仁大度《かんじんたいど》」の姿勢を見せながら裏で盛んに密貿易を行なっていた薩摩を「奸慾《かんよく》」の藩と規定していた。

千坂も隣藩の情として会津贔屓《びいき》であり、薩長に好意を抱いていない。

「弊藩《へいはん》は、会津松平家に深く御同情申しあげ、出来うるならば他藩と語らい、救済の道を開く心積りでござる」

千坂は答えた。

しかし、これはあくまでも二人の個人的意言であった。玉虫の属する仙台藩には、奥州鎮撫《ちんぶ》総督府の九条道孝《くじょうみちたか》を擁《よう》する新政府軍五百が海路到着し、会津攻撃の準備を始めている。米沢藩の場合は、藩内に戦いそれ自体を否定する勢力があり、藩論が統一されていない。

「ここにおいての急務は、奥羽と越後に大同盟を結成し、薩長に抗する力を育てるのみである」

佐久左衛門は言った。これは前の年の秋、会津藩が流動する京洛の政治情勢を見て企んだ策であり、各藩の代表を新潟に集めて何度か会合も持たれていた。

「東北諸藩の力を結集し、関東に攻め上り、速やかに江戸城を奪う。それにはどうしても越後各藩の合力《ごうりき》が必要である」

佐久左衛門は懐から洋式の手帳を出し、鉛筆でくるくると日本地図を描いた。

「東西合戦に至らば、欠かせぬものが洋式の兵器である。残念ながら拙者の見るところ、東北諸藩の武備は、多くが元亀天正《げんきてんしょう》の頃より少しも進歩してはいない。早急に新鋭の兵器を輸入しなければならない。ところが」

佐久左衛門は、地図の上に丸をつけた。

「我が方には外国船の入る良港が少ない。薩長側は早晩横浜も押さえるだろう。き奴らは、すでに長崎を押さえ、神戸を押さえている。我らにある港といえば、この新潟しかない」

地図の丸は新潟の位置を示している。そこへ、さらに空家という文字が入った。

「新潟はただ今のところ無人である」

住民がいないという意味ではない。町と港を統率する者が不在であるという。

この月の五日――未だ佐久左衛門が野州羽生《はにゅう》で脱走幕兵を再編成している頃だが――新政府側の北陸道鎮撫総督高倉永祜《たかくらながさち》は、新潟奉行白石下総守《しもうさのかみ》に支配帳簿の提出を求めた。

良港新潟は古く越後長岡の牧野家が保っていたが、天保年間、幕府の直轄領となった。以来七代の奉行がこの町と港の管理に当ってきた。七代目の下総守は慶応元年（一八六五）十月からその任にある。

奉行下総守はまず旧主の徳川慶喜に許可を受けてから帳簿を出す、と総督に答えた。このやり取りは会津側の密偵により、逐一伝えられている。

「ぐずぐずしておれば、新潟も薩長の手に陥る。急ぎこれを獲《と》るのが良策である」

佐久左衛門は、洋革張りの手帳を勢い良く閉じて、玉虫と千坂の顔を見上げた。

「会津松平の兵、あるいは越後の諸藩兵が進めば、大いに問題となろうが、我が手にある衝鋒隊ならば、新潟奉行所を奪ってもさしさわりあるまい」

何となれば、衝鋒隊は公然と新政府側に銃口を向けており、会津に養われているとはいえ、立場は独立独歩の脱走集団なのである。

「古屋殿は、野武士でござるな」

玉虫が苦笑いした。

「左様、洋式装備の野伏《のぶせり》ですぜ」

佐久左衛門も、容貌魁偉《ようぼうかいい》と評されたあの顔をぐしゃりとつぶして笑った。

「ただし、この胸の内には……」

自慢の英国式赤軍服の胸を叩《たた》いた。

「君家《くんか》（徳川家）を心から愛す。その情が蜂《はち》の巣のごとく固まっておりますよ」

急に雑駁《ざっぱく》な口調に変った佐久左衛門を、玉虫は頼もしそうに眺め、千坂は不気味そうに見返した。


慶応四年三月二十五日の朝。

会津若松城下の衝鋒隊宿所では、英式ラッパが吹き鳴らされ、点呼が始まった。

部隊の新潟行きは、二日前から全隊士に伝えられている。

鳶《とび》の纏《まとい》持ちだったという下士官梶原雄之助《かじわらゆうのすけ》などは、

「新潟は、まず飯がうめえ。酒もうめえ。こいつは米と水が良いからだ。その小糠《こぬか》で磨きぬかれた女がまた良いときている」

舌なめずりして指を折った。

「新潟古町《ふるまち》の女といったら、ふるいつきたくなる程だっていう。花顔柳態令人艶《かがんりゅうたいれいじんのえん》、と昔の文人も歌っているぜ」

と言うあたり、この男はただの無頼漢あがりではない。

配下の隊士らは、背嚢《はいのう》に私物を詰める手もそぞろで、まだ見ぬ新潟遊女街の姿を思い浮かべた。

「どうもいかぬ。隊長から事前に釘《くぎ》を刺しておいて貰《もら》おう」

大隊長格の今井信郎《のぶお》がこの様子を見て、佐久左衛門に出発前の訓辞を請うた。

「心得た」

と佐久左衛門は、宿所の庭に古具足の櫃《ひつ》を持ち出し、長靴のままこの上に跳び乗った。

「諸士、諸卒に告ぐ」

軍帽の庇《ひさし》を指で水平に直し、滔々《とうとう》と語り出した。

「我ら勇躍《ゆうやく》として天領新潟に赴《おもむ》く。これは港湾を確保するのみならず、越後諸藩に我ら反薩長派の威力を示し、同一行動を促《うなが》すためである」

ひと口に越後と言っても、大小十一の藩と多くの旧幕直轄領が点在している。高田（現・上越市）榊原《さかきばら》家十五万石、新発田溝口《しばたみぞぐち》家十万石。そして長岡の牧野家七万四千石を除けば、いずれも五万石から一万石の小藩ばかりである。彼らの多くは弱小ゆえ、薩長につくか会津側について同盟を結ぶか、未だ旗色《きしょく》を鮮明にしていない。

「我らの新潟入りは、諸藩の同盟加入を改めて迫るためである。小藩の小城《こじろ》などは我らの洋式装備をもってすれば、強風の前の塵《ちり》に等しい」

おお、と整列した隊士の間から歓声があがった。

「さればこそ、軍規は厳正であらねばならない。敗残餓狼《はいざんがろう》の群と思われては、下世話《げせわ》に言う足元を見られることになり、同盟の促進もおぼつかないのである」

佐久左衛門は、拳《こぶし》を宙にかかげた。

「諸士、諸卒においては、新潟入りの後はよろしくその体《てい》を保つべし。掠奪姦淫《りゃくだつかんいん》の罪を犯す者は、その首を梟木《きょうぼく》に架けるものとする。この事、肝に銘じおくように」

軍帽の端を傾けてこう言うと、佐久左衛門は出発の号令をかけた。

一同は、足音も高らかに若松城下を出発した。山中の道をたどり、越後水原《すいばら》から新潟を望む信濃《しなの》川沿いに出たのは四月一日。

彼らはガラガラと大砲を牽《ひ》いて市中寺町に入り、宿所を定めた。

新潟奉行所の『御用留《ごようどめ》』四月の条には、次の通り書かれている。


四月朔日《ついたち》　陸軍方《かた》二大隊宿陣、浄泉寺《じょうせんじ》人数二百人。今五ツ半（朝九時頃）到着。全人数（正確に数えたところ）二百四人。右隊長中島源之進様。

陸軍方古屋佐久左衛門様兵士人数四百八十人、今七ツ時（夕方四時頃）勝楽寺宿陣。

内《うち》百人正福寺陸軍指図方本陣に付引《つき》移る。

秋沢貞次郎様御人数二十五人、正福寺へ宿陣。是《これ》は陸軍方中軍屯集《とんしゅう》宿陣。


別の資料にはこの時、古屋佐久左衛門が率いていたのは二個大隊四百八十八人となっている。注目すべきは、衝鋒隊以外の佐幕派兵団も前後して新潟に入っていることだろう。北関東に徘徊《はいかい》していた別の脱走歩兵隊が二個大隊。その上、藩の内紛から合戦し、脱藩した水戸の侍約五百までがこの町を目差していた。

四月二日の朝になると、市中は見たこともない格好をした男たちで溢《あふ》れかえっていた。

商家の者は固く戸を下ろし、息をひそめて彼らの動向に注目した。

「言葉の訛《なまり》を聞くと、江戸の者あり、常陸《ひたち》や野州の者あり。これは一体いかがしたことだろう」

「着ているものも、夷人《いじん》の筒袖《つつそで》かと思えば鎧下《よろい》着。大刀《だんびら》を抜いて歩く者さえある」

「奉行所の御手先《おてさき》も斬られたという。恐《こ》ええことだ」

新潟の町民は噂《うわさ》におびえ立ったが、そんな家々を昼頃になると叩いてまわる一団があった。

「店を開《あ》けィ」

「花見どきと言うに、酒も売らんのか。飯も食わさんのか」

叫び散らす。隙間《すきま》から覗《のぞ》いてみると、洋式の軍帽を被《かぶ》り、洋服の上から晒《さら》しをぐるぐる巻きにして刀を差した男たちだった。

「開けぬと、砲《ほう》だぞ」

砲、というのは当時の脅し文句で銃弾を射ち込む、という意味だ。聞こえぬふりをしていると、だん、だーんと本当に発砲したではないか。

大戸《おおど》を打ち割り弾が飛び込んできた。口径十四・五ミリの洋式小銃弾が至近距離から放たれたからたまらない。戸の前で震えていた女子供が悲鳴をあげて倒れた。これは古町の酒問屋、あるいは寺町の米屋であったとも伝えられる。

最初の犠牲者が出て一刻《いっとき》もしないうちに、銃声が市内各所で聞こえてきた。新潟奉行所の役人が駆けつけてみると、路上には荷車が並べられ、洋銃に着剣した兵士数人が立っている。

「今なる銃の音は、何でござろう」

と兵士の一人に問うと、その髭面《ひげづら》の兵士は詰襟《つめえり》を軽くゆるめて、

「兵糧の供出を求めたが、言うことを聞かぬ者が居り、脅しのため二、三発放った」

と答えた。すると、その言葉も終らぬうちに再び銃声が轟《とどろ》き、女の金切り声が聞こえてきた。

役人は驚いて、兵士に詰め寄る。

「これは兵糧の徴発にあらず。女子《おなご》を手籠《てごめ》にしているのであろう」

そもそも、兵糧は奉行所より各隊に引き渡す定めであり、勝手な徴発は許されていない。

「ここは恐れ多くも、徳川家の天領であるぞ」

「うるせえなあ、木っ端《こっぱ》役人」

兵士の一人が、ペッと唾《つば》を吐いた。

「てめえらにゃあ、もう何の力も無えのはわかっているんだ。これからは、俺たち衝鋒隊の者が新潟を取り仕切ろうってのよ。文句がある奴は、たとえ役人だろうと砲、だぜ」

荷車の陰にいる兵士たちが、ミニエー銃の筒先を向けた。

役人は道の彼方で起こっている暴行略奪の現場を横目で睨《にら》みつつ、歯噛《はが》みしてその場を去った。

「彼《か》の者らの暴挙許しがたし」

役人たちは奉行所に戻るや、口々に言いつのった。

奉行白石下総守は、この時未だ新潟に居る。支配地引き渡しの一件について指示を仰ぐため、江戸へ向う準備に忙殺されていた。

「それは本当に衝鋒隊の仕業なのか」

下総守は、古屋佐久左衛門の人柄を多少は知っている。洋式軍学の達人であり、幕府内でも聞こえた知識人の彼が、配下の狼藉《ろうぜき》を許すはずがない、と下総守は信じていた。

「しかし、洋式兵の悪業は、我らもこの目にしております」

役人らは、この上は非力ながらも奉行所の兵器を用いて兵たちと争う他なし、といきり立つ。

「別立てで新潟入りした中島源之進の隊士が仕業かもしれぬ。また、水戸の脱走兵が横行跋扈《おうこうばっこ》しておるようにも思えるが」

下総守は、とりあえず佐久左衛門に面談することにした。

衝鋒隊の宿所に向う直前、ふと思いついて、長岡藩にもこの件について手紙を出すことにした。

「新潟の安定有らざれば、北越の安定なし」

と下総守は認《したた》め、脇差の刃を確めて出発した。この人物も、僅《わず》かながら佐久左衛門の人変りを予想していたのであろう。

2

宿所正福寺に着いてみると、門前に上半身裸の兵士が寝そべっている。

背に鯉《こい》の瀧《たき》登りを彫り、二の腕にも女の生首図の刺青《いれずみ》を入れたその男は、

「今年は雨降り、桜も遅い。飲まにゃ勇《いさ》みの肌も荒れるぅ」

と台詞《せりふ》だか歌だかわからぬ言葉を怒鳴り散らしていた。下総守の一行を見て、会釈《えしゃく》ひとつしようとしない。

「これは酔っておるようだ」

下総守は顔をしかめて寺の門を潜《くぐ》った。

境内《けいだい》には叉銃《さじゅう》がされ、弾薬箱が積まれている。傍《かたわ》らでは火が焚《た》かれ、鍋《なべ》が煮立っていた。竹の皮に包んだ得体の知れぬものを、賄《まかな》い人らしい男が鍋蓋《ぶた》を開けては放り込んでいた。

（猪《い》ノ子《こ》肉ではないか）

下総守は眉《まゆ》をひそめた。獣脂の臭いが寺の隅々にまで充満している。

「宿所は兵営と同然なれども、これでは住職もたまるまいな」

まるで漢《から》の国にあったという梁山泊《りょうざんぱく》のようだ。

それでも庫裡《くり》の一角に進むと、衛兵が立ち、士官の寝起きする場所が示されていた。

下総守が面会を申し込むと、すぐに奥の間に通された。

佐久左衛門は諸肌脱《もろはだ》ぎになり、灸《きゅう》を据えている。火を点《とも》している顔見知りの鍼医者《はり》が、あわてて膝《ひざ》を整《ただ》したが、佐久左衛門は平然と目を閉じていた。

「下総守殿」

しばし後、灸を終えた佐久左衛門はシャツに袖を通して振り返った。

「御来駕《ごらいが》の趣《おもむ》きはわかってござる」

開け放たれた庭に向って顎《あご》をしゃくった。

「あの銃声……」

「当奉行所役人が、銃口で追い返された。由々《ゆゆ》しき事態でござる」

「あれは、我が隊士にあらず。御貴殿の配下は、兵服の袖章を確められたか？」

「いや、それは」

下総守が口ごもると、佐久左衛門は脇に投げ出してあった自分の軍服を手に取った。

「我が衝鋒隊は、イギリス式ゆえ服の基本色は茜色《あかね》でござる」

続いて、その服の袖口を持ち上げた。

「我ら不覚にも野州にて一敗地にまみれ、装具軍服も不足したるがゆえに、会津にて補給を受けた。よって隊士の三分の一はやむを得ず紺色の歩兵服を着用いたしてござる。しかれども、袖章、肩章は元のまま」

袖と肩に西洋数字で十二の番号が刺繍《ししゅう》されていた。この数字は鳥羽伏見で戦った後、江戸三番町屯所から脱走した幕軍第十二連隊歩兵。即ち、この三月に野州羽生で、佐久左衛門が手ずから再編成した兵士たちの原隊を表わしている。

「先程、点呼をいたしたが、我が隊士は一人も外出してござらなんだ。あの銃声は、中島の率いて来た軍規乏しき歩兵どもの仕業ならん」

下総守は疑わし気に見返した。最前目にしたところ、佐久左衛門の部下もその軍規が整っているとはとうてい思えない。

「中島源之進の配下はフランス式であり、軍服も士官が黒、下卒は紺でござる。よろしい。我らも、痛くもない腹をさぐられるのは不快でござれば、こちらから鎮圧の兵を出し申す」

佐久左衛門は、立ち上がると軍服を身につけ始めた。

「下総守殿には、江戸御出達の御用意もござろう。ここは我らにおまかせあれ」

「よろしく、お頼み申す」

と下総守が頭を下げると、佐久左衛門は頬《ほお》をゆるめた。その笑いに別の意味が隠されていることを、生真面目《きまじめ》な新潟奉行は気付かない。

夕刻近く。市中で銃声の聞こえる範囲は、さらに広がりを見せていた。闇に紛《まぎ》れての押し込み強盗が始まっているらしい。

佐久左衛門は、例の鳶あがりの梶原雄之助を手元に呼んだ。

「市中の銃声が耳障りだ」

「へい」

梶原は低い声で答えた。

「どういたしやす?」

「お前、出向いて二、三人しょっ引《ぴ》いて来い。手に余ったら叩っ斬れ」

治安を維持する、などという言い方ではない。やくざ者が出入りを命ずるような口調だった。

梶原は腕の立つ隊士五人ばかりを率いて、隣り町に向った。銃声や悲鳴を頼りに、とある一軒の民家へ入ると、今まさに略奪の真っ最中である。

耳覆《みみおお》いの付いた黒い軍帽を被った男たちが、米俵や什器《じゅうき》を運び出している。庭で女を押し倒している者があり、その奴が梶原たちの姿を見かけると、

「へへっ、待ってろや。すぐに終るからな。お下がりはくれてやるべぇ」

と暴れる女の胸元に手を入れながら言った。梶原たちを仲間と思ったのだろう。彼の部下が赤《あか》

鞘《ざや》の脇差を抜くと、無言のままその男を背中から刺し貫いた。暴行を受けていた女は、その返り血を浴びて気絶する。

「銃器は使うんじゃねえぞ」

梶原は部下に、予《あらかじ》めそう命じていた。彼らは抜刀し、掠奪者《りゃくだつ》を次々に刺殺していく。

梶原自身も刃《やいば》を振るった。気がつくと、民家の庭先には死骸《しがい》や盗みそこねた品々が散乱し、動く者の姿は無い。

「ちっ、残りは逃げやがったか」

梶原は舌打ちして、死骸から首を獲るよう命じた。

翌朝、生首を古町の橋詰に架けて晒し、弁舌の巧みな者を梟木の前に立てて説明した。

「これを見よ。我ら衝鋒隊士の軍規は厳正である。今日よりは、町家に押し入る者、総《すべ》てかように首となる。新潟七十四橋六街は、今日より古屋佐久左衛門様の御支配となるのだ」

新潟奉行所から衝鋒隊が、実権を奪った瞬間であった。

町民はしかし、この得体の知れぬ「新御支配方」を信用せず、恟々《きょうきょう》として大戸を固く閉ざした。

一方、奉行白石下総守は、四月四日に至ってようやく江戸に向った。越後街道を会津若松経由というから、佐久左衛門が進軍したほぼ逆の行程である。

若松城下に入ると会津藩士が宿所を囲み、下総守一行を半ば拘束した。

「奉行は新潟の支配帳簿を持参しているという。それを我らに引き渡して貰いたい」

と下総守に迫った。会津経由に道をとれば、こうなるとは彼も予想していたはずであった。

「拙者は徳川家の直臣でござる。たとえ会津松平家の申し出とて、聞き入れることかなわず」

と初めは拒否していたが、旅の日程を延ばすわけにもいかず、窮余の一策としてこう答えた。

「致方《いたしかた》なし。新潟を会津藩 預 所《あずかりどころ》に仮引渡しいたすため、一筆提出いたす」

支配帳簿を守り、自らの血判を引渡し状に押すというあいまいな形で会津若松を発《た》った。

一行はこの後、下野《しもつけ》で旧幕派と新政府軍の戦闘に巻き込まれるなど苦労の末、四月二十六日にやっと江戸へ着いた。白石下総守は、浅草の北陸道鎮撫総督府に出頭して請書《うけしょ》を提出した後、自ら謹慎したという。彼が新潟に戻らぬことにより、同地の奉行所は事実上瓦解《がかい》消滅した。


新潟の町を一手に牛耳《ぎゅうじ》ったのは、衝鋒隊である。

が、驚くべきことに市中での乱暴掠奪は、相変らず続いていた。四月五日以後、佐久左衛門は隊士に命じて各所の巡邏《じゅんら》を開始させたが、早朝からの銃声悲鳴怒号は収まる気配を見せない。

中島源之進率いる脱走二個大隊の旧幕歩兵らは、衝鋒隊士の脅しによって宿舎の浄泉寺に籠《こも》り切っている。水戸の脱藩諸士の仕業かと見れば、彼らは衝鋒隊の銃火を恐れて一部が町の外に出たという。

詰まるところ、これは衝鋒隊そのものが乱暴を働いていることになる。

白石下総守が江戸出発前、長岡藩に送った書状がここで生きてきた。

長岡城にあった家老の河井継之助《かわいつぎのすけ》は、新潟奉行所に人をやって情報を収集させた。

「やはり古屋一派が、率先して掠奪を行なっているらしゅうござる」

藩の間者の束ねが、報告した。

「昨日だけでも、米穀を脅し取られた問屋は十軒以上。新潟六町の者は軍夫として割り当てを受け、しかも男手《おとこで》の出払っている間に陵辱《りょうじょく》を受ける婦女子、枚挙《まいきょ》にいとま有らず」

「何という事だ」

河井は呆然《ぼうぜん》とした。

「新潟へおもむく。馬を用意せよ」

単騎で出かけると聞いて長岡の藩士たちは止めた。

「あまりにも危険でござる。せめて手勢の百人も引き連れて参られませ」

長岡には河井が育て上げた連発銃装備の新鋭兵団がある。これなら衝鋒隊と互角に戦うことも出来るだろう。

「馬鹿なことを申すな。おみしゃん（お前さん）は、新潟の町を灰にしたいのか」

河井は顔をしかめた。今、市中で洋式戦闘を行なえば、被害は甚大である。

「古屋も洋学者だ。口で説いて説けぬことはあるまい」

ひと笞《むち》、馬に当てて海岸に向った。

市街に近付くと、なるほど家々の戸は固く閉ざされている。街道沿いには死骸が転がり、片付ける者もない。信濃川の土手に出ると、何処《どこ》からか流れ弾が飛び来たって土煙をあげた。

河井はかまわず市中に入った。すると、道筋で誰何《すいか》する者がある。赤服を着用しているところを見ると衝鋒隊士に違いない。

「何者か?」

「長岡藩牧野家家老、河井継之助である。新潟奉行所に所用あって参る」

「これは……」

赤服の一人が頭を下げた。

「それがしは、衝鋒隊第一大隊長、今井信郎でござる。名高き河井殿の到来とあらば、急ぎ隊長に取りつぎましょう」

「君が今井君か」

直参旗本で京都見廻組や遊撃隊に属し、今井も諸国に名を知られている。

「今井君ともあろう者が、隊士に狼藉を許しておくとは何事か」

河井は一重《ひとえ》の眼蓋《まぶた》をさらに細くして、怒りを露《あら》わにした。

「この町は、北越十一藩、さらには会津にとっても貴重である。新潟港が平安ならずと知れば、外国の貿易船もここを避けるであろう。この理を悟らぬ君ではあるまい」

今井は真っ赤になって俯《うつむ》いた。

「長岡藩の有名なる河井継之助なども(中略)たまたま途中で会った今井信郎に婉曲《えんきょく》に諷《ふう》したことがある」(『佐幕派史談』古屋佐久左衛門の項)

と作家長谷川伸が書いているのは、この時の情景だろうか。

河井は今井の先導で町の中心部に進み、櫛屋《くしや》という大宿《おおやど》に入ると、ここに新潟奉行所の留守役や町の主だった者を集めた。

「河井殿が救いに来てくれた！」

奉行不在の中の大混乱で、為《な》す術《すべ》もなく過ごしていた役人たちは、取る物も取りあえず櫛屋に走った。

「ここに長岡の河井がいる」

河井は愛用の軍扇を開くと、集まって来た人々に言い聞かせた。

「もう何も恐れることはない。港湾の預所は出仕して業務を再開せよ。商家は堂々と戸を開けて商いせよ」

さらに、先刻会った今井を使いに立てて、衝鋒隊本営から佐久左衛門を呼び寄せた。

河井登場と聞いて彼も出馬せざるを得ない。完全武装の兵を引き連れて、櫛屋に入った。

「貴公らは、この新潟に何の目的で参られた？」

「知れたこと。薩賊らにこの港を獲られぬようにするためでござる」

佐久左衛門は仏頂面で答えた。

「それだけではあるまい。別の思案もあると見た」

河井は相手の眼を見据えた。佐久左衛門は傍らの今井を見返し、それからゆっくりと語り出した。

「東北諸藩、北越各藩の同盟を促進させること。さらには、柏崎《かしわざき》謹慎中の桑名侯に決起を促すことが目的でござる」

「重要拠点でわざと騒乱を起こして……」

河井の言葉を佐久左衛門は引き取って答えた。

「いかにも、これは示威行動でござる。動きの鈍い諸藩の方々を目覚めさせる非常手段と御心得あれ」

柏崎には、当時これも朝敵とされていた、伊勢桑名藩主松平越中守（定敬《さだあき》）が籠っている。もともとこの地には同藩の大きな飛び地領があり、越中守は鳥羽伏見の敗戦後、本領を捨ててここに入った。表向き恭順の意を示しているというのだが、それはよくわからない。

「桑名侯が立てば、情況は変り申す」

佐久左衛門は、あの凄《すご》みのある笑い顔を見せた。

この時点では、長岡藩も他の越後諸藩も反薩長の姿勢を露わにしていない。奥羽越列藩同盟の成立は、約一ヶ月後のことだ。

「我ら衝鋒隊、ここ数日の間、ただ暴行掠奪にいそしんでいたわけではござらぬ」

新発田十万石の藩庁に人をやり、村上、村松、椎谷《しいや》などにも書状を送っている。

「いずれも面談を諒《りょう》してござる。ここに長岡藩家老が加わったならば」

「同盟は早や成立か」

河井はうずうずと笑い、手にした軍扇を床ノ間に投げた。

「おみしゃんは、役者だなあ」

声をあげて笑った。

「ずいぶんな悪役だ。治安を悪化させることで、同盟を促進させたのか」

「武威とは一面左様な役割を担うものでござる」

「だけど、ね。古屋君」

河井は佐久左衛門に負けず劣らずの凄みをみせて言った。

「君は障害《さわり》となる。悪役は、大団円《だいだんえん》の場には出ないものだよ」

佐久左衛門は唇を曲げて、少し苦い表情となった。

「同盟の席に出るなと申されるか？」

「いかにも」

「兵五百近く。どこに居所を定めよと？」

「行く先ならあるだろう」

河井は宿の縁側を指差した。南の方角である。

「信濃だ。君たち衝鋒隊士は、初め武州を発した時、その目標を信州中野の旧幕領に定めていたのではなかったかね？」

佐久左衛門は無言で河井の指す方向を見た。

「北越の同盟は一応成った。次は信州諸藩の同盟を促進すべきだろう」

河井の物言いは柔らかかったが、その意味するものは冷たい。

(邪魔者は去れ、か)

佐久左衛門は腹の中で嘆息した。

3

衝鋒隊が新潟を出発したのは、四月九日から十日のことという。

町の治安は越後六藩（村上五万九十石・新発田十万石・長岡七万四千石・黒川一万石・三根山《みねやま》一万一千石・村松三万石）が代わって維持した。町民は大いに安堵《あんど》し、路上に人があふれ出た。

衝鋒隊が次に姿を現わしたのは、旧幕領出雲崎《いずもざき》近くの越後与板《よいた》。

ここには彦根井伊《いい》家の分家に当る、与板藩井伊家二万石の所領と城があった。当主右京亮直安《うきょうのすけなおやす》は、桜田門外の変で横死した井伊直弼《なおすけ》の子である。

四月十一日、衝鋒隊の附属砲兵は何の前触れもなしに与板城外に進出。城を見下ろす高台に砲架を据えつけた。

「藩のしかるべき筋と談判いたしたく候」

佐久左衛門は軍使を井伊家に出す。この時、彼の手勢は千五百余と号していた。新潟で出会った他の脱走歩兵も自軍に加えていたのだろう。

「井伊家は徳川家御合戦の折りは、代々先鋒を預る名誉の家ながら、御本家彦根は西軍に属している」

軍使は城門の前で口上を述べ始めた。

「しかも与板井伊家は、北越の同盟にも未だ加盟せぬ。このこと甚だ奇怪至極である。速やかに我らと同盟を結ぶか、はたまた御本家と足並を揃《そろ》えて薩長に味方するか、この場にて御返答願いたい」

赤い服に銀磨きのサーベルを帯びた軍使は、門前に書状を挟んだ竹を立てた。

「断然敵対と申されるなら、我ら銃火の間に勝負を決する覚悟である」

大声で唱えると、雄々と立ち去っていった。

城内は騒然となった。

すぐに佐久左衛門の元へ使者が出た。すると、

「我らに同盟いたすと申されるなら、形で示されよ。西洋時計十二刻《とき》（十二時間）以内に一万両の軍資金を持参すること。この事、承知あらざれば」

砲火を交えん、と強硬な言葉である。使者は城に戻ってこれを伝えた。

小藩与板がかなう相手ではない。衝鋒隊は数倍の兵力を持ち、気鋭の洋式軍学者に率いられた大型の銃隊であった。

話は最初から言い成りと定まっていて、与板藩は軍資金の提供を承諾した。しかし、十二時間以内に一万両もの大金は揃わない。内金（一説に七千両）を差し出し、急ぎ城下からの退去を求めた。

「残りは必ず受け取りに参る」

衝鋒隊は捨て台詞《ぜりふ》を残して、次の獲物を求め、さらに南下した。

四月十七日、越後高田藩の城下近くに着く。

ここも徳川家の譜代《ふだい》、榊原式部大輔政敬《さかきばらしきぶだゆうまさたか》の所領である。高田は十五万石もあるから、ある程度の武備も備わっている。佐久左衛門は用心しつつ、高田城に使者を出した。

すると、重臣の竹田勘太夫（勘右衛門）と川上藤太郎が急ぎ足でやって来る。

「お待ち申しておりました。与板より日数を要しましたな」

川上が慇懃《いんぎん》な口調で言う。

「途中、柏崎の桑名領に寄り、直江津《なおえつ》に別働を派遣するなどして日程が遅れてござる」

佐久左衛門は、高田藩の好意的な雰囲気に気を良くした。なにしろ有力な側用人《そばようにん》川上と、榊原家五家老の一人竹田が自ら応対に出ている。

「城の南、新井という在所に駐屯所を設けてござれば、とりあえずここに入られよ」

竹田は用意が良かった。これは下手《へた》に部隊を城下に留めては、掠奪の危険があると読んだからだ。

「我が衝鋒隊は、この地にて数日休息し、高田飯山《いいやま》街道に向うつもりでござる」

佐久左衛門は、早々に手の内を明かした。

「国境いを越えて、まず手始めに飯山二万石の領地に入り、ここで兵を集めて善光寺、松本と進軍いたす」

「それはそれは」

「薩長の兵は未だ信州の外れに有り。我ら徳川家ゆかりの者は、早急に東越後と信濃北部に勢力を築く必要がござる」

その折りは、高田藩榊原家をもって同盟の旗頭になっていただく、と佐久左衛門は言った。

衝鋒隊は、信州各宿場の伝馬に通達を出した。

「大砲及び兵糧運搬のため、宿の問屋場《といやば》は人足九十九人、馬匹《ばひつ》九頭を各々用意せよ」

出発は四月二十日。五日間で信州松本に至る、とあった。

高田城下で佐久左衛門らは大いに歓待された。

「徳川の恩顧に報いるは、この時でござる」

と家老竹田は語ったが、これが真っ赤な嘘偽《うそ》りであった。

高田藩では信州の危機を伝えるため、松代《まつしろ》に密使を走らせていた。松代真田《さなだ》十万石は勤王の家で、北信濃十藩の触れ頭《ふがしら》とされている。

「新潟の餓狼が、ここ信州に来る」

真田家の当主幸民《ゆきもと》は危機感を強め、藩士を集合させた。松代藩兵も総じて近代化されており、洋式砲の装備数は多い。しかも、一部の兵は後装式の小銃さえ所持していた。

「国境い近く、千曲川《ちくまがわ》の線で敵を阻止する。急ぎ先鋒を飯山に送り出すべし」

と作戦を立てて、四月十九日には砲兵隊を出発させた。

このような事態とはつゆ知らず、佐久左衛門の部隊は高田を発ち、信越の国境いの関山《せきやま》に進んだ。

『衝鋒隊戦史』(『幕末実戦史』)は、

「高田藩のごときは（中略）至れり尽せりの歓待をもって迎え、かつ同盟の意志あるを表明せるより、他日変節して百年の悔《く》いを残さんとは、神ならぬ身の夢にも知るべきはずなく」

と、油断振りを書いている。

飯山二万石の城下では、藩士一同が頭を抱えていた。徳川譜代本多家の血をひく家柄だが、小藩の悲しさ。独自の立場を示す力がない。藩主助成《すけしげ》はこの年二月二十四日に江戸より戻っていたが、病いと称して引き籠っていた。

「多勢の力で押しつぶされたとあっては、武門の恥である。和戦両用の構えで国境いに兵を出そう」

八十余名の藩兵を三手に分けて送り出した。

そうこうするうち衝鋒隊は山伝いに国境いを越えた。一千五百と八十では勝負にならない。黙って道を空けると、侵入者たちは昼過ぎに飯山城下に入り、上町の寺を勝手に本営と決めて兵を休めた。

「古屋一行は、城内に入ることを求めております」

「所持する山砲の照準を我が城門に定めてござる」

と藩兵が報告する。城中ではあれこれ言いつのって衝鋒隊の入城を止め、松代藩へ情況を伝えた。

「真田家の先鋒は、長野新町に到着しているはず。こちらの苦衷《くちゅう》を察して、兵を展開してくれると見た。くれぐれも餓狼どもに気《け》どられぬよう使いを務めよ」

心得て候、と本多家の密使たちは松代陣営に向った。

途中、不審の者として衝鋒隊士の手で一人が斬られたが、二人が無事に長野新町の松代藩遊撃隊と神勇隊の宿所に辿《たど》りついた。

「敵は城下に充満し、しきりに洋式の進退行動を行なうなど、城への示威活動をしてござる。兵数千五百と称してござれども、小銃を所持するもの千に満たず。残りは高田で徴発した軍夫と見え申す」

大砲の位置はここ、前哨《ぜんしょう》の配置はこのように、と絵図で説明した。

松代藩兵の隊長は河原左京《かはらさきょう》と言った。彼は情況を把握するや、隊を三つに分け、先鋒の一隊を小布施《おぶせ》、一隊を長野新町、中軍を福島に進めた。さらに、河原の副隊長を務める小幡内膳《おばたないぜん》は、福島を出て小布施の増援に向う。この隊は二個狙撃《そげき》小隊に野砲二門という重装備だった。

何事もなく、四月の二十一日になった。

野州では歩兵奉行大鳥圭介《おおとりけいすけ》率いる脱走幕軍と官軍が宇都宮《うつのみや》城攻防戦の真っ最中だが、ここ信州では無気味な静けさが一帯を支配していた。

河原が飯山に進む機会を窺《うかが》いつつ休息しているところに、弓削田一学《ゆげたいちがく》と名乗る男がやって来た。

「飯山藩よりの使いです」

と言う。敵に何か新たな動きがあったのか、と驚いて面談してみると、

「飯山城下への進軍を中止していただきたい」

弓削田は頭を下げるではないか。

「我が松代藩は朝敵を討つために出陣している。第一、古屋軍の阻止を求めてきたのは貴藩の方ではないのか」

河原はその心変りを尋ねた。

「洋式戦闘が始まれば、飯山の焼亡は必至です」

城下を火の海にするのは堪え難い。よって衝鋒隊には金品兵糧などを渡し、大人しく次の目的地へ送り出すことに、城中の意言が一致した。

「さすれば、城外であればいずれで野戦を行なおうとも、飯山藩は苦しからず」

弓削田は懇願しきりであった。河原は彼を一室に留《とど》めると、丸山清一郎という松代藩士を手元に呼んだ。

「どうも話がおかしい。飯山は藩論が変って、衝鋒隊に同心する方針かも知れぬ」

「優柔不断は小藩によくある態度です」

丸山は答えた。この男は、藩の密偵として極めて有能と確められていた。

「飯山領内を偵察してみましょう。賊軍の古屋佐久左衛門。その人体《にんてい》も見極めたく思います」

丸山は、松代藩の増援として上田松平家の兵二個小隊が福島に到着した頃、そっと陣中を抜け出して千曲川沿いに潜行した。

衝鋒隊は、飯山城下で停滞している。予定では、とっくの昔に善光寺を出て篠井《しののい》宿も過ぎ、桑《くわ》原《ばら》に入っている頃だ。

軍が止まっている原因は、約束した越後高田藩の後続部隊が来ないためである。佐久左衛門は苛立《いらだ》っていた。

「遅い。榊原家の兵は洋式ではないから、出陣に時間がかかると知ってはいたが、これほどとは」

佐久左衛門も甘かった。高田藩がこの時、裏切る気でいたことに彼はまだ気付いていない。

「催促の使者を出そう」

と今井信郎が言うと、佐久左衛門は少し首をひねり、

「自分が行く。今井君らは、よろしく兵をまとめ、野州方面からの敵に備えてくれ」

愛馬に跨《また》がると、一隊を率いて越後に向った。

松代の密偵丸山は、飯山の城外で佐久左衛門をその目にした。

洋式鞍《ぐら》、銀のサーベル拵《こしらえ》を脇に吊《つ》り、軍帽を小粋に傾けて被ったその姿は、敵ながら天晴《あっぱ》れ大将の風格がある。

(なるほどなあ。中味は洋式軍学者。外見は無頼漢の頭目とは、言い得て妙)

丸山は彼の勇姿に感心し、さらに周辺を探った後、千曲川の流域に出た。

飯山城を真近に望む渡し場まで来ると、平底船を船頭たちが舫《もや》っている。

(渡し場を止めているのか)

河原に出て、船頭の一人に問うてみた。

「ここは渡れんかね?」

「お城から人が来てなあ。船の栓《せん》も抜けと言うだが、それはかんべんして貰った」

安田の渡しを中心に、今井、腰巻の渡しも御止めの沙汰《さた》が出ているという。

「船は全部ここに集めろとよ。江戸の狼《おおかみ》も辛《つれ》えことを命じなさるわい」

船頭の言う狼とは、衝鋒隊のことらしい。

「狼さんは、この辺にいなさるのかえ？」

丸山が小声で尋ねると、年老いたその船頭は、近くの森にそっと視線を送った。

「あそこいらに、大筒の台を築いていなさる。お城の侍が、食い物を運んでいるのも見た」

それだけ聞くと丸山は、急いで渡し場を離れ、上流の浅瀬から小布施に走った。

隊長河原は中軍とともにこの宿場へ入っている。松代藩以外に、松本藩松平家や尾張藩の偵察隊も合流し、小布施は兵員馬匹でごった返していた。

「賊将古屋は越後高田へ出かけ、留守は元遊撃隊士の今井信郎、同役の内田庄司《しょうじ》らが陣を構えています」

丸山は地図を前に説明した。

「千曲川右岸、安田の渡しを閉ざし、静間《しずま》や替佐《かえさ》、その他数ヶ所に堡塁《ほるい》を築きつつあり。しかも」

丸山は城と川を結ぶ道筋に朱を引いた。

「飯山藩は堡塁ごとに兵糧を運び、衝鋒隊を援助する態に見えます」

河原左京は、尾張藩や松本藩の連絡将校を集めて軍議を開いた。

「丸山の報告により、飯山が我らの前進に備えて防御を固めつつあることは明白である。賊を討つことはもとより、賊を支援する飯山藩も同時に討つ」

四月二十五日払暁《ふつぎょう》を期して一戦す、と河原たちは決定し、二十四日から兵を前進させた。主力は松代藩の十二小隊。これに尾張藩尾崎将曹率いる三小隊が加わり、別に他藩の兵が遊撃部隊として随伴する。

「日の昇らぬうちに安田の渡し以下三ヶ所を強行渡河して、本陣を飯綱山《いいづなやま》に進める。替佐の敵堡塁を抜き、飯山城を取る」

という作戦である。

千曲川の対岸にいた衝鋒隊士は、大軍の動きに気付いた。

「方角から見て松代藩兵の主力と見た」

飯山城にいた今井信郎は、隊長不在のままでの戦闘を極力避ける方針をとっている。

「ともかく偵察を出そう」

と士官秋山繁松《しげまつ》を呼び寄せた。

「途中、敵と接触した時は、不戦交渉と言い抜けろ。念のために書簡を用意させる」

今井は秋山に飯山藩の道案内を一人つけて送り出した。

安田の渡しに着いた二人は、小船を漕《こ》ぎ出したが、川の中程まで来た時、怪しいと見た松代藩兵が発砲した。

ミニエー弾が船体にぷすぷすと当り、飯山藩士にも命中する。秋山は危険を感じて水中に飛び込んだ。

渡し場の堡塁に籠る衝鋒隊士がこれを見て、対岸に射ち返す。俄然、銃撃戦となった。

4

今井と内田は、飯山の衝鋒隊主力を率いて、千曲河岸に走った。

「狙撃班、前へ」

隊士の内でも、佐久左衛門の直接教育を受けた洋式射撃の手練《てだ》れが、堡塁から発砲した。射線を交差させるイギリス式の小銃戦闘である。数で優る松代・尾張の藩兵もこれには驚いた。

「負けるな、こちらも火線を濃密にせよ」

と松代藩兵は銃陣を三段に分けて発砲したが、どういうわけか数で劣る衝鋒隊の方が優勢で、千曲川の左岸では死傷者が続出した。

「噂に聞くシャスポーを、賊軍は用いているらしい」

松代藩の士官は、救援を求めて後方に走った。口径十一ミリのシャスポー小銃は、紙製薬莢《やっきょう》を用いる後装式で、装塡《そうてん》が早い。これを用いるのはフランス式の旧幕伝習兵と決まっていて、イギリス式の衝鋒隊には存在しないと思われていた。

恐らくは、新潟で配下に加えた中島隊の兵員装備を引き継いでいるのだろう。松代と尾張の予備兵が岸辺に投入されたが、戦況は相変らずである。

そのまま射ち合うこと数時間。

業をにやした隊長河原は、支援の砲兵に高台からの砲撃を命じた。

真田家自慢の六ポンド野砲が、対岸の敵陣に火を吹く。衝鋒隊士は、ようやく射撃を中止した。

発砲し続ければ、その銃火を目当てに砲弾が射ち込まれてしまう。

千曲川の河岸に僅かの間、静寂がおとずれた。

この隙を狙ったものか、対岸から三人の男が船で渡ってくる。棒の先に笠《かさ》を吊るし、くるくると振っているがそれは使者の印であった。

「我ら飯山藩士。主人本多豊後守歎願《たんがん》の筋あって松代・尾張両藩の軍営へ参る」

と言う。松代藩の加藤某《なにがし》と、尾張藩軍監の杉村某が、用心深く本営へ招き入れた。

すると、頭立つ中島森之助という者が、

「今日まで賊徒城下に屯集いたし候段《そうろうだん》、まことにもって恐れ入る」

と口上を述べ始めた。

「飯山藩は小人数にて、衝鋒隊に抗しがたく、かような仕儀となってござる。戦場の頃合いを見て勤王の実効を見せる所存なれば、なにとぞ主人豊後守が朝敵の汚名を受けぬよう、貴藩においておとりなし下されますように」

「何を体《てい》の良いことを」

尾張の杉村は聞く耳を持たぬと、手にした大刀の柄を叩いた。

「衝鋒隊不利と知って、こちらに付く算段と見た。実際にき奴らへ敵対するところをこの目にせねば、飯山藩を許さぬ」

使者の三人を拘束し、砲撃の再開を命じた。


衝鋒隊も大砲による反撃を計画した。

「こちらの仏式四斤山砲《よんきんさんぽう》は、松代の六ポンド砲よりも小型だが威力があるぞ」

その砲は前日から飯山城内に隠してある。

「取りに行って来い」

と数人の兵が堡塁を抜けて城に向った。大手の門前に着くと、番所も衛士の詰め所も無人で、門扉は固く閉ざされている。

「開門、開門！」

と叫ぶが返事もない。

「これは不審だ」

一人の衝鋒隊士が石垣伝いに門を入ろうとした。すると、角櫓《すみやぐら》から銃撃を受けた。

「飯山藩め、裏切ったか」

衝鋒隊は一転、城と戦闘を開始する羽目に陥った。

間の悪いことに、松代藩の別働隊が千曲川の苦戦を知って大挙、善光寺街道から進んでくることがわかった。

安田の渡し附近で戦っていた衝鋒隊主力も、飯山城下に退却してくる。

隊長代理の内田庄司は、城門前の銃撃戦を見て、頭の中が真っ白になった。

「敵は渡河を企んでいる。一同飯山に籠城《ろうじょう》せねば危いという時に、この有様は何だ」

「小藩の小狡《こずる》さだよ」

もう一人の代理今井信郎が、自嘲《じちょう》気味に答えた。

「我々衝鋒隊士官は、書生っぽさが抜けない。こんな単純な変質が、予測できなかったのだからなあ」

そのうち、城内から大砲まで射ち出された。

千曲川左岸の松代・尾張連合部隊は、大いに喜んだ。

「これにて我が主人豊後守が勤王の実効、証明されてござるぞ」

飯山藩の中島森之助が言い放つと、松代藩兵は取り上げていた佩刀《はいとう》を返却した。

「では、松代の諸隊が川を渡る御手伝いをいたさん」

彼は森の中に隠れていた渡し場の船頭を探し出して、縄を渡した。

「向う岸に舫ってある船を全て牽いて来い」

折りからの雨で千曲川は増水している。船頭は果敢にも濁流の中に飛び込み、渡し船へ縄を結びつけて戻った。

追撃部隊は船を得て、まず小銃兵を渡し、衝鋒隊の捨てた堡塁を占領して次に砲と兵を輸送した。

飯山城を攻撃していた衝鋒隊は、彼らの渡河により、背後を突かれることとなった。

「前後から砲撃を受けては、被害が大きくなる」

越後国境いに退却、と今井は決めた。

ラッパ卒が、射ち方止め、総員引け、の合図を吹き鳴らす。隊士は装備弾薬を出来るだけ持って、街道を後退していった。

その途中、隊士の内で乱暴な者が、

「俺たちを裏切った奴は、許しちゃおけねえ。目にもの見せてやる」

飯山城下の侍屋敷に乱入し、火を放った。さらに、逃げ遅れて室内に潜んでいた留守番の婦女子を暴行し、殺害した。


敗戦を知らない佐久左衛門は、越後高田城下に戻っていた。

「敵は四方より迫っている。後続の部隊はどうなっているのか？」

佐久左衛門は火を吐くように問い詰めるが、側用人の川上藤太郎は、のらりくらりと言い避けて相いも変らぬ料亭接待を繰り返した。

「総隊進発の遅れは、これ恥ずかしながら藩の兵制が旧式だからでござるよ」

川上は城外の武者溜りに集めた藩士たちを、彼に披露する。

小具足、陣羽織姿の年少兵や火縄銃を持つ老兵が目立った。

「御存知の通り、我が榊原家は二年前の長州征伐の失敗以来、戦意も低く、戦場で失った兵器の補充にも難儀いたしてござる。あと一日の猶予を願わしゅう」

二年前の慶応二年（一八六六）六月、幕命によって芸州岩国口に出陣した越後高田藩は、近代戦に長《た》けた長州兵と対戦し、一瞬のうちに撃破された。家康公以来、井伊家と並んで徳川先鋒を受け賜わってきた同藩は、その時からこんな状態にあるというではないか。

（この実情を、もっと早く話してくれたなら別の策も立てられたものを）

佐久左衛門は、天を仰いでため息をつく。川上は肩をすくめて無言のまま、先に武者溜りを出て行った。

佐久左衛門が隊士の元に戻ってみると、全員蒼白《そうはく》である。

「何かあったのか？」

「たった今、越後国境いから急使があり……」

その言葉だけで佐久左衛門は即座に最悪の事態を予想した。

「使者は？」

「余人に見せぬよう士官の部屋に通しておきました」

「会おう」

小部屋に入ると、士官の秋山繁松がいた。衣服は破れ、硝煙の臭《にお》いが身体から漂ってくる。腕と足の包帯が痛々しかった。

「信州十藩の兵が千曲川を渡って我らを包囲。飯山藩の裏切りによって、総員駆逐されこちらに敗走中です」

「士官に被害は？」

「数人が行方不明。副官、大隊長は幸い敗軍の中にあり、無事です」

秋山は報告を終えると、部屋の床ノ間に倒れ込んだ。

「飯山からの敗兵を収容する。高田に展開した兵を呼集せよ」

サーベルを剣帯に着けた佐久左衛門は、下士官に命じた。

味方は国境いの富倉峠を越えて戻る。佐久左衛門の部隊はそちらに道をとったが、不思議なことに城の外へ出ても高田藩兵を一人として見かけない。

町を抜け夕刻、浦井（川浦）という在所に進むと、佐久左衛門は急に馬を止めた。

「どうなさいましたか」

兵の束ね、梶原雄之助が問うた。

「なぜか、この先に殺気を感じる」

街道は昼間の雨でぬかるみ、ところどころに轍《わだち》の跡が付いている。

「殺気でやんすか。隊長が言うと、どうも本気にゃ聞こえねえ」

梶原は笑った。

「おいおい、俺だって新潟じゃあ『餓狼の頭領』と陰口を叩かれていた男だぜ」

佐久左衛門は、轍の筋を目で追っている。

「山犬の仲間なら殺気だって読めるのさ。ところで梶の字」

笞の先で泥の中を指し示した。

「この辺の百姓が使う荷車は、荷といってもせいぜいが野菜か肥《こ》え桶《おけ》だ。それが、この溝の深さはただごとじゃない」

「へえ、妙でやす」

梶原も顔を強張《こわば》らせた。重い轍の跡は荷車ではなく、砲車のそれだろう。

「総員散開」

と佐久左衛門が命じた。と同時に、道の端に閃光《せんこう》が疾《はし》り、爆発が起こった。

「砲撃だ！」

佐久左衛門は馬から飛び降りて伏せた。

道の彼方からも連続射撃の音が轟く。梶原が叫んだ。

「偵察兵、前へ」

鳶あがりの兵が一人、身をかがめて走り出す。これがすぐに逃げ帰って、くやし気に言った。

「敵は高田藩兵でござんす。榊原家の源氏車《げんじぐるま》が袖印に付いておりやす」

「しゃっ」

と佐久左衛門は奇妙な声をあげた。

「高田の兵なら恐るに足りず。爺いか餓鬼《がき》だ」

「いゝや、隊長。そうじゃねえようで」

脇に伏せていた梶原が宙に視線を向けた。

「音を聞いてごらんなせえ」

耳を澄ますと、頭上を飛翔《ひしょう》する弾丸の音が鋭い。旧式のゲベール銃や火縄銃の球形弾ではなく、ライフリングで射ち出された椎《しい》ノ実《み》型の弾丸だ。

「ミニエーを持っているのか。相手はちゃんとした洋式兵だな」

あの野郎、と佐久左衛門は、高田藩側用人川上の鈍そうな面を思い浮かべた。

（戦意が低いなどとぬかしやがって。この時のために真打ちを隠していやがったか）

「狸《たぬき》め」

佐久左衛門は、泥の中に腹這《はらば》ったままつぶやいた。

「えっ、何て申されました？」

梶原が聞いた。

「狸だよ、タヌキ」

佐久左衛門は彼我《ひが》の発する銃声に負けぬよう、大声で叫んだ。

「関東の狼が、越後の狸にだまされたんだ。大笑いさ」

実際、彼は歯を剝いて笑った。笑い声もあげていたが、それは周囲に着弾する山砲弾の音にかき消されてしまった。

衝鋒隊は四分五裂し、北へ逃れた。海沿いの柏崎や安塚、十日町へ続く街道には、彼らの敗走する姿が数日間にわたって見受けられた、と記録にはある。

途中、討ち取られた者も多かったが、高田敗走組も信州から引き揚げてきた組も、なんとか越後の会津領に逃げ込んだ。

次の月、閏《うるう》四月の初めに、早くも佐久左衛門は衝鋒隊の再編成を終えて、越後小千谷《おぢや》の会津陣屋に勢揃いしている。

餓狼山犬どころか、彼らは切っても切っても動きを止めない蜈蚣《むかで》のような兵団だった。

同月二十七日、新政府軍がこの方面で戦端を開くと衝鋒隊は会津や桑名の藩兵と肩を並べて戦う。

初期の兵力は消耗し、六個小隊二百余人にまで減少したがなおも戦意を保った彼らの降伏は明治二年（一八六九）五月十八日。北海道五稜郭《ごりょうかく》においてであった。佐久左衛門はこの地で死亡している。享年三十七歳。

下総《しもうさ》市川《いちかわ》宿《じゅく》の戦い

1

慶応四年（一八六八）一月の鳥羽伏見《とばふしみ》戦に敗れ、江戸に逃げ帰った将軍慶喜《よしのぶ》は戦意を喪失し、やがて恭順を示すに至る。

その間、幕府歩兵隊が続々と脱走を開始したことは、すでに述べた通り。

もともとこの歩兵隊という奴は乱暴者不良の巣窟《そうくつ》とされ、江戸っ子の鼻つまみだったが、京での敗戦が彼らの憤懣《ふんまん》に火をつけた。

二月五日、伝習隊四百人がフランス人軍事教官の煽動《せんどう》で八王子方向に逃亡したのがきっかけで、江戸三番町の歩兵第十一連隊と第十二連隊の兵士も、同月七日の晩、当直将校を殺害し兵営の外に出た。

民間の記録である『藤岡屋日記』（第百五十一）には、

「四ツ時《どき》（午後十時頃）より半時ばかりの間、大雨にこれあり候。（中略）漸々《ようよう》起きもせず寝もやらで往来致し候ところ、歩兵大勢凡《およ》そ千四、五百人ほども北に向い、鉄砲おのおの携《たずさ》え町内通行致し候者多く」

と出ている。藤岡屋は存外に度胸のある男であった。上官を殺して逃亡する男たちの一人に近付いて、脱走の理由を聞いた。

「その者どもに相尋《あいたず》ね候ところ、大久保様より御手当薄く相成り候につき、それ故《ゆえ》奥州へ落ち行き候と申す」

給金が安過ぎるから東北へ逃げるのだ、とその歩兵は答えた。当時、幕府の恭順処理を行なっていた大久保一翁《いちおう》の給与減額に不安を抱いた彼らは、徳川慶喜の恭順策に反対し戦意も高い東北の諸藩に身を委《ゆだ》ねた方が得と踏んだのだ。

藤岡屋はこの一隊を千四、五百人と読んでいたが、勝海舟《かつかいしゅう》の『解難録』によれば、五百人ほどであったという。彼らは上野から千住《せんじゅ》に出、一部はそのまま野州へ走った。北関東の村々は脱走兵の略奪に震えあがった。

指揮系統というものが存在しないから半ば野盗の群れに近い。北関東の村々は脱走兵の略奪に震えあがった。

幕臣で抗戦論者の古屋佐久左衛門は、勝海舟を説いて脱走歩兵の鎮撫《ちんぶ》を志願した。有り様は、この「戦力」を利用して官軍と戦おうという心積りであったが、古屋の作戦は半ば成功した。

彼は脱走兵の頭分《かしらぶん》を説いて部隊を再編成し、幕府の旧直轄領たる信州に向った。

しかし、官軍側も甘くはない。三月九日、一行は野州梁田《やなだ》（現在の栃木県足利市《あしかが》）で官軍に待ち伏せされ、敗走した。

そうこうするうち、江戸城明け渡しの期日、四月十一日がやって来る。

歩兵奉行大鳥圭介《おおとりけいすけ》も、かねてよりこの日に脱走しようと計画を立てていた。大鳥の説に共鳴する旧幕の諸隊も、十日の晩から十一日にかけて各屯所を出た。

この時の騒動も大変なもので、明治三十年代の速記録には、江戸町民の恐怖が生々しく語られている。

「御成《おなり》街道真夜中騒ぎ」という講談のような表題がついた一節には、

「ソノ騒動はと申すと、(江戸城)西丸《にしのまる》の歩兵の脱走でござんした。元来御成街道というのが狭い。今よりは狭いもので、先の方は大名の屋敷ばかり」(『幕末百話』第六十一話)

と語る下谷《したや》の古老が登場する。ここで言う御成街道とは日光・奥州道中のことだ。

「慥《たし》か四月でした。その頃《ころお》いの四ツ、かれこれ今の十時過ぎでもありましたろうか。フト耳を済《す》ますと、テッテケ〳〵〳〵テという調練の時ならぬ音がしたかと思うと……」(ママ)

古老の家の戸をドンドン叩《たた》く音がした。家の者はその気配に驚いて、強盗だろうと身を固くしていると、そのうち銃声さえ聞こえてきた。

いざとなったら裏口から逃げろと家人に言いつけて、語り手が物干に上がり街道筋の闇《やみ》を透《すか》して見てびっくりする。

葵《あおい》の紋がついた手丸《てまる》の提灯《ちょうちん》が、路上にずらりと居並んでいた。連中が銃の台尻《だいじり》で打ち壊しているのは主に刀屋で、気勢を上げるためか、盛んに宙へ発砲を繰り返していた。使番《つかいばん》らしい者が馬を走らせ、

「発砲するな、止めよ」

と命じるが耳を貸す者はない。騒動は四時間《ふたとき》ほども続き、夜が明けると街道筋には匕首《あいくち》や提灯、帽子の壊れたものが散乱して足の踏み場もなかった。後で聞くと、下谷の両替店石川は穴蔵に隠

した古金《こきん》を奪われ、田代町《たしろちょう》の刀屋尾張屋《おわりや》は出来《でき》（拵《こしらえ》）のある刀を多く置いていたために、店は跡形もない程に打ち壊されたという。

これほどの略奪をやってのけた脱走歩兵だが二月に野州へ逃げた部隊よりは組織立っている。下総国府台《しもうさこうのだい》に再結集した時は、装備もほぼ完璧《かんぺき》。二千から二千五百ばかりの大軍と化していた。

その大鳥隊とは別に、四月十日の日暮れを待って江戸を脱走し始めた隊がある。

これが幕府撒兵頭《さっぺいがしら》福田八郎右衛門に率いられた撒兵五ヶ大隊（約千五百名）を主力とする「義軍」の集団であった。

幕末の洋式軍隊を語る時、「歩兵」と「撒兵」を混同している文章資料を散見する。

両者ともに洋銃を用い、戎服《じゅうふく》を着用。訓練も江戸御府内でフランス人から学んでいたが、撒兵隊は直参《じきさん》である。

文久二年（一八六二）六月に幕府が初めて洋式軍隊を企画した際、切米《きりまい》五十俵から三十俵ほどの御目見《おめみえ》以下の徒《かち》や小普請《こぶしん》を先鋒《せんぽう》軽歩兵に採用した。元来、御持《おもち》小筒《こづつ》組と称した旧式軍制下の鉄砲与力や同心に当るものが、慶応二年（一八六六）の第二次長州征伐の後、「撒兵」と改称したのである。彼らの任務は攻撃の主力である大砲の護衛や進撃時の先鋒、偵察で、全体に小まわりのきく軽歩兵隊であった。

これに比べ、幕軍の「歩兵」は一ヶ年十両の給金で傭《やと》われた市井《しせい》の無頼漢だ。年期は五年間。多くは士分ですらない。

福田は脱走時、この撒兵千五百余の他に支援の砲兵隊（砲六門）七十名と幕府遊撃隊五十名も同行させていた。

これだけの人数を展開するには相当額の軍資金が必要である。その点も、福田はぬかりがない。浅草蔵前の札差《ふださし》金貸しから三万両近くの金子《きんす》を奪い、また幕府の金座や銀座に踏み込んで持てるだけの千両箱を持ち出していた。

一行の目差す先は、まず上総《かずさ》だった。市川国府台には二千数百の大鳥圭介軍がいる。両者合わせれば、江戸の東方に突如四千名を超える大部隊が出現するのである。

また、去就定まらぬ房総半島の各藩に対する圧力にもなる。江戸府内で不満をくすぶらせている未組織の旗本御家人らを糾合《きゅうごう》することも出来るのだ。

撒兵隊の「義挙」を知って上総に向った直参侍の存在は、大鳥もその目にしていた。彼の率いる脱走歩兵隊が隊列を整えて江戸を出、葛西《かさい》の渡しで船を揃《そろ》えていると、身に甲冑《かっちゅう》を着込み、槍や長刀《なぎなた》を抱えた十人程の侍に出会った。いかにも怪し気であったので、大鳥が人をやって質問すると、

「我ら、撒兵隊福田八郎右衛門同志の者である。これより義軍に加わるため木更津《きさらづ》に向う」（『幕末実戦史』）

と答えたという。

大鳥の軍は徒歩で市川まで進んだが、撒兵隊の主力は江戸霊岸島《れいがんじま》より船で上総を目差し、翌日に上総寒川へ上陸した。

最初の目標は、やはり木更津であった。十二日、寒川から姉ヶ崎。さらに現在は木更津市内となった長須賀村に落ち着く。

四月十五日から十八日にかけて、この本陣も真里谷《まりやつ》真如寺へ移動し、房総諸藩にさらなる圧力をかけていくのである。

撒兵隊の頭福田八郎右衛門は、慶応元年にフランス語の伝習者を拝命して横浜で学んだエリートだった。翌二年には洋書調所《しらべどころ》である幕府開成所頭取。同年十二月に布衣《ほい》となった。当時、三千石以下の無役や下級の直参が与えられる栄誉の第一が布衣で、六位の官位に相当する。

この福田が現在の陸軍大佐に当る頭に任命されたのは鳥羽伏見の戦いの後、慶応四年一月二十八日であった。

彼は長須賀村到着の直後から諸方に出す書状に「徳川義軍府」の印を用い、自らを「上総国木更津本営・徳川義軍府総督」と称した。

その名を記し、印を押した反官軍の決起書を携えた使者が近隣の諸藩に走る。義軍府は新式装備を施した千数百の兵を持ち、しかも人数は時とともに増えつつあった。

この頃、房総には十七もの藩が存在した。下総佐倉《さくら》の堀田家十一万石、下総関宿《せきやど》久世《くぜ》家四万八千石をのぞくと、いずれも三万石未満の小藩で、福田たち撒兵隊に抵抗できるほどの力はない。

四月十七日には、福田自らが木更津と目と鼻の先にある上総国望陀《もうだ》郡の真武根《まふね》陣屋にやって来た。

ここは請西《じょうざい》藩林家一万石という、とるに足りない陣屋大名だが、先年家を継いだばかりの藩主林忠崇《ただたか》は血気盛んな佐幕派である。

「敵（官軍）が房総に襲い来たらば一同情発し、敵軍を崩潰《ほうかい》いたし候見込みに候。また江戸表瓦解《がかい》いたし候わば、房総の地を横行し、北会藩《ほくかい》（会津二十三万石を含む東北各藩）に応援をなし、もって志願を遂げんと欲するのみ」

と唱える福田に、数えで二十歳という若い忠崇は、

「もとより同意」

と答え、一藩の論を徹底抗戦にまとめあげた。

その数日後、同じく江戸から脱走して下総岩井に潜み、同国関宿久世家と提携して反官軍の兵を挙げようとした旧幕諸隊が、薩摩《さつま》の伊地知正治《いじちまさはる》指揮の官軍と衝突する。いわゆる岩井戦争というもので、旧幕軍九百人は百三十人以上の死者を出し、四散した。福田はこれを予想すらしていなかった。林忠崇の言葉を聞き、上機嫌で真里谷真如寺へ戻ると、すぐに請西藩領へ撒兵隊士を派遣した。

しかし、この連中が実に下らぬ者どもだったのである。

請西藩領の民家に押し入って金品を奪い、村役人に発砲し、あまつさえ上総下総の主は今よりこの撒兵隊義軍府である、と高言して藩内を荒しまわった。

元直参の洋式軍といっても、所詮《しょせん》彼らも無頼の脱走兵であったのだ。

忠崇はひどく失望し、撒兵隊への協力を中止した。

その後、四月二十八日に至って、江戸から将軍家警衛役あがりの遊撃隊が現われると彼はこれ

と同盟。大名ながら脱藩して、諸国で戦うことになる。

2

四月二十三日、撤兵隊の内、第一大隊三百余名は、内房の街道を北に進み、船橋へ入った。二十九日には市川の正中山法華経寺に入る。続く第二大隊二百余が後方の船橋大神宮。第三大隊三百人は、さらに後方の姉ヶ崎妙経寺に本陣を置いた。

彼らは福田のもとにいる他の撤兵隊士より幾分良質であった。市川に駐屯する大鳥圭介の歩兵二千五百と合体するつもりでいたのだが、この時はもう、大鳥隊は市川国府台から立ち去っている。松戸から北上し、下野小山《しもつけおやま》より宇都宮を攻め、日光方面へ移動していた。

官軍の前衛も彼らを追って下野に進んでいる。撤兵隊第一大隊は、一時的に空白地帯となった江戸湾沿いの門前町にはまり込むことになってしまった。

指揮官の江原鋳三郎《えばらちゅうざぶろう》は、江原素六《そろく》と書いた方がわかりやすいだろう。軽輩の小普請組から幕府の砲術教授方を経て撤兵頭に任じられた。後、明治に入って良質なキリスト教徒となり、貴族院議員。東京麻布《あざぶ》中学の創設者ともなった。

この人は、福田八郎右衛門と異なり、必ずしも撤兵隊の官軍抗戦論に賛同して江戸を出たわけではない。

彼らの脱走を知って初めは取り鎮め役を志願し、官軍の総督府へもその旨、届け書を提出した末に上総へ向っている。

江原は木更津で撤兵隊の実体を知り、慄然《りつぜん》とした。

「船で来たから仕方無いとしても、将校に乗馬がない。兵には支援の砲が無く（実際には六門の小型砲があったが行方不明）、陣地を築く工兵もいない。だから、攻守ならびに伝令、周辺の偵察も出来ずにいる。そのくせ、兵たちはのんびりしていて、いつ官軍が攻め寄せてくるかわからないというのに、煙草《たばこ》をくゆらして雑談ばかりしていた。また、その本陣も要害でなく、一度敗走を開始すれば、目を覆うような惨状を呈するであろう」

彼は述懐しているが、その通り、伝令兵が存在しないため国府台から大鳥軍二千五百が消えたことも知らず、ただやみくもに合流しようと考えていたのである。

官軍側もこうした動きに手を拱《こまね》いていたわけではない。四月二十五日から二十九日にかけ、八幡《やわた》の辺で何度か恭順を勧める会談をもっている。

江原は撤兵たちが武器を引き渡せば、官軍がどのような行動に出るか疑念を抱いている。

「田安《たやす》家に対してなら、兵器を差し出しましょう」

江原は総督府の使者、備前藩の森下立太郎に語った。徳川御三卿《ごさんきょう》のひとつ田安慶頼《よしより》は、徳川将軍家の敗戦処理と江戸市中取締を兼ねている。

森下とともに会談へのぞんだ淡路の人立木兼吾が、江原の言葉を総督府へ伝えるために江戸へ戻って行った。

この頃になると江原も慣れてきて、撤兵隊士の中より気はしのきく者を選び、密偵に仕立ててはあたりに放っている。

すると、海沿いの行徳《ぎょうとく》あたりに潜む筑前黒田兵と日向佐土原《ひゅうがさどわら》の官軍部隊が、しきりに船橋の味方第二大隊を狙《ねら》っていることがわかった。

「これだから西賊（官軍）は油断がならない。こうなっては武装解除など夢のまた夢だ」

と江原は臍《ほぞ》をかんだ。


旧暦で、この年は四月が二度もある。その閏《うるう》四月二日、言を左右にして隊の装備を提出しない江原に業《ごう》を煮《に》やした森下は、再度江原本人を八幡に呼び出した。

「君は何のかのと論を用いては銃器を差し出さぬ。これは恐れ多くも朝命をあげつらっていると見るが、良いか」

「私は何も朝命をあげつらってはおらぬ。江戸市中取締の田安家が、現在に至るまで兵器引き取りの人数を寄こさぬから、かように保持しているのだ」

江原は薄笑いを浮かべて答えた。

事ここに至っては開戦もやむなし、と森下は決断した。

江原が帰って行くと、森下はこの方面にあった官軍諸隊に命令を発する。

「撤兵隊抗戦の気、充実す。諸隊よろしく官賊に備うべし」

官軍側の顔ぶれは、備前池田藩兵が八幡。津の藤堂《とうどう》藩兵が市川。その後方の松戸にも備前兵。行徳には筑前黒田藩兵。船橋の北方鎌ヶ谷《かまがや》に日向佐土原兵という布陣である。

偵察を放つと、深夜戻って来た。

「中山の寺（法華経寺）に本陣を置いた賊徒のうち、斥候《せっこう》らしき者二騎、行徳へ走っております」

と報告した。撒兵第一大隊が行動を開始する前に、左側面、海沿いの敵の動きを探る心積りであろう、と森下は見た。

「江原め、動く」

官軍は即座に迎撃の態勢をとった。


江原鋳三郎の目標は市川宿であった。この宿場には官軍征東軍の主力が居り、それを叩くことで緒戦の勝利を得ようというのが、彼の企《たくら》みである。

下総市川は、その当時、戸数二百戸。町は三つの地区から成り、江戸から佐倉や成田へ通じる要衝であった。

江原は市川攻略に当って大隊を二つに分けた。現在の国道十四号である佐倉道を直進する主力二百名の他に、彼が自ら百名の兵を率いて野の中の側面を隠密裡に進む。この別働隊士には事前に、

「汝《なんじ》らの任務は市川国府台の敵を側面東方より急襲するにあり」

と申し渡している。

「洋式戦闘術では、西賊どもに比べ我ら仏式撒兵隊の方が数段勝《すぐ》れていることを（敵に）教育し

てやれ」

江原は言った。

第一大隊三百余人は、闇の中を静かに出撃し、中山の三差路に向った。一方が太い佐倉道、右手に向う坂道が木下《きおろし》街道である。

江原はためらわず別働隊を木下街道に右折させた。主力二百はそのまま前進する。

木下街道は、街道という名が恥かしくなるほどの細道で、荷車も辛うじて通るばかり。この坂を数町行ったところで左折して脇《わき》の小藪《こやぶ》に入り、間道に出る。

間道は田や畑の間を通り、ほぼ佐倉道と平行に走っていた。ふたつの部隊は奇襲を悟られぬよう、先頭の兵が一方にしか光の出ない龕灯《がんどう》を、それぞれ一挺《ちょう》だけ持たされていた。残りの者は鼻をつままれてもわからぬ暗闇の中を、前を行く者の足音と手さぐりを頼りに進むしかない。

こんな時、古式の合戦心得では数人にひとつ細火縄を持たせて目印とするのだが、洋式軍隊には、逆にそういう知識が無かったのである。

最初のつまずきは、別働隊士の一人が、木下街道の曲り角から崖下に落ちたことだった。

これで後続の兵士が救出のため足止めを食った。前を行く江原隊長以下数十名は騒ぎを知ることもなく、そのまま前進し、目的の小藪で左折した。

後続の兵を指揮する小隊長は、後の日清戦争で威海衛《いかいえい》を攻めて名を馳《は》せた日本陸軍少将古川善助である。

彼の隊は江原が左折して間道に入ったことも知らず、そのまま北方へ進んでしまう。

現在は船橋市内に含まれ、住宅地と梨《なし》畑の広がる上山村まで行くと、流石《さすが》に古川も不可解に感じた。先頭を歩く隊士を呼び戻して、

「江原隊長の後を本当についているのか？」

と問うた。驚いたことに、その隊士は、

「わかりません。ただこちらの方と思い、直進しています」

と答えるではないか。

「どこかで左折しそこなったのだな」

あわてて歩みを止め、上山村の農家の戸を叩いて尋ねると、何と一里以上も逆の方へ進んでいることがわかった。

「ただちに反転し、江原隊長の後を追え」

と古川は命じた。が、道がない。閏四月、このあたりでは田に水を張っている。

東の空が白み始め、耳を澄ますと、遠く西のあたりでしきりに銃声が聞こえてきた。古川は焦るが、兵の足は遅々として進まない。

「あの銃声は八幡を攻めている味方主力のものに相違ないぞ」

古川は決断を下した。

「今より江原隊長の部隊へ追いつくのは不可能だ。それならば、すでに戦闘の始まっている場所へ急行する方が、正しい選択である」

状況不確定の場合、戦場ではまず銃声のする方角へ向う、というのが古式の武人の心得であっ

た。その常識に古川も従った。

少々時間はかかるが、木下街道を南下して出撃の発起点に戻り、佐倉道の本道を八幡に進むという作戦に切り替えたのである。

八幡宿は中宿《なかじゅく》に問屋場《といやば》もあり、宿場内の町並は七町三十間（約八百二十メートル）というから、市川宿よりは規模が小さいものの、近隣の行徳や中山、鎌ヶ谷などよりはよほど大きく、道中奉行の支配下にあった。

ここの名所は「八幡の藪知らず」である。市川から東に二十六町、八幡宮の門前に百坪ばかりの藪があるが、これが恐い。古くからいろいろな怪奇が語られている。

藪の中に入ってみると、房総の英雄里見安房守《あわのかみ》が甲冑をまとい、馬に跨《またが》っている姿を見たと言う者があり、怪異を信じぬ者が入って出てくると血を吐き、死んだという話も残っている。

あの水戸黄門も、若い頃この藪に足を踏み入れたが、しばらくして血の気の失《う》せた顔で戻って来て、

「このようなことは、以後決してするものではない」

と言い、何を見たのか全く語らなかったという。

その八幡宿には大きな旅籠《はたご》が四、五軒あり、中でも料理店を兼ねる中村屋には、八十名を超す備前兵が宿泊していた。また、隣の富田屋、川島屋といった宿屋にも少人数の官軍兵士が入っている。

備前兵は前装ながら銃腔内《じゅうこう》にライフリングを切ったイギリス製のエンフィールド小銃を所持し、

沈着冷静で事態に対処した。

すでに偵察の報告で法華経寺の撤兵隊出撃を知り、二小隊の兵を中村屋の窓や張り出しに配置している。

「従容《しょうよう》として手合い（交戦）相及《あいおよ》び、一刻半（約三時間）ばかり激戦つかまつり候」

と備前兵は自信をもって記録している。

3

撤兵隊第一大隊の主力は、三方から八幡宿に進入した。街道と、側面の建物沿いに進んでくる「賊」に対し、備前兵は狙撃《そげき》で対抗する。

迷子の古川小隊が、銃声に導かれて八幡に到着した時、味方の主力と備前兵は「八幡の藪知らず」の辺で銃撃戦を展開していた。

「宿場の裏を進んで行くと、味方の兵が血まみれで倒れていた」

と、古川は明治の回想録で語っている。

「装備は敵に奪われたようで、無腰であった。これは撤兵第二中隊の下士鈴木音次郎という者だ。死骸《しがい》を見つけた直後、敵が現われて、にわかに銃撃戦となった。敵は咫尺《しせき》の間（至近距離）に居て、私も銃を放ったが、これは当った。第二中隊の小隊長進藤銀次郎は剣の遣い手だった。抜き放って敵に迫った。するとこの敵は発砲し、進藤は辛くも避けて助かった。概して第二中隊の兵は勇敢で、手負いながら敵の銃器を奪ってくる者もあり、よく働いた。やがて敵は堪《こら》えきれずに退却を開始した。この追撃中、敵の死骸をひとつ見つけたのだが、首が無かった。味方が獲っていったのだろう」

中村屋の周辺に立て籠《こも》る備前兵は八十人前後。対する撒兵は古川の部隊も合わせると二百五十人ほど。兵力が違い過ぎている。

「追々《おいおい》銃兵相疲《あいつか》れ、その上初戦《ういじん》の儀《ぎ》、もちこたえかね候勢い」

と感じた備前兵の指揮官は八幡の後方、高台にある弘法寺《ぐほうじ》に逃れて味方の救援を待った。

古川の回想は続く。

「なおも進撃し、八幡の料理店（旅籠中村屋）の門前に進んだところ、門内の中庭、築山《つきやま》の上に敵が二人いた。一人は立ち一人はしゃがんでおったが、そのしゃがんだ方が私に銃を向けた。急いで門の扉に隠れ、脇の方から射とうとしたが、逃げてしまった。私は門の内側に入り、それから客室に踏み込んだ。そこには数十の膳部《ぜんぶ》が並び、酒器が散乱しておった。軍用の行李《こうり》も引っくり返り、交戦が敵の朝餉《あさげ》直前に始まったことを知った。私は遺棄《いき》してあった敵の書類から日記一冊を奪い、再び外の敵と戦ったのである」

古川が備前側の日記を取る直前、官軍側の支援部隊が八幡に到着した。しかし、その勢力は二ヶ小隊四十名に過ぎない。

焼け石に水であった。彼らも直後、備前兵のいる後方の弘法寺に退却している。

一方、古川善助を置いて先に進んでしまった江原鋳三郎率いる別働隊の先鋒は、下総国分寺の近くで敵の藤堂藩兵と遭遇した。

これは、法華経寺の撤兵隊本陣を迂回《うかい》攻撃すべく、市川から出撃した人数であった。

両者ここでも二時間ばかり射撃戦を行なった。当時の日本人の銃撃は、体力の点から見て一刻（約二時間）が限度であったようだ。

江原はこの戦いで肩の上を弾がかすり、退却する。藤堂兵百余に対し、彼の兵力は四十名前後である。

だが、後方に退《しりぞ》くのではなく、彼が向ったのは当初の目的通り市川宿だった。脇の佐倉道からは銃声がしきりで、後方の八幡では火の手も上がっていた。撤兵隊が優勢のうちに戦闘を展開していることは明白である。

江原は主力の二百、古川の別働五十余りと、この地でようやく合流を果した。

市川宿の官軍勢力は、備前・藤堂合わせて百人（一説に三百人）。破竹の勢いの撤兵隊に抗する力は無く、全て宿場の外へ撤退した。

しかし、ここに藤堂兵の新手が登場する。

二ヶ小隊の兵に四斤《よんきん》砲二門を備えた彼らは、江戸川の対岸から船で接近し、市川の渡船場から上陸した。

佐倉道の脇から砲一門ずつを索《ひ》いて進む藤堂兵を、江原大隊の偵察が発見。

彼我の距離約二百メートルまで近付いた時、銃撃が始まった。

「我に大砲なく、敵に大砲あり。散弾を放たれたら、不利この上なし」

と江原のもとに伝令が走った。

その時、藤堂兵が四斤砲の射撃を開始した。二百メートルというと、大砲にとっては至近距離である。

「尖榴弾《せんりゅうだん》三発、鉄葉弾《てつようだん》三発」

を放ったと藤堂側の記録にある。尖榴弾とは先の尖《とが》った触発信管付きの弾。鉄葉弾とは破片の広がる散弾のことらしい。砲は前装式だが、破壊力の強い洋式砲だ。

江原は自軍に大砲のないことで切歯扼腕《せっしやくわん》するが、どうしようもない。

この人は文久元年（一八六一）に講武所の砲術世話心得になり、文久三年には砲術教授となっている。いわば大砲のプロであった。

「四斤砲の前に小銃は非力だ。側面から迂回して砲の操作兵を射殺せよ」

と命じる外に手だてはなかった。

撒兵隊の小隊長宮城某という者が、勇をふるって前進した。たちまち藤堂兵の放つ銃弾が集中し、彼の身体に四発が当る。しかし宮城は屈することなく進み、大砲の至近弾によってようやく倒れた。

「宮城小隊長の武勇に倣《なら》え」

彼の死を目《ま》のあたりにした撒兵隊士は奮《ふる》い立ち、側面から射撃を再開した。これには藤堂兵も驚いて、砲を畳み後退する。

宿場の高札場に一度は陣を築いたが、ここでも支えることは出来ず、市川宿の外れに走る。そこはもう江戸川の渡しだ。藤堂兵の一部は来た時と同じ船に砲を引き上げると、対岸の小岩に向けて漕《こ》ぎ出した。

このあたり小岩市川の関と言い、旧幕時代は江戸を防衛する拠点とされていた。

渡し場を渡った先には小岩の人改め番所もあり、当時は四人の番士が勤めている。

大砲を乗せた船目がけて撒兵隊の銃兵らは岸辺から集中射撃を行ない、多くの藤堂兵が被弾した。折りしも川面を南風が強く吹き、藤堂兵はまともに向い風を受けている。船を狙う銃弾は小岩の番所にも流れ、関所の門扉にも穴を開けた。

やっとのことで江戸川を渡りきると、藤堂兵の一部は関所に逃げ込んだ。

「いずれかに身を隠すところはないか?」

右手を怪我《けが》した藤堂兵が問う。小岩番所の一人が、

「この建物は板張りゆえ、防ぐに便無し。ドフコウなれば、丈も厚さもあって対岸に向い銃陣も築けましょう」

と番士は応《こた》えた。ドフコウとは土地の言葉で江戸川の堤を指す。

藤堂兵は急いでそこに避難し、堤防の隙間《すきま》から銃を突き出して応戦した。が、敵を制圧するに至らない。彼らは砲兵だから銃身の短い騎兵銃《カーバイン》を装備していた。対する撒兵たちは長銃身の歩兵銃で、しかも岸辺の人数は次々に増えていく。制圧どころか、射ち返すのがやっと、という状況

であった。

市川宿の残敵を掃討し終えた江原鋳三郎が、岸辺に現われたのはその時である。彼が渡し場に伏せて、藤堂兵の射撃を確認していると、船が見えた。

江原は古川を呼んで尋ねた。

「君はこの川幅をどれほどと読む?」

「一町半（約百六十メートル）もありましょうか。敵の籠る堤までは、ここから二町（約二百二十メートル）といったところです」

「まず、そんなところだろうな」

江原は藤堂兵が舫《もや》った船を指差し、

「あそこに敵の大砲がある。私としては、喉から手が出るほどに欲しい品物だ」

「……」

古川は無言になった。川を渡って獲ってこい、と江原は言うのである。散発的ながら敵は未《いま》だ発砲を止める気配がない。大砲の奪取は無謀という他ないだろう。

江原は周囲を見まわした。誰か気はしのきく者はないかと思っていると、

「俺が行きやしょう」

と志願する声が聞こえた。

振り返ると、撒兵隊士ではない。筒袖《つつそで》に股引《ももひき》姿の人足である。

「鉄五郎と申しやす。この川はガキの頃から遊び場みてえなものでやす。なあに、行って帰って

くるだけだ。雑作もねえこって」

とその男は言った。

「では頼む。うまくいったら褒美《ほうび》をやろう」

江原は、鉄五郎を援護するよう銃陣を揃えた。

渡し場にある小船に跳び乗った鉄五郎は、川面に棹《さお》をさし、悠々と漕ぎ出した。初め、何事かと思っていた藤堂兵も、彼が大砲を乗せたまま繫留してある船に近づいていくのを見て、その企みを察した。

銃口を巡らせ鉄五郎を狙うが、剛胆なのか愚鈍なのか、彼は身を伏せることもなく小船を操っていく。

そのまま大砲運搬船に横付けし、舫い縄《なわ》を外すと、弾雨の中を再び漕ぎ出した。

「うまくいったぞ」

市川側で見物していた撒兵隊士は、手を叩いて喜んだ。

江原が駆け寄って船の中を覗《のぞ》くと、前装式小型四斤山砲二門の他に、二門分の玉薬入れ二荷(四箱)も揃っている。

「たんと御褒美をお願いいたしやす」

鉄五郎は額に汗を浮かべて言った。

「応《おう》、わかっておる」

江原はすぐに大砲を市川側の堤に据えつけ、対岸に砲撃を開始しようとした。

「大砲の操作とはこのように行なう」

撤兵第一大隊の中に砲の知識を持つ者がいなかったから、江原は配下の者を集め、実地に教育した。

「弾は原則として弧《こ》を描いて飛ぶ。照準はエンピール（エンフィールド）小銃の照尺射撃と同じである。この砲の有効射程は十町弱だ。されば敵の籠る堤の裏へ当てるに、砲口の仰角《ぎょうかく》を上げる」

信管を切ったイボ付きの尖頭榴弾を砲口から装填《そうてん》した。

点火口に発火索《さく》を差して引くと、轟音《ごうおん》一発。砲弾は対岸の藤堂兵が隠れたあたりに落ちて炸裂《さくれつ》した。

「以下の動作を繰り返せば良い」

江原に砲の操作を教育された隊士は、この二門の砲を有効に活用した。翌日、官軍の総反撃が開始された時、船橋宿手前の海神《かいじん》宿で即席の砲兵は奮戦し、周辺の住民もこれは記録している。

「海神村の志《し》らじ山《やま》と申すところに脱走方籠り、大砲を打ち放つ。官軍勢にても大砲を打ち懸け、合戦に相成り候。官軍方の大砲幡《はた》とも奪い取られ、一日行徳まで引去候」（『板橋家文書』）

官軍方の砲兵と交戦した末に、ここでも敵の砲を捕獲した。江原が実地教育した兵たちは優秀だった。二門の砲は後に撤兵隊が撤退する時、地中に埋められたという。

4

閏四月三日の昼前に、市川宿は撒兵隊江原第一大隊の完全占領するところとなった。

江原は反転して、第一大隊の本陣中山法華経寺に戻る。後方の鎌ヶ谷や左側面の行徳にも敵の進出する気配があった。

「当宿場の占領要員は、別隊に割り当てる」

と江原は言った。市川の陥落を知って松戸から繰り込んできた人数がある。旧幕の頃、横浜の居留地警備を担当し、前の月に同じく江戸を脱走していた通称「菜《な》っ葉《ぱ》隊」と呼ばれる旗本の子弟らであった。

正式な名称は「靖難《せいなん》隊」と言い、これが二ヶ大隊約百五十名もいる。

「宿場内の火事が大きくなっている。手にあまる時は、任務を解いて退去せよ」

江原は靖難隊士に命じた。視線を転じれば、市川宿南外れの棒鼻《ぼうばな》から黒煙が上がっている。敵が放ったか味方の付け火か不明だが、南風にあおられて火は次第に広がりつつあった。

結局、靖難隊は火事によってこの宿場を放棄するに至る。建物百二十七軒が焼け、七百人近くが被害にあった。

靖難隊が去った直後、対岸に官軍の新手が現われた。江戸の総督府から特命を受けて出撃した精鋭の薩摩兵数十名である。陸路二日の行程を一日に縮め、早足で小岩に到着した彼らに、備前兵や市川を押し出された藤堂兵が戦況を報告する。

「昼近くまで岸辺で銃撃を交わしたが、ここに来て急に敵の砲火が沈黙した。恐らく賊軍は火事が大きくなったので、市川宿を放棄したのではないだろうか」

これを聞いた薩摩兵は、

「されば、おいたちが率先して河ば渡る」

と小岩側の渡し船を掻《か》き集め、一気に押し渡った。

市川の路上には、呆然《ぼうぜん》と立ち尽して火事を見つめる町の者がいるばかりで、敵の姿は無い。

「兵は迅速《じんそく》をば尊ぶ。一気に賊を追い、中山の本陣を襲わん」

薩摩兵は銃を担《にな》うと、これも炎上する八幡宿の方角へ早足で進んだ。

敵の精鋭が進攻しつつあるとも知らず、第一大隊長江原鋳三郎と小隊長古川善助は、午後になって法華経寺の本陣に戻った。寺の本堂には敵の生首や捕虜《ほりょ》が置かれ、味方の葬儀も行なわれていた。

その血腥《ちなまぐさ》い本堂脇で古川は、この日最初の温かい食事を口にした。人心地がついて気が緩《ゆる》んだ頃、伝令が駆け込んで来る。

「後方船橋に敵接近。第二大隊がこれと交戦撃破。敵は敗れてこちら側に逃れて参ります」

実際には、味方の撒兵第二大隊（隊長堀岩太郎）二百名は、鎌ヶ谷から前進して来た日向佐土原兵百余に追い立てられ、潰走《かいそう》していた。

「敗走する敵は少しも恐しくはない。当方から迎え討ってやろう」

誤った報告を受けた古川は、撒兵第一中隊四十名を率いて出撃した。大隊長の江原も戦況確認のために同行する。寺の本陣には市川で負傷した者を含む百二十名ばかりが残った。

寺の裏から山中の道を伝って江戸湾の方向を目差す。小半刻ばかり進んで海神村の近くまで行くと、左手、船橋宿から盛んに煙が立ちのぼっていた。

村の中を通る佐倉道と行徳道の交差路まで進めば、銃声が聞こえて来る。

古川が耳を澄ませると、銃声は右手から多く轟《とどろ》いていた。船橋から来た敵の「敗兵」ではないらしい。

「これは行徳に潜むという敵が進んできたのだ」

と彼は直感した。ただちに後方の高台にまわって、笹藪に囲まれた麦畑に入る。

「彼我の距離三百メートル。小銃放て」

仏式銃操法は言うまでもなくメートル規準である。敵は民家の軒下や木々を楯《たて》に射ち返してきた。

古川は前進を命じた。敵が退いた跡に入ると、黒いタール塗りの小銃弾薬箱が遺棄されている。筑前何々と文字があり、官軍の新手、黒田藩兵が相手とわかった。

「頭《かしら》、我らは包囲され始めています」

古川は、大隊長江原に報告した。

「海沿いの村々に敵が入れば、東方にある義軍府との連絡路も断たれます」

「古川君、君はこの期《ご》に及んで臆《おく》したか」

江原は顔をしかめた。

「そのような言葉は、正確な状況を知ってから吐くべきである」

と江原が言った時、銃弾が二人の近くに飛んだ。

振り返ると、四十メートルばかり先に、敵の姿が見え隠れしている。

「よし、あ奴を捕えて情報を得てやる」

江原も興奮していたのだろう。唐突に立ち上がり、敵に向って走り出した。古川が止める間もない。

敵はさらに銃を放ったが、外れた。前装銃だから敵は立ったまま再度弾を塡《こ》め、槊杖《さくじょう》を操作する。

江原はその手元に飛び込んで組み打ちとなった。この敵は記録によって筑前黒田藩士小室《こむろ》弥四《やし》郎《ろう》と名までわかっている。

小室は大兵で格闘に慣れていた。江原をたちまち田の中に組み伏せる。

古川は部下二人と助けに走り、間一髪で小室を刺して江原を救い出した。

黒田兵もこれを遠望し、狙いを集中させる。

立ち上がった江原の左太股に、弾丸が命中し、どっと倒れた。

「大隊長を担《かつ》いで退け」

古川は部下に命じた。

江原が去ると、彼の手元には十人前後の兵しか残っていない。そうこうするうち黒田兵が包囲の徴候を示したため、古川も反撃を諦《あきら》めて後退した。

負傷した江原と三十名の第一中隊士が逃げ込んだ所は、現在の船橋市内、西船二丁目のあたりにあった農家である。

大隊長の傷を手当てし、三十余人は野外に寝た。翌日は嵐となった。法華経寺の本陣へ使いを出すと、無人であるという報告があった。

「我ら帰る場所が無い」

この話を聞いて中隊の兵は次々に逃亡し始めた。早朝、古川が点呼をとってみると、十人程しか残っていない。

身体の動かせぬ江原を残し、一同は撤兵隊本営、真里谷の徳川義軍府へ向うことに決めた。豪雨の中、濡《ぬ》れねずみになって東南の東金《とうがね》に向った。ここには岩代福島藩板倉家の飛地領があり、代官所があった。

板倉三万石は佐幕派で、撤兵隊を悪く扱わぬであろうという読みであったが、案の定、船橋方面から撤退してきた隊士六百名近くと合流することが出来た。

「江原大隊長を救出し、義軍府に連れ戻したい」

と古川はここで、敗残の士官たちに説いた。しかし、彼らは、

「兵ばかりか多くの士官も行方不明である。君も初めの計画通り、義軍府に出頭して福田総督に報告した後、大隊長の救出を計画した方が良いと思う」

と異口同音に言った。

仕方無く古川は丸二日かけて房総半島の山中を歩き、目差す真里谷にたどり着いた。この地は戦国初期に上総武田氏が城を築いたほどの要害の地だったが、義軍府本営の真如寺には人影がなかった。

寺の境内には装備品が投げ出され、本営の要員が逃亡したことは誰の目にもあきらかだった。古川は絶望し、地を叩いて嘆いた。「徳川義軍府」の成立から消滅まで、僅《わず》か数十日。呆気《あっけ》無い、の一言である。

古川と撤兵隊の敗残兵は、真里谷の東南五里にある大多喜《おおたき》城を頼ることにした。城主の松平(大河内)豊前守は鳥羽伏見の戦いで指揮をとり、撤兵隊士の多くに面識がある。ここなら自分らを匿《かくま》ってくれるだろうと、皆は一縷《いちる》の望みをかけた。

大多喜には深夜到着したが、案に相違して城は彼らを受け入れない。仕方無く一同は再び歩き出し、夷隅《いすみ》川に沿って太平洋側に出た。大きな港町に入って船を見つくろい、いずれかに逃亡しようという目論見《もくろみ》だった。

外房勝浦に入った時、彼らは百に満たぬ小勢に成り果てていた。

古川も途中で隊列を離れ、町人の衣服を手に入れると江戸に戻ったという。彼がその身を案じていた江原はというと、こちらは怪我の手当てをしつつ農家にひと月近く潜伏し、単身、舟で江戸に逃れた。

この騒動の張本人、義軍府総督福田八郎右衛門の消息は、その後も長く不明である。

坐視《ざし》に堪《た》えず

1

上総国望陀郡《かずさのくにもうだごおり》請西村《じょうざい》というひどく覚え辛《づら》い地名を聞いて、ああ、あそこかと即座に思いが浮かぶ人は、土地の古老かよほどの歴史マニアだろう。

現在の千葉県木更津市《きさらづ》に含まれている請西村間舟台《まふねだい》は、幕末の合戦録に一際《ひときわ》異彩を放つ佐幕派の雄、上総請西藩主林《はやし》昌之助忠崇《しょうのすけただたか》の居城があったところだ。

城といっても僅か一万石の身代《しんだい》だから、陣屋扱いである。しかし、その総面積は二万四千余坪もあり、ほぼ小城の体《てい》を成していた。この地を請西藩では武張って「真武根《まふね》」と書く。

藩主林忠崇は慶応三年（一八六七）六月、二十歳の年、伯父の死によって家督を引き継いだ。彼は後の行動からもわかるように、二百七十諸藩の内でも随一の佐幕派であった。

同年十月、十五代将軍慶喜《よしのぶ》が大政奉還の上表を提出した後、朝廷が各大名家の上洛《じょうらく》を促した際に忠崇は、

「徳川家《とくせんけ》に対し君臣《くんしん》の大義相《あい》立ち申さず候《そうろう》」

という書状を連名で京に提出しようとした。さらに翌年、徳川家が大坂に兵を引いて朝廷との開戦が必至と見るや、残留の身ながら出陣を企み、江戸の藩邸から勝手に大砲まで曳《ひ》き出してい

る。

しかし、船便を待つ間に鳥羽伏見《とばふしみ》の戦いが終り、忠崇は無念のうちに所領のある上総へ戻った。彼はこの地で表面は京の新政権に恭順を装いつつ、陰では徳川家の復仇《ふっきゅう》を虎視眈々《こしたんたん》と画策していた。

そんな慶応四年（一八六八）四月。新政府軍の江戸城接収が決定的となった。無血開城に反対する一部の幕臣、洋式歩兵たちは抗戦の意志を明らかにして、次々に江戸を脱走した。

この一部、福田八郎右衛門率いる撒兵隊《さっぺいたい》五ヶ大隊（推定千五百名）が、海路、上総にやって来たのは四月十一日、江戸城開城の当日である。

木更津に入った彼らは、佐幕派の決起を唱えて近隣の諸藩へ使者を送り始めた。

忠崇は、福田が標榜《ひょうぼう》する徳川家の威信回復の戦いに参加することを承諾し、彼らの兵が領地に駐屯するのを許可した。

ところが、この「義軍府」がとんだ食わせ者であることは前にも書いた。

福田たちは江戸を出る時に金座を襲い、また浅草蔵前の札差《ふださし》豪商から数万両もの財宝を強奪同然にせしめている。しかも、銃器は豊富に所持し、新たな本拠地も得た。

急速に自己肥大化して狂暴になった彼らは、あっと言う間に周辺の支配者として振る舞い始めたのである。

藩の高札《こうさつ》を引き倒し、領民を勝手に徴発する。物品は奪う等やり放題であった。

「あるいは民家に入りて金穀を貪《むさぼ》り、あるいは威をもって小民を駆役《くえき》し敗覆《はいふく》の勢い必ず近くにあ

り」（『一夢林翁戊辰出陣記《いちむはやしおうぼしん》』以下『出陣記』と記す）

まったくこれでは敵に勝てるものではない、と忠崇は後に書いている。さらに悪いことには「義軍府」の傍若無人振りを真似《まね》て彼らの名を騙《かた》り、押し込みや金品の強請《ゆす》りをするやくざ者が、多数現われたのである。

四月の末までに、請西藩士が捕えた偽義軍府兵士だけでも、二十人近くに達していた。

忠崇が半ば絶望しかけた月末の二十八日。今度は別の旧幕脱走隊士が、真武根の陣屋を訪ねてきた。

主だった者は二人。差し出す名刺を見ると、

人見《ひとみ》勝太郎寧《やすし》
伊庭《いば》八郎秀穎《ひでさと》

と、ある。肩書は幕府遊撃隊所属。

「会ってみよう」

と忠崇が言ったのは、遊撃隊という部隊の成立を彼が熟知していたからだ。

文久元年（一八六一）、前将軍家茂《いえもち》の身辺警護を目的として、江戸講武所の武術名人を選抜し奥詰《おくづめ》が創設された。この部隊は慶応二年秋の軍制改革で銃隊編成に改められ、遊撃隊と称したのである。

忠崇はまず、伊庭八郎という人物に注目した。心形刀流《しんぎょうとう》の宗家《そうけ》伊庭家の家督を継ぐ立場にあった彼は、若くして講武所剣術教授方となった。剣ばかりか詩と蘭学にも長じ、書は「幕末三筆」の一人、江戸入谷《いりや》の市河米庵《いちかわべいあん》、漢籍は練塀《ねりべい》町の宮崎塾に学ぶ文武両道の麒麟児《きりんじ》であるという。

（これが洛外鳥羽の合戦後、戦を継続すべしと大坂城中で獅子吼《ししく》した男か。ずいぶん華奢《きゃしゃ》な身体つきをしている）

と、忠崇は思った。

伊庭はこの一月、伏見奉行所の防衛戦で着ていた具足に被弾し、大坂へ後送された。将軍慶喜の逃亡によって幕軍の大坂引揚げが必至となる中、負傷の身を押して評議の席に現われ、男泣きに泣きながら戦闘継続を訴える彼の姿は、帰国した幕臣子弟の間で評判になっていた。それほどの猛々《たけだけ》しい心根を持ちながら、今、忠崇の前に座っている伊庭は、役者のような優男《やさおとこ》である。

一方、人見はというと、対照的に小太りで、こちらも秀才と噂《うわさ》されていた。父は幕臣で京二条《にじょう》に在し、文学教授方。洋式砲術の知識を持ち、前将軍の御前で孟子《もうし》を講義して褒美《ほうび》を下されたこともあるという。剣の腕はどれほどのものかわからぬが、遊撃隊に入隊しているというのだから並の力量ではないはずだ。

（先の義軍府を称する江戸食い詰めの連中より、何層倍《なんそうばい》も人格は上のようだ）

若き請西藩主は、初対面の二人に好意を抱いた。忠崇はその心情を、

「今、（両名を見ていると）剛柔相兼《ごうじゅうあいか》ね、威徳並行《いとくへいこう》の人物なり」（『出陣記』）

「二人とも立派な人物だと思ったから、これにおっかぶさった（同調した）のだ」（『林遊撃隊長

縦横談』）

などと回想している。また、

「伊庭が正面から説けば、人見はネチネチと側面から攻めるといった風」

と、二人はこの時、硬軟とり混ぜて忠崇を説き伏せにかかったようだ。

忠崇はたちまち籠絡《ろうらく》──と言うより、積極的に同調したらしい──されて、対面の座が即座に軍議の場と化した。

「藩公におかせられましては、まず御自身の御軍略をお話し願わしゅう」

と伊庭が、単刀直入に問うた。

「さるは昔、治承《じしょう》の頃……」

忠崇は、ここ数ヶ月の間、陣屋の一室で考え続けていた戦略を語った。

「……源氏中興の祖頼朝《よりとも》公が石橋山の合戦に敗れて、房総の地に落ち着かれた。すると、この地の兵たちまち集いて数万の軍勢となった。頼朝公、初期の勝因は、速《すみ》やかに房総の諸士を連和《れんわ》して隅田《すみだ》の川を押し渡り、相州を奪ったにある」

「左様《さい》にござりますな」

人見がうなずいた。この男は幕臣ながら、京の二条の十軒屋敷に生まれているから、西国の訛《なまり》が抜けない。

「ただ、頼朝公と我らが違うところは、武蔵国《むさしのくに》がすでに敵地と化し、しかも兵はさほど集まらぬという点にある。陸上より隅田を押し渡るなど夢のまた夢だ」

「そうでございましょうか？」

伊庭が、臆《おく》したか、といった口調になった。忠崇は笑って手を上げ、

「まあ、聞け。房総《ここ》は船の便が良い。頼朝公が逃れ来たのと逆の路《みち》をたどればどうだ」

源頼朝も伊豆国に蜂起《ほうき》し、相模《さがみ》国から小船で房総半島にやって来た。

「幸い敵の奴らは海軍力が弱体である。江戸湾に我らが船を出しても、とても防ぎきれまい。海には関《せき》というものがないのだ」

忠崇は心地良げに自説を論じた。

「兵を借りて豆相《ずそう》（伊豆・相模）に航海し、小田原・韮山《にらやま》に力を借り、大いに兵威《へいい》を張る。東海道の諸侯を説き、従う者は力を合わせ、拒《こば》む者はこれを伐《う》つ。怨《おん》を紀伊・尾張・彦根の三藩に報ぜば、徳川宗家の恢復《かいふく》難《むずか》しきにあらず」

江戸の宗家に近い関係にありながら、その藩屏《はんぺい》とならず、自ら進んで京の新政権に協力する三つの藩こそ、忠崇が最も憎むところであった。

「すると、こういうことになりますな。豆州相州二国を味方につけて、箱根の険《けん》を手に入れると」

人見の言葉に、忠崇はうなずいた。

「そういうことだ。箱根の麓《ふもと》を守る小田原の大久保家は御譜代《ごふだい》。当代の加賀守《かがのかみ》殿（忠礼《ただのり》）は、将軍家とは従兄弟《いとこ》の間柄である。また、伊豆韮山の代官所は天領二十六万石を差配し、代官江川家といえば洋式兵学の大家。メリケン人来航の折りは、近隣の農民より志ある者を集めて調練まで

行なったことは広く知られている。この両者の力を合わせて箱根の関を閉ざすのだ」

さすれば西軍の主力は、天下の険に遮《さえぎ》られて進めず、江戸を占領した敵の補給路は、僅かに中《なか》仙道《せんどう》だけとなってしまう。

「敵が海から補給を得ようとしても無駄だろう。江戸湾には榎本《えのもと》の洋式水軍がある。よって、この軍略もし当らば、江戸の西軍の立ち枯れするは必定」

幕府海軍副総裁であった榎本武揚《たけあき》の率いる日本最大の海軍勢力は、依然として江戸湾に錨《いかり》を降ろしていた。

ただ、この艦隊の向背《こうはい》は定かではない。

これより少し前の四月十一日。江戸城引き渡しと同時に、徳川慶喜は謹慎先の上野を出て水戸へ退いた。遊撃隊士約百名は護衛のため同行したが、人見たち三十五人は江戸の外れの千住《せんじゅ》大橋で一行と別れた。

あくまで抗戦を誓う彼らは、初め榎本艦隊を頼った。だが、榎本本人は勝海舟の意言を受け入れて中立を表明。西軍の要求も受けて指揮下の軍艦八隻中、四隻の引き渡しさえ考えていた。

人見はここで榎本の説得に失敗する。

「されば、我らのみで対岸（房総）に上陸。兵を募《つの》り、為《な》すところあらんとす」

彼は袂《たもと》を分かつことを宣言した。榎本の妙なところは、人見たち三十余名を、軍艦行速丸《こうそくまる》で木更津まで送ってくれたことだろう。

そこで上総に上陸後、人見と伊庭はただちに請西藩を訪ねて来た、というわけである。

「我らが豆相に押し出すについても、榎本の艦隊に協力をあおごうではないか」

忠崇は無邪気に言った。が、人見は首をひねり、

「まあ、船の便については後々考えることといたしましょう」

無難にそう答えて、伊庭が同調した。ここで三人の意見は箱根攻めに一致する。あとは軍費や率いる人数、地図の入手と在陣中の軍法設定といった具体的な会話になった。

2

出撃の準備に数日を要した。

この間、忠崇たちは軍律を定め、自らが徳川の義軍であることを表明しようとした。

「その宗家、その君（徳川慶喜）を討たんとして人倫《じんりん》を壊《やぶ》り、王政維新の聖旨《せいし》にも背《そむ》く尾張・彦根両藩を、我ら傍観坐視《ぼうかんざし》するに堪《た》えず。よって成敗を顧《かえりみ》ず挙兵して尾・彦両藩の罪を問わん」

という文章が現在残っている。攻撃対象に紀州徳川家が抜けて二藩になっているのは少々不可解だが、これは人見勝太郎の作文ではないかと思われる。

忠崇も、人見を評して、

「人見は西京の与力出身で、関西弁を使い文章が立った」

と書いており、義軍参加の諸士へ伝える軍令状披露の役も人見本人が行なっている。

通常は、戦場での進退約束事を定めるものを軍令状と呼ぶ。しかし、十項目から成るその伝達

の第一項目は、徳川家の「社稷恢復《しゃしょくかいふく》」に関する一文であった。

「一《ひとつ》、徳川御家再興を基本（として）、心得違いこれなく、五常《ごじょう》の道堅《かた》く相《あい》守り、仮りにも暴行いたすまじき事」

人見は読み上げた。五常とは、仁義礼智信の道徳を指す。

「隊中の者互《たが》いに助け合い、全功第一。敵隊長以下の首級《しるし》をあげること無用の事」

という項目にも、参加者はいちいちうなずいた。

こうして慶応戊辰の閏《うるう》四月三日。西洋時計の午前六時頃。

新生成《な》った「遊撃隊」は、真武根陣屋の広場に整列した。人数の内訳は、江戸から来た遊撃隊士三十四名、これに合流する請西藩士は藩主忠崇以下五十七名（一説に五十二名）。その理想の高さとは裏腹に、総数百にも満たぬ小勢であった。

「人数の多寡《たか》は問題ではない」

忠崇は一同を満足げに見まわした。

「源家《げんけ》（頼朝）も伊豆で旗上げした時は、数十騎であったということだ。我らの主張正しきを聞けば、道々人数は集まって来る」

彼のこの日の行装は、朱の鉢巻に錦《にしき》の襟をつけた袖《そで》長の陣羽織。詰め襟の鎧《よろい》下着の上に黒の二枚胴具足という姿であった。

この鎧については、子母澤寛《しもざわかん》も『剣客物語』の中で触れている。

「この殿様が『働き具足』という、いざ戦場へのぞむという時に着る具足をつけた写真が『旧幕府』というものにのっているから御覧いただければ」

写真とは、出撃前に写真師を呼んで撮影したものとも、また前年の暮、上洛を前に撮っておいたものとも言う。当時の事情を考えれば、おそらく後者であろう。江戸期の大名家の多くは、床飾りのデコラティブな鎧と、実際に用いる「働き」の二種を用意しておくのが通例だった。忠崇は、この他に「兎《うさぎ》胴丸　拵《ごしらえ》」という復古調の鎧も所持し、これは江戸城菊ノ間縁頬《えんぽお》詰めの大名らの間で知られた品であった。

藩主がこういう格好だから従う者の装備もバラバラだ。甲冑《かっちゅう》姿あり、火事装束に毛の生えたような衣服あり。そこに人見たちが率いる洋式の兵が混じっているので、何とも珍妙な集団に見えた。

「(忠崇公は)非常な勇気で速やかに同意され、軍装などは随分古風もまざりましたが」(『旧幕府』)

と、元遊撃隊士の飯島半十郎も、明治になってからその目撃談を語っている。

午前七時頃、忠崇が自ら再度の軍令状を伝達すると、陣屋の表門が押し開かれた。

「まず、目差すは、富津《ふっつ》である」

富津は江戸湾防衛のために陣屋が築かれている。幕府は瓦解《がかい》してもその建物は健在で、前橋松平家のお預かりになっていた。遊撃隊としては、この陣屋が所持する兵器・兵糧が狙《ねら》いである。

出陣の祝いとして号砲一発。一同が行進を開始すると、周辺の村々から領民が次々に現われてこれを見送った。

忠崇は、地に膝《ひざ》をつく庄屋たちに目礼し、

「頼む」

と小声で言った。藩士の妻子や、彼の乳母などを事前に領内各所のしかるべき家へ預けての出撃だった。

さらに留守の者へ彼は命じた。

「我ら出陣の後、折りを見計らって真武根に火を放て」

自分の陣屋を焼き払えという。居残りの藩士鹿島央《かしまひさし》が驚いて、

「それでは殿の帰る場所が失われてしまいます」

と言った。忠崇は頬をゆがめて答えた。

「男子必死の覚悟を示すのだ。なにせ、藩主自らの脱藩など前代未聞だからな」

居城を焼いて殿様の地位を捨て、一介の浪士となれば、水戸に謹慎中の慶喜にも迷惑をかけることはない、という考えである。

一同が房総の街道を南に下って行くと途中、参加を求める人々が相継いだ。
「人気も立ち、百姓などの随行を請う者も多く、諭《さと》して返しましても強《し》いて請います者は、止《や》むを得ず引率いたしました」（『飯島半十郎談』）
百姓ばかりではない。同じ請西藩の士で労咳《ろうがい》のため長く伏していた諏訪数馬《すわかずま》が、病いの身を押して現われ、忠崇に従軍を強く願い出た。また、富津陣屋の隣に所領を持つ佐貫《さぬき》藩一万六千石の

兵数十名と、上総に展開する撒兵隊の一部も加わった。

この同じ日の未明、撒兵隊のうち下総《しもうさ》中山を出た旧幕兵約四ヶ中隊は、市川に進出した新政府側の兵と戦闘を開始している。忠崇に付いた同部隊の兵は、上総下総両面の蜂起を支援する使命を受けていたのかもしれない。

富津に到着した遊撃隊は、ただちに陣屋の包囲を開始した。その場所は、現在の富津市中公民館附近という。

陣屋の規模、約七千八百坪。砲台は土塁と堀によって守られ、加農砲《かのんほう》六門、ホイッスル（榴弾《りゅうだん》を発射する単砲身の砲）一門。

別名を「会津持《あいづもち》」と称し、元は白河藩が築いて会津藩が強化した。松平十七万石がこの地の防衛を引き継いだのは、前年の五月からである。

前橋藩主松平直克《なおかつ》は鳥羽伏見の合戦後、上洛して新政府のもとにあり、これは一応西軍に恭順しているものと見て良い。

「陣屋には砲の操作をする者、足軽小者も合わせ、さて、三百程もいるだろうか」

忠崇は予想した。父忠旭《ただあきら》がペリー来航の頃に、江戸湾防衛の課役を引き受けている関係上、陣屋の内情は手にとるようにわかる。

「何ほどのことやあらん。堀の深さも存じている」

一気に攻め落とそうとする忠崇を、人見と伊庭が止めた。

「我らがまず、陣屋預かりの者と交渉してみましょう。暫時《ざんじ》、お待ちを」

二人は堂々と表門を潜《くぐ》って、中に入った。

応対に出たのは、預かり役の前橋藩家老小笠原左宮《さみや》。歳五十余の大人しそうな人物だった。

「我ら義軍である」

兵と兵糧を供出せよ、と人見と伊庭は、件《くだん》の御神酒《おみき》徳利《どっくり》でねちねちと説きにかかった。

しかし小笠原は、頑として首を縦に振らない。一刻あまりも押し問答が続き、ついに人見が堪忍袋の緒を切った。

「預かり役殿、応ぜざれば我ら最後の手を用《もち》いん」

畳の縁を叩《たた》いて怒鳴った。

「戦いが始まれば止むところを知らず」

人見は、幕府洋式歩兵の実力を背景に語った。

『千葉県君津郡誌』には、

「只鋒鏑《ただほうてき》に斃《たお》る士卒《しそつ》を憐《あわれ》むのみ。宜《よろ》しく士の覚悟ありて可《か》なり」

と言ったとあるが、もっと生《なま》の言い様で威《おど》したであろう。前記、飯島半十郎の語るところでは、こうなる。

「私どもが兵器を貸せ、人数を貸せと談判を致《いた》しました時、(小笠原は)主人よりの命《めい》がなければ御返事致し難《がた》しとの答えでしたから、(中略)そこで我々も激昂《げっこう》し、もし応ぜざれば最後の手段を取らん、(陣屋に住まう)老若の男女に対して如何《いか》にも気の毒と思うなり。士の覚悟あらんと説きましたらば、次の間へ立ちて割腹《かっぷく》しましたのです」(『旧幕府』)

進退極まった小笠原左宮は、自刃して果てた。

これを聞いた忠崇は衝撃を受けたであろう。主命と遊撃隊の圧力に板挟みとなっての気の毒な死に様であった。

責任者の死で、富津陣屋は降伏した。武器庫にあった大砲六門、小銃五十挺《ちょう》。軍用金千両、糧米若干（『房総の幕末海防始末』）を遊撃隊は得た。さらに陣屋の足軽二十余名を前橋藩脱走という形で参加させた。この人数は、砲の運搬・操作要員と思われる。

新規編入があった後、今度は撤兵隊士が抜けた。北方の市川・船橋で味方が苦戦中との報告を受け、急きょ引き返して合流することが決まったからである。

次の日も、一行は富津を占領し続けた。北の方に耳を傾けると、海沿いに遠く雷鳴のようなものが時折り聞こえてくる。

「福田たちは、まだ戦っているらしい」

人見と伊庭は安心し、翌日は陣屋を出て佐貫へ進むことに決めた。陣屋が手狭であるばかりか、ここに居座り続ければ兵が募れぬという理由である。

佐貫城下では、江戸の請西藩邸にいた六名の藩士と、同じ富津にあった上総飯野《いいの》藩から脱藩してきた者十数人が待っていた。これはうれしい合流であった。飯野二万石の藩主保科正益《ほしなまさあり》は会津松平家と縁戚の間柄で、元は幕府若年寄もつとめていた。

「我ら主君は、去る三月に上洛いたして候が、西軍より座敷牢《ろう》の沙汰《さた》となってござる。主君の恨みを晴らさんがため、御陣に加盟いたす」

座敷牢とは大袈裟《おおげさ》で、有様は近江《おうみ》国草津宿に正益は留め置かれていた。しかし、飯野藩士の中には、そういう噂が広まっていたのである。

次の日は天神山、閏四月八日には安房《あわ》勝山、と泊りを重ねるうちに協力を申し出る藩は次々に出現した。

勝山藩一万二千石酒井《さかい》家からは、二十余名参加。同じく安房の館山《たてやま》一万石稲葉《いなば》家からは二十人の兵と兵糧。

「房州の館山稲葉兵部少輔《ひょうぶしょうゆう》のところでは二十人の兵を出し、馬を貰《もら》い、ついに同勢およそ二百人となりました」

飯島は述べる。一説に遊撃隊二百とあるのはこの説を取るからだが、実際に隊員数が二百を超えるのは、彼らが伊豆に出て甲州へ進んでからである。また、別の説では、士分が百六十人程。軍夫や志願の百姓が四十名ほどであろうという。

いずれにしても忠崇も人見も伊庭も、この情況には満足した。

一行が館山藩に招かれて城下来福寺《らいふくじ》に宿を得た日。請西藩士の留守役たちが、真武根陣屋に命令通り火を放った。

辰ノ刻（午前九時頃）。四方から出た火は数刻で広大な殿舎、役宅、厩《うまや》などを焼きつくし、あとかたも無くなった。

請西藩士の野口某は、陣屋の炎上から三日して、

「さる七日、撒兵隊の敗兵が我が藩に参り、陣屋の家来どもを強いて軍勢に誘い込んでござる」

と新政府の先鋒《せんぽう》総督軍に通報した。

「我ら小藩にして、敵の器械（兵器）に抗すべくもござらぬ。よって陣屋を引き払うの時、いずこからか火を得、陣屋は焼亡つかまつり候」

木更津にやって来た総督軍の軍監、相良治部《さがらじぶ》は驚いて尋ねた。

「して、藩主昌之助殿はいかがなされた？」

「我らは江戸在府の者ゆえ、つまびらかではござらぬ。おそらく我が殿は隣藩か領内のいずれかに匿《かくま》われておられるものと思われまする」

野口の時間稼ぎは、うまく行った。

忠崇らは行方不明を装い、この間、館山で船待ちをしている。

3

「妙ではないか」

と言い出したのは、同じ新政府先鋒総督軍の渡辺清左衛門だ。

「その何の故《ゆえ》なるかを知らず」

原因にどうも解《げ》せぬものがある。人をやって調べるべきだろうと彼は相良と相談し、斥候《せっこう》を放った。

すると、その報告がすぐに帰って来た。

「真武根陣屋は表門を残し、その形は無うなっておりました」

「残った藩士らは、どうしている？」

渡辺が問うと、その斥候は何とも言えぬ表情となった。

「武家地の陪臣《ばいしん》は何処《いずこ》に逐電いたしたものやら、これも影も形も見えませぬ。ただ時折り、老人や子供を見かけるのみ。百姓らに尋ねると、皆押し黙り何やら口止めされておる気配にございます」

「これは……もしや」

渡辺は嫌な予感がした。そこへ、安房勝山からの使いという者が二人、

「総督軍のしかるべき方に、御報告申したき儀あり」

と駆け込んできた。何事、と尋ねると、

「昨日、弊藩《へいはん》（勝山藩）に遊撃隊と名乗る江戸脱走の徒が攻め寄せてござる」

と言う。

「合戦に及び候や？」

軍監相良があわてて問うと、一人が苦々し気に答えた。

「敵は、すでに近隣の合力《ごうりき》を受け、その人数兵器あなどりがたし。弊藩は城下を守らんがため、よんどころなく雑兵《ぞうひょう》半小隊（二十五人）を差し出してござる」

もう一人の勝山藩士は、これに言葉を続けて、

「御承知のごとく、我が藩主は京にあり。留守居の者だけでは、この無念の沙汰でござる」

と目に涙を浮かべて悔《くや》しがった。

「近隣の合力とは？」

「洋式の筒袖に混じって甲冑をまとう者多く、袖印は一様に、左巴《ひだりどもえ》に一文字。上総請西藩、林家の兵とおぼえてござる」

「何と！」

しまった、やはり忠崇に裏をかかれたか、と軍監の二人は膝を叩いて憤慨した。ただちに江戸の先鋒総督軍本営へ使者が立ち、同時に請西藩士として唯一連絡がとれる野口に詰問した。

しかし、野口は堂々としたものだ。その三日後に文書で回答をよこして来た。

「彼の地（請西）は孤立《こりつ》同様、御軍勢合体《がったい》の機《き》相待ち候。力《ちから》相絶え、余儀なく陣屋立ち払い申し候。しかるところ右雑踏のあまり、出火と相成り」

新政府軍が助けに来ないので、逃げざるを得なくなり火を出した、と相変らずの説を唱え、ついには自分は江戸詰めである。地元から報告の通りに伝えただけで、詰問使を送られるとは心外なり、と逆に怒ってみせた。


遊撃隊の方も、全て事がうまく運んだわけではなかった。

悪天候が続き、海上は時化《しけ》ている。

「このまま足止めされていては、敵の追撃を得てしまう」

焦る気持ちで館山に暮らすうち、病いのまま参加した諏訪数馬が死んだ。足手まといになることを苦にして自害したのである。

請西藩士が悲しみに打ち沈む中、午後になって館山港内に停泊中の榎本艦隊所属運送艦大江丸《たいこうまる》と連絡がついた。

原名ターキャン号と呼ばれる百二十馬力のこの船は、偶然入港してきたのではなかった。榎本武揚が武装恭順の立場ながら、遊撃隊のたび重なる依頼に根負けして回航したもので、これには人見勝太郎の説得があったとされている。

大江丸には伊庭八郎が小船で乗艦し、相模国への兵員輸送を交渉した。

大砲七門に二百名近い戦闘員と聞いて、同艦の士官らは難色を示した。

「見ての通り、この艦は長さ二十七間、幅は四間二尺。朝廷に引き渡した朝陽丸《ちょうよう》とほぼ同じ大きさながら、それだけの物資を積む場所は、どこをさがしても見つからぬ。しかも、洋艦ゆえ目立つ。相州のいずれの港に入ってもたちまち総督府に通報されるだろう」

「その点は、こちらも考えている」

伊庭は、作戦を説明した。館山で和船を雇い、これに兵員装備を積む。

「大江丸は我らを曳いていくだけでよろしい。港近くに至れば我らは綱を切り、自力で手頃な港に入る。貴殿らは、そ知らぬ顔で品川沖に戻れば良いのだ」

時間を定めよう、と伊庭は言った。

「館山を出た後、西洋時計できっかり二十四字《じ》（時間）に、我らを見放すべし」

「たしかに二十四時間、面倒を見れば後は良いのだな？」

「武士に二言はない」

伊庭は答えた。

遊撃隊では、この事を予想し、あらかじめ館山藩から和船二隻を調達していた。前藩主の稲葉正巳《まさみ》は隠居の身だが、元幕府海軍総裁で遊撃隊士にはひどく親切だった。後に正巳は、この時の協力を責められて謹慎し、養子の正善《まさよし》が新政府軍側として戦っている。

一同は豪雨の中を乗り出した。和船は二百石積みと三百石積みで、船底に車輪を固定した大砲や馬を入れている。

三浦半島を右手に見て相模灘の中央部まで進む頃、約束の二十四時間が過ぎた。大江丸は嵐の中で曳航《えいこう》を止め、曳綱を解いた。

その時だ。

「左舷《げん》に船影。洋式船が見えて候」

和船の見張りが叫んだ。

「船尾に黒と白の二色旗。西軍の軍艦なり」

船内の遊撃隊士は銃に弾を塡《こ》めた。相手が臨検を企めば、当然海上戦闘となる。

「あれが噂の、佐賀の『エウヂニー』艦に違いない」

洋式戦術に知識のある人見が断言した。

佐賀鍋島《なべしま》家が所有する三百五十七トンのスクリュー式蒸気船である。その頃新政府軍は、このエウヂニー号をもって榎本艦隊の動向を監視していた。

「あの猛春《もうしゅん》（エウヂニーの和名）は、七十斤《きん》の英式アームストロング砲数門を装備している」

交戦となったら、瞬時にしてこちらは撃沈されると思えば、流石《さすが》の隊士たちも生きた心地がなかった。

幸いなことに、豪雨で視界が不良だったため、敵艦は近付いてくることはない。

二隻の和船は嵐の中を注意深く進み、次の日に相州真鶴《まなづる》へ入った。この地こそ、数百年前、源頼朝が房総へ逃れるために船出した場所であった。

兵員と砲を陸上げした後で、忠崇と人見と伊庭は、誰が小田原藩と交渉するかを相談した。

「城主加賀守殿は、石高の大小はあれど、我が林家と同じ譜代だ。私が直接面談するのが筋と思う」

忠崇が言う。

「では、よろしくお願いいたします」

人見は少々頼りないと思ったが、大名には大名を説かせるという話に傾いた。

「我らは城外で待機いたします。何事かあれば、ただちにお救いに参ります」

伊庭は忠崇を力づけた。彼が小田原藩を全面的に信用していない理由は、藩主大久保加賀守忠礼の行動にある。

新政府の東海道進軍が開始されると、いち早く駿州藤枝《ふじえだ》宿まで出向いて勤王誓約書を差し出した。東征軍の総督有栖川《ありすがわ》宮が小田原宿に入った時もこれを大いに款待《かんたい》している。

「大久保家は、藩論が統一されていない。まず、五分《ごぶ》と五分だ」

伊庭は、小田原城に向う忠崇を見送りながら言った。加賀守忠礼の家臣団は、佐幕派と勤王派の勢力がほぼ拮抗《きっこう》状態。外部の者がわからぬところで暗闘が続き、ずいぶん犠牲者が出ているらしい。

「いくら腰の定まらぬ藩とは言え、一応の礼をとって訪問する大名を、城中で殺害するような真似はすまい」

人見は伊庭を安心させるように言った。

午後、真鶴を出た忠崇とその伴、請西藩士三人と江戸遊撃隊士で刀術自慢の和田助三郎《すけさぶろう》は、十二日の夕刻に小田原宿へ入った。

城内の城代屋敷に招かれた忠崇は、家老二人を含む数人の大久保家重臣と面談した。

藩主が現われぬことに若干の不満を感じつつも、彼は堂々と自らの求めるところを説いた。

「まさに、今、徳川家は絶家の瀬戸際にある。十五代様は水戸において朝廷より自刃を命ぜられるやも知れず。臣下として、これを傍観するに忍びず。遊撃隊と同盟して戦うことを決意し、我は京よりの兵を追うことにした。その目差すところは伊豆及び東海道を扼《やく》する箱根である。貴藩にあっては、よろしくこの軍略に御賛同あって我が遊撃隊と同調せられたい」

小田原藩の家老渡辺了叟《りょうそう》は、

「もっとも、もっとも」

とうなずいて見せ、

「この事は、弊藩藩主にも必ず伝えるでありましょう」

と答えた。また、もう一人の家老杉浦平太夫《へいだゆう》は、忠崇をあやすように言う。

「林様におかせられましては嵐の中、相州灘《なだ》をお渡りとか。さぞ御疲れでありましょう。当家返答は明日でございますれば、今宵はゆるりとお休みあらせられますように」

忠崇も了承して城代屋敷に泊った。小田原城下に宿をとることも出来たが、宿場に新政府軍の分営があるため、そちらは逆に危険と思われたのだ。

翌朝、忠崇が加賀守忠礼の面談を待っていると、家老らがきまり悪そうに、彼の前へ控えた。

「主人加賀守の申す様《よう》。『佐幕の志は譜代なれば勿論《もちろん》のことであるが、前将軍が進んで御謹慎の中、強く佐幕の色を見せるのは徳川家のために宜《よろ》しからず。時機を見て動くつもりなり。林家が伊豆に渡ると申されるは、結構な事と申すべし。当家より些少《さしょう》ながら兵器・兵糧・金穀を送らん』」

と藩主の言葉を伝えた。加賀守としては、一度、朝廷側に土下座に近い状態までして恭順を誓った身が、どの面下《つら》げて佐幕派の過激大名に会えるかといった気分なのだろう。

しかし、忠崇は素直にこの言葉を信じ、十三日の夜から未明にかけて熱海に向った。

次の目標は伊豆韮山である。

ここで再び江戸脱出組の、飯島半十郎の視点から遊撃隊の西征を見てみよう。

忠崇たちが房総から海に乗り出した時、飯島は船に乗り遅れ（彼の言葉では「殿《しんがり》になり」）、別に船を雇った。

「すると、上総の姉川（姉ヶ崎の間違い）で敗軍しました福田の手の者が、鉄砲だの大小だのを背に負って逃げて参りました。その人々と合わせて五人猟船（漁船）に乗りましたところが、暴風雨になり（相州三浦半島の）三崎《みさき》へ吹き流され、油坪《あぶらつぼ》と申すところへ逃げ込み、それから天気を見て真鶴へさして乗り出しましたが」

苦労の末に、伊豆の網代《あじろ》へ入り、小田原から進軍してきた遊撃隊や忠崇の先鋒と合流できた。

「福田の手の四人の内で二人は江戸に帰り、残り二人を連れて伊庭の手と一つになり、熱海へ進軍いたしました」

目的地韮山は、源頼朝の後援者北条氏本貫《ほんがん》の地であった。江戸期に入ると周辺数ヶ国の天領を支配する代官所が置かれ、代々、太郎左衛門を称する江川家当主が代官職を務めていた。特に先々代の太郎左衛門英龍《ひでたつ》は洋式兵学の草分けで、大筒を鋳立てる反射炉を造り、農民の銃兵数百を養うなどして大いに名をあげた。当代の太郎左衛門の実力は未知数ながら、これも西洋軍学の研究者と評判の者だ。

熱海に着いた一同を、その韮山代官所からの使いが出迎えた。が、少々様子がおかしい。飯島は語る。

「江川の手代仁科新太郎《にしなしんたろう》が参り、同人の案内にて韮山へ行きましたが、（代官代理の）柏木惣蔵《かしわぎそうぞう》氏は主人の供をいたして上京し、留守は兵食に乏しいと申し、ゲベル（小銃）の錆《さ》びたのと金穀を出しました」

当主の江川太郎左衛門英武《ひでたけ》は未だ少年で、朝廷に召し出され、今は京に上っていた。銃器や農兵が代官所にあふれていたのも先々代英龍の頃の話で、今は影も形もないと代官所役人は答えた。

忠崇たちはひどく落胆した。小田原からは態良く追い払われ、伊豆での軍備増強策も夢と消えた。

「兵士は腹を立てて、江川の陣屋の門で発砲致そうなどと申しましたが、種々に諭《さと》し……」

飯島らは、失望のあまり代官所を焼こうとする兵たちを慰撫《いぶ》してまわらなければならなかった。

代官所の役人は、命あっての物種と兵器の代りに軍資金を差し出した。これが千両箱一個というから張り込んだものだ。

一同はこれで少し落ち着き、その日は韮山に泊った。

4

さて、当初ふたつの目標で、さほどの成果をあげることが出来なかった一同は、次の根拠地を求めて北上した。

三島にかかり、そのまま御殿場《ごてんば》に出る。

狙いは甲府城である。旧幕府内では最大、百万石の所管を有し、ここに籠《こも》れば長期戦も恐くはない。

「甲府城代には、ただ今のところ沼津の水野家が入っている」

人見が説明した。

「当主は未だ年少の身で、城を守る兵も少ない」

駿州沼津藩五万石の先代忠誠《ただのぶ》は第二次長州征伐に出陣し、芸州広島で没した。跡を継いだ忠敬《ただのり》は当年十八歳。年が若いため、藩政はほとんど家臣まかせである。新政府側についた「憎むべき尾張」の説得で恭順し、甲府城の保持を請け負った。

「ここを一気に屠《ほふ》って我がものとし、甲相武伊駿《こうそうぶいしゅん》の五国から同盟者を募る」

人見は御殿場に入ると、富士の山麓《さんろく》を背に演説までしてみせた。

「天領百万石」

という言葉に一同発憤《はっぷん》したが、これに水を差す者もいた。

「御殿場に出ました。そうすると山岡鉄太郎さんが江戸からやって来て、説諭を致し、全体なにをする気かと問いですから、私どもは君家のために戦争するのだと申し」（『幕末の話』）

飯島らが見たのは、徳川家代表として新政府側と交渉に当っている田安《たやす》家の使者山岡（鉄舟）の姿だった。

「山岡は、それでは慶喜公の御恭順の趣意に反すと申し」

たちまち激論が始まった。そこで、双方の妥協案として、「趣意書」を新政府側、徳川家の二ヶ所に差し出し、しばし様子を窺《うかが》うこととした。

これには伊庭八郎の他、岡田斧吉《おのきち》、証言者の飯島も名をしたためた。

「山岡はその趣意書を総督府へも徳川家へも出すから暫《しばら》く待て、決して戦争などしてはならぬと申しましたので……」

しかし収まらぬ遊撃隊の一部は、

「我らは、むざと富士山麓に兵を広げておるのではない。合戦すべからずとは何事か」

とその言い様に怒り、果ては斬《き》るべしと刀を抜く。そこで人見らは山岡に護衛の兵を付けて一里ほど送っていった。

この山岡出現は、御殿場ではなく、甲府に一日の距離にある黒駒《くろこま》村。あの博徒黒駒勝蔵の出身地での出来事であったともいう。

ここで、遊撃隊では半ば居食《いぐい》のような立場だった飯島半十郎が、俄然《がぜん》その存在を輝かせ始めた。

飯島という人は江戸市中取締り、庄内藩御預かりの新徴組に関係していた。新徴組は浪士、博徒といった無頼の徒の巣窟《そうくつ》だったところで、甲州の無宿人などが武士の面《つら》をして、幕府瓦解の頃まで平然と暮していたところだ。

その縁を頼って甲府周辺の、柄の悪い連中に書状を送ってみると、博徒ばかりか銃の腕を誇る猟師などが集まってきた。

「その中に勘太郎といえる猟師がありまして、いかに止めても聞き入れず、その母と参りまして達《たっ》て従軍を願いますから」

飯島がわけを尋ねると、今はしがない山暮しであるが、先祖は武田家の遺臣に名を連ねる者である。先祖代々、甲州に戦が起こったら必ず世に出よとの言い伝えがあって、ゆえに軍用金も僅かながら蓄えていた、と甲州の一分金などを見せ、母子揃って涙ながらに入隊を請うた。

「その質朴《しつぼく》なること驚くべき次第でした」

飯島は感動して従軍を許した。他に噂を聞いて隣国から駆けつけた駿府在番の者、岡崎藩の有志など六十余名。

「なんと、総員は出撃時の二倍を超えるかもしれぬ」

忠崇も、人見・伊庭も喜び、軍を再編成した。大きく五つの隊に分け、支援の砲兵や輜重《しちょう》隊も作った。請西藩士を率いる忠崇は第四軍の隊長となり、ここに上総脱藩の士は正式に遊撃隊員と名乗ったのである。

袖印の設定や兵器の分配で蜂《はち》の巣をつついたような騒ぎの中、止《よ》せば良いものを山岡の意を受けた鎮撫使《ちんぶし》が再び現われ、これを斬る斬らぬと、またひと悶着《もんちゃく》起きた。

五月一日、彼らは甲府への道を進んだ。しかし、その直前で反転し、駿州へ向う。

この意外な行動は、甲府城代水野家による必死の諫止《かんし》と、江戸での政情の変化にあった。

江戸上野の彰義隊《しょうぎたい》と新政府軍との対立は、一触即発。衝突は必至の状況にある。一同は彰義隊を支援せねばならない。

「甲府は僻地《へきち》にござる。我が水野家の本領沼津にござれば、東海道を伝ってただちに箱根に出られましょう」

沼津にぜひ御滞陣あれ、出来るだけのことはいたします、と説得されて忠崇ばかりか、冷静な人見までが納得させられてしまったのである。

五月五日、端午《たんご》の節句に沼津宿へ出た彼らは、城の東、香沼霊山寺《かぬまりょうぜんじ》に落ち着く。

新政府の総督府は、密偵の報告でそれを知った。

「賊徒林昌之助を含む江戸脱走の輩、その動き不審につき」

監視せよ、と数人の偵察が箱根の西に放たれた。沼津には肥前長崎の大村藩士和田勇《いさむ》が入り、城下の旅籠《はたご》「肴屋《さかなや》」に投宿した。

五月十七日。人見が江戸へ様子見に派遣した者が雨中、沼津に戻って来る。

「ついに彰義隊と西賊《せいぞく》（新政府軍）は戦端を開きました。砲声火炎、府内《ふない》は混乱しております」

「そうか、ついに始まったか」

人見は武者震いして叫ぶ。

「我らも呼応して立つ。全軍、用意せよ」

実際には彰義隊の戦いは一日も続かず、新政府軍の圧勝に終っていた。使いの者は陸路二日もかかって伝えたので、すでに手遅れであった。

だが、人見たちは決起する。同時に、旅籠「肴屋」に泊っている和田勇らを、遊撃隊士五名が夜中襲撃した。暗がりの中で一人を刺殺し、一人に怪我《けが》を負わせたが、和田は沼津城に駆け込んで一命をとりとめた。

箱根の関所を閉ざすには、徳倉《とくら》往還を通り、狩野《かの》川の上手《かみて》にある渡し場をわたって、手前の箱根宿を占領することから始めなければならない。

遊撃隊は、沼津滞在中の経費をきれいに支払い、水野家の者と相談して互いに空砲を放ち合った。後に沼津藩が新政府軍の譴責《けんせき》を受けぬための布石である。

狩野川は雨によって増水していた。渡し船は対岸に縄を伝え、船に環《かん》を通して引く原始的なものだ。一同はずぶ濡《ぬ》れになって兵員と物資を渡し、三島側に作られた新政府軍の小さな柵を打ち破った。

ついで、遊撃隊が新編成されて、これが始めての対西軍戦である。

箱根手前の山中宿で全隊食事をとった。隊長の人見が率いる一中隊と、岡崎脱藩の士で編成された一中隊は、休む間もなく箱根宿へ進んで行く。

飯島はその行動編成を、

「先鋒が人見勝太郎、次が遊撃隊、後陣に林昌之助、伊庭八郎、私もおりました」

と証言している。人見たちに全隊が引きずられていく形であった。

関所には小田原大久保家の兵三百がいた。

人見たちは味方の多くがまだ三島辺にある時、箱根の宿場へ入って戦闘の準備を終えた。

五月十九日の巳《み》ノ刻（午前十時頃）。

宿場に屯《たむろ》する人見たちの中隊に、陣羽織小具足姿の侍が面会を求めて来た。

「我らは朝廷の命令により、関守をいたす者でござる。官軍の軍監は、ただいま元箱根村にあって、貴隊を討てとのきつい命令でござる。しかれども、以前の御縁もござれば、我らは貴隊と闘うことは好まず。偵察を付けて間道を教え申さば、疾《と》く関を越え東へ参られよ」

これは小田原藩の目付という。人見は、眦《まなじり》を決して答えた。

「我らは江戸の異変を聞いて急行する者である。多くの兵員装備を持つ身なれば、とてものこと間道では間に合い申さず。八里の本道を行き申す。あえて阻止するとあれば、力ずくでも押し破って通る覚悟である」

「されば是非もなし」

我らにも武士の面目がござる、と目付は引き返して行った。

午後遅く、関所から宿場に向って砲弾が放たれた。飯島半十郎が黒駒で従軍を許した猟師の勘太郎がここで活躍した。戸板を集めて筏《いかだ》を作り、芦《あし》ノ湖《こ》を渡って関所の搦手《からめて》から射撃を行なう。

これに対し小田原の兵は、宿場に焼玉《やきだま》を放って遊撃隊の戦闘力を奪おうとした。

人見たちは半数の兵を戦いに宛《あ》て、半数の兵と軍夫を宿場の消火に用いて戦い続ける。夜半、飯島が彼の陣がある畑《はた》という山中の村に行くと、人見は紫の鉢巻を締め、洋服の前をはだけて、しきりに酒を食らっていた。

「飯島君、肴がある。これで一盃《いっぱい》やらんか」

と笑うから部屋の隅を見れば、生首が三つ転がしてあった。

「小田原から西賊の督戦に来た中井正勝という者の首らしい。他にも生虜《せいりょ》がある。この血腥《ちなまぐさ》いところで飲む酒がまたうまいのだ」

などと言う。飯島が呆《あき》れていると、遊撃隊士が一人の捕虜を引き出してきた。

「こ奴は土佐藩士だ。今度は俺が斬る番だ」

と人見隊の阿部四郎五郎なる者が立ち上がり、すらりと佩刀《はいとう》の鞘《さや》を払った。土佐藩士は落ち着いて膝を整《ただ》す。阿部が、その態度に一瞬気勢を削《そ》がれていると、

「阿部おくれたか、早々に斬れ」

と傍らから罵声《ばせい》が浴せられた。阿部は、

「その士の背後からスポンと首を斬ってしまいました」

と飯島は語る。

遊撃隊優勢のうちに戦闘が続き、未明に、

「関所の扉内より、白刃を振る者がおります」

と伝える者があった。これは一時停戦の印である。

「発砲を中止せよ」

人見が出てみる。関所の中から大久保家の守備隊長吉野某が現われ、早口に語った。

「たった今、小田原より使いあり」

藩論が佐幕と決定し、方々のために関を開くよう命じられた、と言うではないか。

「城下に滞在中の総督府軍監らは、多くが我らの手の者に斬られ、一部は逃亡してござる」

急ぎ小田原に向われよ、と掌《てのひら》を返したような態度だ。

「心得たり」

遊撃隊士は勝ち鬨《かどき》をあげて、穴だらけになった関所の門扉を押し開けた。

5

「小田原が賊徒に付く」という知らせは、城下からの逃亡に成功した日向佐土原《ひゅうがさどわら》藩士の三雲種方《みくもたねかた》らによって、江戸に伝えられた。

五月二十三日、「鏖賊令《おうぞくれい》（賊軍みな殺し命令）」を受けて、長州以下二千五百の兵が小田原に出発した。大久保家江戸詰めの者は、この危機に官軍より先発し、二十四日小田原へ入った。藩主加賀守忠礼に会って、情勢の不利を説くと、驚いた忠礼はこの日のうちに自ら蟄居《ちっきょ》謹慎してしまった。腰の定まらぬこと目を覆うばかりである。

同じ頃、小田原城に入ったのは伊庭八郎と、別隊第三隊の隊長和多田貢《わただみつぐ》だ。

「城中不審」

と彼らは、藩士の態度から、早くも裏切りの気配を感じ取った。二人は兵器と金穀のみ受け取り、急いで箱根に戻ることを決めた。

「情けない藩ではあることよ」

伊庭は、城を去るにあたって藩士の一人に向い、こう吐き捨てたという。

「反覆再三怯懦《はんぷくさいさんきょうだ》千万《せんばん》、堂々たる十一万石中、また一人《いちにん》の男児《だんし》なきか！」（『岡崎脱藩戊辰戦争記略』）

新政府軍接近と聞いて、箱根山中にいた遊撃隊は迎撃のため、小田原に近い湯本《ゆもと》まで下って来た。

本陣は湯本台《だい》ノ茶屋《ちゃや》。一部が、より小田原に近い川沿いの山崎《やまさき》に進んで陣地を築く。隊長の人見は、江戸の品川に依然停泊中の榎本艦隊へ、再度の応援を頼みに海路向っていた。

隊長不在のまま、五月二十六日。山崎の地で戦闘が開始された。

敵の先鋒は、再び敵にまわった小田原の藩兵二百余り。

土塁の中から遊撃隊士は、

「裏切り者」

「それが十五代様に同じ死を誓った者か、武士ならば恥を知れ」

と叫びながら発砲する。小田原の兵は戦意が低いうえに死傷者が時間とともに増えていった。

彼らの後方には、長州・因州（鳥取）・津・備前（岡山）の官軍兵士が控えている。

「小田原勢腑甲斐《ふがい》なし」

西洋時の午後二時頃になって、これらの兵が一斉に攻め寄せてきた。

火力に優る敵の新手に、山崎の陣地は幾つかの土塁を奪われる。指揮をとっていた伊庭八郎は、形勢不利と見て湯本方面に退《しりぞ》こうとした。

早川にかかる箱根三枚橋《さんまいばし》まで出ると、僅かに上流のあたりで味方の旗を立て、

「堀屋《ほりや》殿、堀屋殿」

と呼ぶ者がある。堀屋良輔《りょうすけ》は遊撃隊士だから、これも味方と思い、伊庭は手を振ってそちらの方に走った。黒い軍服を着た男が二人、彼を待ちかまえている。

近付いてみると、腕に合印《あいじるし》が無かった。

「敵か」

気付いた時は遅い。一人が発砲し、弾は伊庭の腰に当った。

うっと呻《うめ》いて倒れかかる彼に、もう一人の敵が走り寄った。胴を打ちにかかる刀を撥《は》ね上げると、即座に刀先を返して伊庭の小手《こて》を打つ。たちまち左手首がぶらりと下がって血潮があたりに

散った。

さらに敵が何人か彼を襲う。流石に心形刀流の遣い手で、深手にもめげずこれを伊庭は斬って捨てた。

口で傷口を吸うが、血は止まらない。岡崎脱藩の者に従ってきた小者の重兵衛が駆けつけて肩を支えると、そこで伊庭は力尽き気絶した。

「勝つ勢い、敗ける弱目《よわめ》というものは恐しいものである。八郎程の江戸一流の剣客が、如何《いか》に隙《すき》を狙われようが油断があったろうが、小田原藩の高橋蒔太郎《ときたろう》（藤太郎《とうたろう》）という人に」斬られた、と子母澤寛も『剣客物語』に書いている。この高橋なる者は、家中でもそれほど知られた剣術家ではなかった。

また子母澤は、斬り手について別の説を述べている。それは因州鳥取藩の官軍兵士某で、小手斬りを作法とする井蛙《せいあ》流を学んだ者、

「だから鳥取には斬り落とされたという八郎の腕がまだびくびくしていたのを見たなどという人が近年まで居た」（『同右』）

という。

八郎が戸板で後送されると、遊撃隊士も塁を放棄して退去。日没となったので小田原藩兵が山崎を収め、四藩の官軍兵士が後方の風祭《かざまつり》に野営した。

気絶から覚《さ》めた伊庭は、畑の味方本営で己れの傷口を見た。切断面の肉が内側に縮んで骨が二寸ほど白く突き出している。彼はこれをしみじみと見て、

「こう骨が出ていると困る。君、刀を貸してくれ」

控えていた遊撃隊士の脇差《わきざし》を取り、自らの手で骨のところだけ斬り捨て、また失神した。

いわゆる「箱根山崎の戦い」はこうして終った。双方三十余名ずつの戦死者を出し、小田原藩側は、敵に内通した咎《とが》で家老二人が切腹した。

箱根の関所に集まった遊撃隊士は、その身の振り方を模索する。

「前面には因州藩以下二千余の兵が居座っている。昨夜放った物見《ものみ》の知らせでは、信州や浜松の敵兵五百程が、三島口から上ってくるという。考えている暇はない。挟み討ちになる」

と、隊士の岡田斧吉が撤退を主張すれば、

「逃げるにも、江戸はもう敵の巣だ。我らはどこにも身の置き所がない」

ここで討死を唱える者もいた。

「いや、大義を抱く者は、軽々しく死ぬものではない。我らが生きて徳川家を恢復せずば、誰がこの役を担《にな》えようか」

岡田は静かに反論した。

「彰義隊が敗れても、奥州がある。奥州の先には蝦夷《えぞ》がある。戦う場所はまだいくらも残っている」

頭立つ者は各小隊に戻って、それぞれの隊士たちと意見を交わした。数刻後、彼らは数隊ずつ間道を通って、撤退を開始した。

集結地は山を越えた豆州熱海である。船を何とか手に入れて、再び房総に戻る作戦となった。

「船が調達できぬ時は、我ら熱海の浜で立ち往生だ」

「いっそ浜辺で集団割腹をしてみせようか」

捨て鉢に語り合いながらも、隊士たちは、それでも負傷者を山駕籠《かご》に乗せて、皆で庇《かば》いながら道を下っていった。

江戸に出た人見が、撤退によってもぬけの殻となった関所に戻ってきたのは、一刻ほど後のことだった。

「皆様方は、十国峠《じっこくとうげ》を南に向われました。伊豆山往還へ向われたのでしょう」

宿場の者は、人見に正しい情報を伝えてくれた。さては途中で擦れ違ったか、と彼があわてて去った直後、三島口から沼津藩を教導として松代《まつしろ》、佐土原の兵士らが箱根宿の入口に攻め上って来た。

人見は危いところであった。その後、熱海で彼は一行に合流できた。

「品川の艦隊を説得すること、ついに出来ず。あげくの果て合戦に間に合わぬこと、隊長としてまことに申し様もありませぬ」

人見が林忠崇に平伏して詫《わ》びると、脱藩の殿様は、大様に両手を取って言った。

「戦というものは、一面人知の及ばざるところ。運否天賦《うんぷてんぷ》である。貴殿は貴殿なりによく働いた」

早く伊庭を見舞ってやれ、と命じた。人見は急いで漁師小屋に伏せっている朋輩《ほうばい》を訪ねた。

「君の不在中、このざまだ」

伊庭は左手首に巻いた血まみれの包帯を見せた。

「敵は多勢。苦戦の甲斐もなく、大事な隊士を多く失った。こちらこそ面目ない」

「はらはらと涙を流して戦闘の経過を語ったという。

責任を感じた人見は、配下の者と熱海の先、網代へ向った。このあたり一番の良港で、船が多く舫《もや》われている。

漁民や荷運びの船頭を金で釣ったり威《おど》したりして、なんとか隊士の数に見合う船を確保したのが五月二十七日の夕刻だ。

その間、箱根で負傷し、山駕籠で運ばれて来た三人の隊士が死んでいる。

「伊庭君も衰弱している。とても房総までは運べまい」

人見は考えた末に、小船へ伊庭を乗せて、熱海の沖、初島《はつしま》に隠し、後で救《たす》け出すことにした。

夜、戌《いぬ》の刻（午後八時過ぎ）、三隻の和船に分乗した一同は、夜の海に乗り出した。

行きはあれほど苦労した相模灘だったが、追い風を受けて楽々と進み、新政府側の船影もない。

僅か一日で館山の津に入港できたのは何とも皮肉なことであった。

この後、甲州黒駒で編成された部隊は解隊され、一部が同じ隊名を名乗りながら、榎本艦隊の「長崎丸」を頼り、奥州に渡った。

以後、脱藩藩主林忠崇とその家臣団は東北を転戦。慶応四年（明治元年）九月二十四日に仙台の八塚《やつづか》で降伏した。

『旧幕府』のインタビューに答えて速記録を残した飯島半十郎は、箱根山崎の合戦には参加せず、その直前、江戸に戻って潜伏していたが、六月の半ばに品川の榎本艦隊を訪ねた。

すると、艦隊の朝日《あさひ》丸（旭丸）に、初島から救出された伊庭八郎が乗っているのに行き合わせた。

「伊庭八郎が青い顔をして、やりそくなった、手がこういうようになったと言いました」

骨を荒っぽく斬るなどしたため、彼の腕は雑菌で化膿《かのう》し、船内で再手術を受けて肘《ひじ》まで切断していたが意気軒昂《いきけんこう》。

「伊庭が片手では力が入らぬが、鉄砲もあり元込銃もあると申し、瓶《かめ》などをつるし撃ち当てなどし、勇気は盛んなる事」

を目にして、飯島は感動している。

その伊庭も明治二年（一八六九）箱館《はこだて》五稜郭《ごりょうかく》で再び負傷し、モルヒネによって命を絶った。

人見勝太郎も蝦夷地の戦いで負傷したが、辛くも生き残って赦免《しゃめん》された。後に明治政府へ出仕し、茨城県令を経て、利根川の運河会社を運営。第一次大戦後の大正十一年（一九二二）十二月に、生まれ故郷の京都で死んだ。

元請西藩主林忠崇に至っては、その死は何と昭和十六年（一九四一）一月のことであった。

晩年の彼は、耳が多少遠い他は背筋も伸び、動きも老人にしては敏捷《びんしょう》であった。

娘の経営する東京の豊島区高田南町一丁目のアパートで倒れた時は、歳九十四である。

急を聞いて集まって来た人々に、辞世の句を問われるとしれしれと笑い、

「それは明治元年の頃にやったよ。今は作ることも無い」

と答えた。

彼の死後、しばらくして太平洋戦争が起こり、四年後、東京は焦土と化した。

あとがき

西園寺公望《さいおんじきんもち》という人は、慶応三年十二月、齢《よわい》十九で朝廷の参与《さんよ》に任じられた。

鳥羽伏見の戦いは、そのすぐ後に起こった。

御所の内では公卿《くぎょう》たちが砲声に怖《おじ》けづき、これを薩長・徳川の私闘と認定せよ、さもなくば他日朝廷に如何なる災いが降りかかるかわからぬ、と立ち騒いだ。

この時、公望は憤然として席を進め、

「果してそうなるならば、天下の大事は去《さ》る」

と言い放った。すると傍《かたわ》らに座っていた岩倉具視《いわくらともみ》が膝を叩いて、

「小僧よく見た。この戦を私闘にしてはどうもならん哩《わい》」

と言った。以後、公望はその気骨を愛されて戊辰《ぼしん》戦争の折りは、山陰道鎮撫使《ちんぶし》から越後口総督に任命され各地を転戦。明治、大正期には政界に重きをなして、山県有朋《やまがたありとも》・松方正義《まつかたまさよし》の没後は最後の元老と呼ばれた。彼の死は何と昭和十五年（一九四〇）である。町ではカラー映画も上映され、銀座は自動車で溢れ、欧州ではドイツ軍の戦車が破竹の勢いで各地を席巻《せっけん》している頃だ。

公望の思い出噺《ばなし》は『懐旧談』『陶庵《とうあん》随筆』など興味深いものが多く、後者の場合、その編者は国木田独歩《くにきだどっぽ》が行なっているが、読んでいるうちに、だんだん妙な気分になってくる。彼が世に出た時代、人々は髷《まげ》を結い、両刀を腰に帯びていた。それが、あっという間に洋装をまとい、不規則ながら政治体制を整え、大国のロシアと戦端を開く。その戦争に参加

した将軍の何人かも若い頃は、武者草鞋《わらじ》に袴《はかま》の股立《ももだ》ちをとり、同じ国民同士、尊皇が攘夷がと叫びながら斬り合いをしていたのである。ほんの数代前まで、日本人はとてつもない進化のスピードの中で生きていたのだなあ、と感心してしまうのだ。

が、よく考えてみると、こうした急激な進化は、当然ながら有形無形の摩擦を生じる。西園寺公望のように運良く長生き出来た人は進化開化の恩恵もそれなりに受けただろうが、その途中で倒れた人々は哀れである。特に可哀そうに思うのは、高い理想を抱きながら些細な行き違いや、情況の変化に順応出来ず、あたら命を落とした人々だろう。

この本ではそういう生き方の、言わば下手な方の人物ばかり取りあげてみた。実際、資料を幾つか読んでみると、彼らの生と死は紙一重の感がある。明治の元勲と呼ばれた人々も、この点は変わらない。

ある時、新聞記者が、老いた維新の功労者に問うた。

「閣下、長生きの秘訣は何でしょう?」

その元勲は、にこやかに筆をとり一句書いた。

長生きの秘訣は何とひと問わば
　殺されざりし故《ゆえ》と答えん

皆、誰もがこういう思いで幕末を生き伸びてきたのだろう。

二〇〇六年五月

著　者

〈初出誌〉
「雪中の死」月刊ジェイ・ノベル　'04年11月号
「勇の首」小説新潮　'03年9月号
「屛風の陰」月刊ジェイ・ノベル　'05年1月号
「血　痕」月刊ジェイ・ノベル　'06年3月号
「百戦に弛まず」月刊ジェイ・ノベル　'05年8月号
「我餓狼と化す」月刊ジェイ・ノベル　'05年12月号
「下総市川宿の戦い」月刊ジェイ・ノベル　'05年5月号
「坐視に堪えず」月刊ジェイ・ノベル　'06年5月号

[著者略歴]

東郷　隆（とうごう　りゅう）

1951年神奈川県横浜市生まれ。国学院大学卒。同大学博物館研究助手、編集者を経て作家に。'94年に『大砲松』で吉川英治文学新人賞、'04年に『狙うて候 銃豪 村田経芳の生涯』で第23回新田次郎文学賞を各受賞。近著に『蛇の王 ナーガ・ラージ』『のっぺらぼう とげ抜き万吉捕物控２』など。

我《われ》餓《が》狼《ろう》と化《か》す

初版第１刷／2006年７月25日

著　者／東郷　隆

発行者／増田義和

発行所／株式会社実業之日本社

〒104-8233　東京都中央区銀座1-3-9

電話〔編集〕03(3562)2051〔販売〕03(3535)4441

振替00110-6-326

http://www.j-n.co.jp/

プライバシーポリシーは上記の実業之日本社ホームページをご覧下さい。

印刷所／大日本印刷

製本所／ブックアート

ISBN4-408-53496-X